KB063315

아틀란티스 소녀

아틀란티스 소녀

ATLANTIS GIRL

전혜진 소설집

아작

차례

나와 세빈이와
흰 토끼 인형

✦ 2020년 〈환상문학웹진 거울〉 게재

"더러워."

화면이 켜지고, 세빈이 갑자기 눈을 떴다. 그러고는 3초 정도 멍한 표정을 지었다가, 바로 눈을 질끈 감았다. 화면에 떠오른 세빈의 얼굴은 나를 향해 있는 대로 낯을 찌푸린 채 고개를 절레절레 저었다가 환멸나는 표정으로 나를 노려보기를 반복했다. 정확히 말하면 그건 그냥 '찌푸렸다'는 말 한마디로 설명할 수 있는 게 아니었다. 경멸, 환멸, 경악, 좌절… 간단히 말해, 살면서 두 번 다시 못 볼 흉한 꼴을 봤다는 표정이었다.

그리고 솔직히 말하면 나는 좀 억울했다.

"야, 이세빈. 내가 일부러 그런 게 아니고…."

머리로는 이게 무슨 상황인지 이해가 갔다. 정말로 믿었던 사람이 갑자기 자기 '몸'을 더듬더듬하고 있는 범죄적 상황을 인지한 사람이라면 누구나 저런 반응을 보일 테니까. 하지만 나는 정말로, 혼란스러웠다.

"이야, 윤수아. 너….."

"아니, 믿어줘. 내가 정말 그러려고 그런 게 아니란 말이야."

"좀 창의적인 대답을 만들어 내는 성의라도 보이지그래, 그거 현장에서 잡힌 추행범들이 하는 전형적인 대사잖아."

"아니, 잠깐만. 지금의 네 입장에서는 그렇게 생각할 부분이 있다는 건 나도 인정하지만 난 정말 그런 줄 몰랐고, 그런 의도도 없었고, 그리고 나는 그냥 평범하게….."

"센서들이 뭐라고 기록했나 재생해볼까?"

재생? 뭘 재생해? 나는 급히 세빈이 방을 둘러보았다. 수시로 놀러 와서 함께 뒹굴었기 때문에 눈을 감고도 그려볼 수 있는 이 방 천장에 묘한 것이 달려 있었다. 그것도 세 개씩이나.

"자기 방에 CCTV를 달다니, 이게 무슨 악취미야."

"CCTV 말고."

화면 속의 세빈이 낮게 중얼거렸다. 그러다가 갑자기 폭발하듯 소리를 질렀다.

"내가 평소 같으면 그따위 걸 왜 방에 달겠어!"

나는 세빈이 있는 힘을 다해 소리를 질러대는 것을 그저 보고만 있었다. 하긴, 이 상황에서 내가 입이 열 개인들 할 말이 있을까. 세빈은 그대로 한 1분 30초쯤 고래고래 짜증을 내다가 문득 고개를 돌리며 중얼거렸다.

"근데 있으니까 편하긴 편해."

"편해? CCTV가?"

"어. 내 일거수일투족을 나중에 엄마가 볼 수 있다는 게 좀 그렇지만."

"그렇게 치면 병원에 있는 네 진짜 몸은 뭐."

"내 몸이, 왜."

"의사나 간호사들이 네 세포 구석구석까지 맨날 들여다보잖아. 프라이버시도 없지. 그에 비하면 나는… 난 네 절친이잖아!"

"의사나 간호사는 의료진이고요."

"난… 난 나름대로 너를 가족처럼 생각했는데. 우리 가족 같은 사이 아니야?"

"가, 족같은 사이? 그래, 가라, 가. 사람이 자고 있는데 갑자기 끌어안더니 내 '의체'의 엉덩이를 더듬거려? 이 변태 같으니."

"너무해."

세빈의 잔뜩 날을 세운 말에, 나는 나름 상처를 받은 얼굴로 우물거렸다.

"너무하잖아. 난 이 토끼가 너인 줄도 몰랐다고."

✳

어디서부터 이야기를 해야 하나. 일단, 내 친구 세빈은 얼마 전 교통사고를 당했다.

나는 세빈과 어린이집 때부터 알았다. 같은 아파트 같은 동이었다. 나중에 알고 보니 태어난 산부인과도 같았다. 우리는 꽃구름어린이집에서 토끼반과 사슴반, 호랑이반을 거치고, 마르타유치원에서 믿음반과 소망반, 사랑반을 나란히 거쳐서, 팔미초등학교를 졸업하고 월미중학교에 들어왔다. 올해는 같은 반인 데다, 학원까지 같이 다니고 있었다. 한 식구보다 더하면 더했지 덜하지 않은 사이였다.

그리고 세빈은, 사과라면 환장을 하게 좋아했다.

늘 연구하느라 바쁜 세빈의 엄마가, 세빈에게 늘 신경을 쓰고 있다는 표시로 아침마다 껍질 안 벗긴 사과를 깍두기같이 툭툭 썰어서 도시락통에 간식이라고 넣어주는 것을 나는 그 오랜 세월 동안 계속 보아 왔다. 그래서 우리가 어릴 때, 그러니까 세빈네 엄마와 아빠가 이혼하기 전, 세빈의 할머니가 백설공주 이야기를 들려주시면, 세빈은 깔깔 웃으면서 대답하곤 했었다.

"할머니, 거짓말하지 마. 사과 때문에 사람이 왜 죽어."

하지만 사과를 그렇게 좋아하던 세빈은, 공교롭게도 사과 때문에 죽고 말았다. 우리가 학원 끝나고 나오는데, 그 앞에서 짐을 잔뜩 실은 택배 트럭이 과속하며 우회전을 하다가 그만 뒤쪽 문이 휙 열리는 사고가 있었다. 세빈이 편의점 문 앞에 붙은 신제품 광고지를 보고 잠깐 걸음을 멈추던 그 찰나였다. 택배 트럭의 뒷문이 열리고, 사과 상자들이 튀어나왔다. 설 명절을 앞두고 배송 중이던 사과 선물세트의 사과 상자. 그리고 세빈은, 그 날아오던 사과 상자에 머리를 맞고 죽었다.

아니, 정확히 말하면 죽을 뻔했다.

열심히 심장 마사지를 한 끝에 겨우 돌아왔지만 일단 심장이 한 번 멈췄고, 두개골이 부서지고 뇌도 절반은 날아갔다. 그래도 하여튼 세빈은 아직 살아 있었다. 하루에도 몇 명씩 교통사고로, 혹은 일을 하다가 사고로 사람들이 죽어나가는 세상에서, 세빈은 정말 운이 좋았다.

세빈의 몸은, 현재 북항 근처 모 대학병원 중환자실에서 복잡한 생명유지장치를 단 채 누워 있다. 망가진 부분들은 현재 세빈의 엄마가 다니시는 생명공학연구소에서 세포 복원 중이라고 했다. 원래 세포 복원 치료는, 이를테면 간이나 신장이 망가졌을 때 쓰는 방법이라는데, 세빈의 경우는 거의 몸 전체를 새로 만들어서 하나하나 갈아 끼우는 수술을 해야 한다고 했다. 다행히도 세빈의 엄마네 연구소와 그 대학병원이 서로 연구 제휴 기관이어서 가능한 치료라나 뭐라나.

"하지만 저기… 머리는 어쩌고요."

나는 그 모든 설명을 듣다 말고, 조심스럽게 물었다. 며칠 전, 세빈의 엄마와 함께 그 대학병원 중환자실까지 다녀온 후의 일이었다.

솔직히 말하면 나는 세빈이 무사할 리 없다고 생각했다. 세빈의 장례식 같은 것은 없었지만, 그 사건이 있고 일주일쯤 보이지 않았던 세빈의 엄마가 얼마 전부터 아무 일도 없었다는 듯이 동네 편의점이며 엘리베이터에서 보이긴 했지만,

나는 세빈은 괜찮은 거냐고, 다 나아서 같이 학교에 갈 수는 있는 거냐고 한번 여쭤보지도 못한 채, 그저 어깨를 움츠리고 숨어 있기만 했다.

'살아 있을 리 없어….'

세빈이가 사고를 당했을 때, 나는 그 옆에 있었다. 운이 좋아 간발의 차로 피한 것 뿐이었다. 그때 트럭 뒷문이 열리며 날아온 사과 상자 하나는 편의점 유리를 박살내고 그 안의 진열대 하나를 쓰러뜨렸다. 그 속도로 날아온 상자들이 세빈의 작은 몸을 덮치고 사정없이 부서뜨렸다. 아직도 편의점 앞 보도블록 위에는 핏자국이 번진 흔적이 남아 있었다. 그때 세빈의 몸에서 흘러나온 피만 생각해도, 숨이라도 붙어 있다면 기적이라고 생각했다.

그런데 중환자실에서 만난 세빈은 제법 멀쩡해 보였다. 머리카락을 박박 밀었고 손과 발에 수액줄부터 온갖 모니터링 장비가 붙어 있긴 했어도 그건 내가 알던 세빈처럼 보였다. 나는 조심스럽게 세빈의 손을 잡아보았다. 손은 서늘했지만 그래도 딱 살아 있다는 증거만큼의 온기가 느껴졌다. 세빈의 엄마는 세포 복원 덕분이라고 설명했다. 하지만 내가 알기로 이건 세포만 복원한다고 될 문제가 아니었다.

그날 그 사고로, 머리가 반 넘게 날아갔는데. 몸만 복구한다고 해결되는 일이 아닌데.

하지만 세빈의 엄마는 싱긋 웃으며 대답했다.

"왜, 이왕이면 반짝반짝한 새 뇌로 공부하면 입시 준비도 더 잘 될지 모르지."

이게 무슨 소리야.

나는 눈만 깜빡거렸다. 세빈의 엄마는 내게 물어보지도 않고, 아이스 아메리카노 두 잔과 치즈 케이크를 주문했다. 세빈의 엄마가 주문한 음료수를 받아서 우리 테이블로 돌아올 때까지도, 나는 망가진 로봇처럼 눈만 깜빡이며 그 말의 의미를 곱씹고 있었다. 그리고 세빈의 엄마가 내 턱밑에 아메리카노를 들이밀자, 그제야 "감사합니다…." 하고 기계적으로 중얼거렸다. 얼마나 그 패턴으로 마르고 닳도록 외워댔는지, 팔다리가 부러졌는데도 "How are you?"하고 물어보면 "I'm fine, thank you. And you?"라고 대답했더라는 옛날 사람들의 일화처럼.

그리고 세빈의 엄마가 웃었다.

"너, 우리 세빈이가 죽었다고 생각했지?"

"예?"

"아니면 죽지 않아도, 이제 예전처럼은 될 수 없을 거라고."

"그건…."

나는 머뭇거렸다. 사실은 세빈이 죽었을지도 모른다는 것보다도, 세빈의 엄마를 마주하는 게 무서웠다. 왜 너는 무사하냐고, 왜 우리 세빈이는 저렇게 되었는데, 너는 이렇게 멀쩡하게 두 다리로 걸어 다니느냐고 말할까 봐서. 그런 말을 듣는다고 내가 갑자기 벼락을 맞거나 어디선가 날아오는 사과 상자에 맞아 죽는 일은 일어나지 않겠지만, 가장 친한 친구의 엄마에게 그런 말을 듣고서 남은 평생을 멀쩡히 살아갈 수 있을 것 같진 않았다.

그런데 세빈의 엄마는 웃고 있었다. 웃다가 문득 고개를 돌리며 쓸쓸한 표정을 짓긴 했지만, 내게 그런 무시무시한 저주를 하진 않았다.

"네 탓을 하려는 게 아니야. 그건 사고였고⋯."

"죄송해요."

"죄송해야 할 건 네가 아니라 그 택배 기사였지. 아니, 그렇게 택배차 안전점검도 못 하고 학교 앞에서 과속을 해야 할 만큼 노동 조건이 안 좋은 것도, 명절 선물 택배가 그만큼 밀려 있었던 것도⋯. 뭐, 좋아. 어쨌든 세빈이는 죽지 않았어. 우리에게도 택배 기사에게도 다행스러운 소식이지. 그리고 세빈이의 뇌는 지금 복원 중이야. 말한 대로, 새 뇌로 공부하면 더 효과가 좋을 수도 있는 거지. 됐어, 이만하면. 그런 사고를 당한 것치고는."

"하지만⋯."

나는 조심스럽게 물었다.

"세포 복원을 한다고 해도, 세빈이는⋯."

"백업이 있어."

세빈의 엄마는 그 말만 하고, 치즈 케이크 한 조각을 다 먹도록 아무 말씀도 하지 않았다. 나는 내 몫의 치즈 케이크를 내려다보며 그 말의 의미를 이해하려 애썼다.

"내가 뇌과학자라는 말은 들었지?"

"예? 예⋯."

"내가 하는 연구는 말이야⋯ 사람의 의식을 복제하는 연구야. 이를테면 뇌종양 환자가 있어. 아주 중요한 뇌수술을 받아야 살 수 있는데, 이 수술이 잘못되어서 기억상실증에 걸리면 어떡하나, 혹은 드라마 주인공처럼 성격이 아주 바뀌어 버리면 어떡하나, 그런 생각을 한단 말이야."

"예⋯ 그렇겠네요."

"근데 의식을 복제하면, 대체로 예전과 동일하게 복구할 수 있지."

세빈에게 들어본 적 있는 이야기였다. 서비스 비용이 무척 비싸지만, 그래도 많은 사람들이 뇌수술 전에 이 옵션을 선택한다고. 경우에 따라 최대 5퍼센트 정도 손실이 있을 수는 있지만, 대부분은 거의 그대로 돌아온다고.

그런데 세빈이 해준 이야기는 거기서 끝이 아니었다.

"우리 엄마가 말이야. 가끔 내 머리를 스캔하려고 든다?"

시도만 한 것이 아니었다.

"아우, 우리 딸. 너무 예뻐서 더 크는 게 아깝네."

세빈의 엄마는 그렇게 말하면서, 종종 세빈의 뇌를 스캔하고 의식을 복제해두곤 했다. 세빈의 말에 따르면 세빈의 엄마의 연구실 구석 캐비닛에는, 복제한 세빈의 의식이 들어 있는 저장장치가 보관되어 있다나. 그리고 그런 일을 하고 돌아올 때마다 세빈은 한숨을 쉬며 내게 말하곤 했다.

"처음에는 실험 대상을 찾기 어려워서 그러나 보다 했어.

아무래도 어린이나 청소년을 대상으로 실험하려면 가족이 만만하니까."

"그렇지."

"근데 요즘은 다른 생각이 좀 든다? 내가 사춘기라고 반항하고 그러면 덮어씌우려고, 그나마 착하고 얌전할 때의 정신세계를 복제해두는 게 아닐까 하고 말이야."

글쎄, 세빈의 인생에 착하고 얌전한 순간이란 거의 없었으니, 아마 그건 아니었던 것 같지만.

"혹시라도 나중에 내가 갑자기 착하고 다정하며 선량한 마음을 가진 어린 시절의 이세빈으로 돌아가면!"

"넌 그런 적 없거든."

"어쨌든 말이야! 그렇게 되면 이건 100퍼센트 우리 엄마 짓이야. 우리 엄마는 그러고도 남을 사람이라고. 완전 매드 사이언티스트야!"

매드 사이언티스트. 처음에는 그 말에 동의했다. 세빈의 엄마가 딸의 의식을 복제해둔다는 이야기를 처음 듣고, 나는 정말 공포영화에나 나오는 미친 과학자의 크리피한 이야기를 들은 듯이 어깨를 움츠렸었다.

하지만 지금 내 생각은 아주 조금 바뀌었다.

어쩌면 세빈의 엄마는 늘 세빈을 잃을까 봐 두려워했는지도 모른다고.

세빈은 자신에게는 엄마 말고 다른 가족은 없다고 늘 말하곤 했다. 이혼한 아빠는 곧 재혼했고, 어릴 때 자신을 그렇게 예뻐해주던 할머니도 아빠가 재혼한 부인과의 사이에서 아들을 낳자 세빈과 연락을 끊어버렸다. 엄마 쪽 친척들은 어째서인지 엄마와 연락하지 않았다. 어릴 때는 용돈 주는 외할머니가 없어서 안됐다고 생각했지만, 중학생쯤 되면 슬슬 보이는 것들도 있는 법이다.

세빈의 엄마는, 자기 가족들 사이에서 행복하지 못했던 것 같았다.

그러니까, 세빈의 엄마에게도 가족은 세빈이 한 명뿐이었다고.

그 진짜 가족을 잃지 않으려고, 혹시라도 무슨 사고가 나서 잃어버릴까 봐, 세빈의 엄마는 그런 식으로 복제까지 해둔 게 아니었을까. 정말 마음에 드는 볼펜이나 지우개는 하나만 샀다가 잃어버리면 속상하다며 꼭 두 개씩 사던 세빈이처럼.

"무슨 말씀인지 알겠어요."

"응. 세빈이에게 들어본 적 있지?"

"예, 가끔 세빈이 머리를 스캔해 놓으셨다고요."

"그래."

"그럼 세빈이는… 원래대로 돌아올 수 있어요?"

"있어. 한 95퍼센트 정도는."

"그건 진짜 세빈이에요?"

"진짜 세빈이야. 사고 나기 한 달 전의 세빈이. 지금은 아직 뇌에 이식하기 전에, 의체에 담아서 현재 상황에 대해 설명하는 중이야."

"의체…."

"하지만 내가 설명하는 것만으로는 부족하니까. 그간의 사고에 대해서는 설명해두었으니까, 당분간은 세빈이가 빨리 복구될 수 있도록 제일 친한 친구인 수아, 네가 좀 도와주면 좋겠다."

세빈의 엄마는 생글생글 웃으며 말했다. 나는 조심스럽게 물었다.

"어떻게 도와주는데요."

"세빈이를 데리고 학교에 가줘."

"예?"

"정확히 말하면, 세빈이의 의식이 접속된 의체 말이야. 가서 수업도 듣고, 친구들이랑 이야기도 하고. 몸의 세포가 복구되려면 반년쯤 걸리는데, 이 사고로 학년이 달라지면 나중에 적응하기 더 힘들 것 같잖니."

뭐, 그런 거라면 어려운 일이 아닌 것 같았다. 친구를 위해 그 정도는 해줄 수 있지. 나는 가슴을 펴고, 조금은 안심한 채 물었다.

"어떻게 데려가면 되는데요?"

✳

"그 의체가 토끼 인형이라는 말은 안 하셨단 말이야!"

나는 억울해서 소리쳤다.

"야! 의체라고 하면… 그… 아무래도 구형 로봇이라든가,

20

후추병같이 생긴 로봇이라든가, 아니면 그 있잖아! 역사책에 가끔 나오는 그 옛날 애니메이션에, 그 홀랑 벗고 기관총 들고 목 뒤에서 척추 따라서 줄줄이 랜선 같은 거 꽂혀 있는….”

“공각기동대?”

“어, 그래. 그거! 그런 걸 생각하지. 대체 누가 토끼 인형을 의체로 써!”

“우리 엄마.”

모니터 속 세빈은 대꾸했다. 나는 할 말이 없어서 입을 벙싯거리다가, 그만 소리를 지르고 말았다.

“이건 그냥 흔한 인형이잖아! 인터넷에서 인테리어 예쁘게 해놓은 집 사진에 흔히 나오는! 완전 예쁜!”

“그래, 작년 내 생일에 네가 선물한 거지.”

“그랬나?”

“넌 대체 아는 게 뭐야?”

“어쩐지 내 취향이긴 하더라.”

세빈은 모니터 속에서 한숨을 쉬었다. 사방의 스피커에서 그 애의 한숨 소리가 서라운드 입체 음향으로 들렸다.

“지금 그게 문제가 아니야. 그 토끼, 네가 준 거라고 내가 맨날 안고 잤는데. 사과 상자에 맞고 죽었다가 깨어나 보니 망할 매드 사이언티스트 우리 엄마가 그걸 내 의체로 개조해 버렸다고.”

“헐.”

“그거 지금 보기보다 무섭지 않아? 거기 카메라 들어 있고,

네트워크 모듈도 들어 있고… 내가 개한테 접속하면 그걸로 말도 할 수 있어. 배 속에 스피커 들어 있어서."

"지금은…."

"이 방 안에서 토끼로 말하면, 토끼 스피커랑 여기 방 스피커랑 하울링 생겨서…."

그리고 갑자기 토끼의 눈에 빨갛게 불이 들어오더니, 세빈의 한숨 소리가 이번에는 사방의 스피커에 이어 토끼 엉덩이에서도 났다. 그 소리들이 서로 웅웅거리며 울리는 바람에 나는 덜덜 떨며 바닥에 주저앉았다. 그리고 곧 토끼의 스피커가 다시 원래대로 꺼졌다. 나는 조심스럽게 물었다.

"설마 이거… 움직이는 것도 돼? 갑자기 토끼 귀가 프로펠러처럼 되어서 날아가거나."

"그건 안 돼. 근데 우리 엄마 앞에서 그 이야기는 하지 말아주라."

무슨 말인지 아주 이해가 갔다. 모니터 속 세빈은 어깨를 으쓱거리더니, 나를 쳐다보며 반쯤 체념한 표정으로 말했다.

"그리고 그거, 등에 지퍼 좀 내려봐."

"지퍼? 무슨 지퍼?"

대답하다가 다시 보니, 토끼의 등짝에 마치 척추를 표시해 놓은 듯 지퍼가 달려 있었다. 그것도 토끼의 원래 털 색깔과는 꽤 이질적인, 빨간색 지퍼가. 나는 조심스럽게 지퍼를 내렸다. 그 안에는 스마트폰만 한 화면이 들어 있었고, 순간 깜빡 하더니 바로 세빈의 얼굴이 화면에 떠올랐다.

"미쳤어!"

나는 진저리를 쳤다.

"내가 준 인형에 무슨 짓을 한 거야, 너희 엄마는!"

"그래, 우리 엄마가 내 의체로 만들었다니까."

"으윽…."

"근데 넌 내 의체를, 내가 접속하지 않은 동안 엉덩이를 주물주물 하고."

"엉덩이가 아니라 토끼 인형의 복슬복슬 몽글몽글한 꼬리라고! 사람 이상하게 만들지 마!"

아, 정말.

나는 사람 소리가 아닌 듯한 소리를 내며 절규했다.

그날, 세빈의 엄마는 정말 별일 아니라는 듯이 부탁했다.

"그냥, 정말 중학생도 할 수 있는 일이야. 세빈이의 의체를 데리고 같이 학교에 왔다 갔다 하고, 수업을 듣고 친구들과 이야기를 나누게 도와주라는 거지. 그러면 세빈이도 적응이 빠를 테니까 말이야."

그런 이야기를 하며, 세빈의 엄마는 그날 그 사고의 일로 내게 뭐라고 하는 대신, 내게 이런저런 보상을 제시했다. 중학생 기준으로는 꽤 넉넉한 아르바이트비와 세빈 엄마의 연구비로 결제되는 커피 쿠폰, 그리고 나중에 필요할 때 내 의식도 무료로 복제해줄 거고. 원한다면 입시 전에 내 뇌세포들도 싹 개선해주시겠다면서. 솔직히 말해서 남이 한다면 궁금하기도 하고 부러울지도 모르지만, 내가 굳이 하고 싶진 않은 일들이긴 했다. 그리고 그런 수상쩍은 조건 따위 걸려 있지 않았더라도, 나는 세빈의 엄마가 부탁하는 일들을 할 생각이었다. 나는 하루라도 빨리, 다시 세빈과 함께 학교에 가고 싶었으니까. 사실 세빈의 엄마가 다소 무리한 부탁들을 했더라도, 아무 조건 없이 해달라고 했더라도, 세빈과 함께할 수 있다면 좋다고 생각했을 거다.

하지만 이걸 어쩐담.

이 토끼를 학교에 데리고 가면, 반 친구들이 가만히 있을 리가 없는데. 다들 귀엽다고 복슬복슬한 귀와 꼬리며 토실토실한 엉덩이를 만지려 들 텐데. 그때마다 이건 토끼가 아니라 세빈이라고 설명할 생각을 하니 앞날이 막막해졌다. 세상에는 이런 위험한 미친 과학자가 벌써부터, 사람의 의식을 의체에 담아 다니는 생각을 하고 있는데. 왜 잠자고 있는… 그러니까 접속이 끊어진 의체를 어떻게 대해야 하는지에 대한 규칙 같은 것은 없는 것일까. 나는 세빈의 목소리로 떠들어대고 있는 토끼 인형을 안아 올려야 할지, 안아 든다면 어떻게 안아야 할지, 이 인형은 이족보행 형태이지만 진짜 토끼를 안는 것처럼 엉덩이를 받치고 귀를 잡아야 할지, 그러면 세빈이 싫어할지 어떨지에 대해 고민하다가 그만 세빈의 베개에 머리를 처박고 말았다.

"뭔지 모르지만 내가 다 잘못했어. 세빈아, 제발. 빨리 원래 모습으로 돌아와줘, 제발."

우주 멀미와 함께
살아가는 법

✦ 2019년 〈문장웹진 글틴〉 스페셜 게재

따다다 따안—.

운명이 문을 두드리는 소리라던가. 베토벤의 '운명 교향곡'의 시작 부분 말이다. 발작을 일으킬 때마다 나는 그 비슷한 소리를 듣곤 했다. 머릿속에서 불꽃이 튀는 느낌이 드는 것과 거의 동시에, 내 귓속에서는 두근두근, 심장 뛰는 소리가 묵직하게 울려 오는 것이다. 마치 귀 안쪽 동맥이 주먹을 움켜쥐고 내 고막을 직접 두드리는 것처럼.

머리가 무거워서 자꾸만 앞으로 숙여졌다. 귀 안쪽이 부어올라 귓속이 꽉꽉 차오르는 것만 같았다. 고개를 들려고 애쓰자 머릿속이 빙빙 돌았다. 속이 메스껍다 싶더니 바로 구역질이 올라왔다.

이건 일종의 멀미다. 아주 지독한 멀미.

배를 타고 폭풍이 휘몰아치는 바다 한가운데로 나간 것도 아닌데. 버스를 타고 산꼭대기에서부터 전력질주로 내려오는 것도 아니고, 우주정거장에 나가 있는 것도 아닌데. 나는 멀쩡히 지상에 두 발을 붙인 채 가만히 있다가도 갑자기 지독한 멀미에 시달리곤 했다.

그럴 때마다 할머니는 혀를 차며 말씀하셨다.

— 무녀리 같으니, 저걸 어디다 쓰겠나.

무녀리, 표준국어대사전에 실린 첫 번째 뜻은 '한 태에 낳은 여러 마리 새끼 가운데 가장 먼저 나온 새끼', 예를 들면 돼지가 여러 마리 새끼를 낳았을 때 그중 먼저 태어난 작고 비실거리는 놈 같은 것을 말한다. 사전에 나오는 두 번째 뜻은 '말이나 행동이 좀 모자란 듯이 보이는 사람'이라고 나와 있다. 한마디로 나는, 모자란 놈이라 이렇게 만날 길바닥에서 멀미를 한다. 할머니의 말씀은 그런 식이었다.

"또 쟤야? 지난번에도 저러지 않았어?"

주변에서 소리가 들릴 때마다 귓속이 웅웅거리며 울렸다. 그다지 친하지 않은 같은 반 아이들의 말 몇 마디가 귓바퀴를 치듯이 지나갔다.

"뭐가 문제야? 어디 아프대?"

"몰라. 꾀병 아니야?"

예전에 엄마가 그런 말을 했다. 임신하면 입덧을 하는데, 사람마다 증상은 다르지만 그 입덧이라는 건 대체로 끝나지 않는 멀미 같은 거라고. 그리고 엄마 생각에 그 입덧 중에서 가장 심한 것은 역시 우주 멀미와 겹쳐진 입덧이라고 했다.

　남들은 임신하면 하던 일도 멈추고 매사에 조심한다는데, 용감무쌍한 우리 엄마는 그만 나를 임신한 채로, 뻔히 알면서도 우주로 날아가버렸다. 그리고 우주 멀미에 우주 입덧까지 이중고에 시달렸다지. 내가 이런 멀미로 고통스러워하면, 엄마는 내 등을 쓸며 그 이야기를 했다.

　하지만 솔직히 그 이야기는 내겐 요만큼도 위로가 되지 않았다.

　"우웩⋯."

　하다못해 우주에서 입덧을 했다는 우리 엄마에게는 붙잡고 토할 종이봉지라도 있었겠지.

　하지만 지금의 내겐 그런 것도 없다. 토하고 싶으면 화장실에 가야 하지만, 비척비척 달려가다가 바닥에 나자빠지지나 않으면 다행이다. 바닥을 밟으나 허공을 밟으나, 내겐 어느 쪽도 허방다리 같았다. 나는 그저 손목에 찬 팔찌에 달아놓은 비상버튼을 꾹 눌렀다. 그리고 그 자리에 최대한 안전하게 주저앉았다. 혹시라도 넘어지면서 다치지나 않을까, 두 팔과 손으로 머리를 감싸면서.

　내가 당장 할 수 있는 일은 그게 전부였다.

＊

　"일어났어?"

　눈을 뜨자, '또 여기냐?' 싶을 만큼 익숙한 공간이 눈에 들어왔다. 여기에 익숙한 목소리까지 더해지자 다른 모든 문제를 제쳐놓고 먼저 쪽팔리고 번거롭다는 생각이 앞섰다.

"이야, 넌 어떻게 1년에 딱 두 번 수업 들으러 오면서, 어떻게 그때마다 멀미를 해. 이쯤 되면 꾀병 아니냐고 내가 묻고 싶어지잖아."

"아닌 거 아시면서 놀리지 마세요."

나는 보건 쌤의 목소리에 겨우 대답했다. 눈앞은 여전히 흔들거렸고 목덜미가 식은땀으로 눅눅해져 있었다. 그래도 침대에 누워 있어서 그런지 견딜 만했다.

"힘들어 죽겠다고요. 멀쩡한 사람이 눈 감으면 어디가 위인지 어디가 바닥인지 분간이 안 가는 게, 어디 쉬운 일인 줄 아세요. 쌤까지 놀리면 정말 화낼 거예요."

"어이쿠, 무서워라."

말은 그렇게 하지만, 한 학기에 2주씩 1년에 총 한 달 동안 들어야 하는 출석 수업을 들으러 학교에 나올 수 있는 건 순전히 보건 쌤 덕분이다.

"이야, 넌 네 엄마한테서, 딴사람은 몰라도 자기 기저귀를 갈아준 사람에게 그렇게 말하면 안 된다는 소리도 못 들었어?"

"그 이야기가 여기서 왜 나와요!"

"왜, 사실이잖아."

보건 쌤은 엄마 친구인데, 근처에 살아서 수시로 우리 집에 놀러 와서는 엄마와 서로 헐뜯고 놀다가 싸우고 돌아간다.

그럴 때 보면 대체 몇 살이신지 물어보고 싶어진다. 엄마 말씀으로는 학교 다닐 때부터 심심하면 싸우는 사이였다고 했다. 게다가 그때는 한 학기에 넉 달 반 이상, 그렇게 두 학기하고도 한 달을 더 학교에 나와야 했다니까, 정말 무시무시하게 싸우는 사이였을 거다. 아니면 무척 친한 친구였을지도 모르고.

여튼 그건 엄마와 보건 쌤의 사정이고, 이 나이에 기저귀가 어쩌고 하는 말을 들어야 할 이유는 없다. 나는 뭐라고 더 반박하려 했다. 그때 다른 목소리가 끼어들었다.

"와, 대박."

맑은 목소리였다. 어쩐지 귀에 익은 목소리.

"쌤, 쟤 기저귀도 갈아줬어요?"

"어어, 그럼."

하지만 대화를 해본 적은 없는, 그저 듣기만 해서 내게는 배경음악 같은 그 목소리가 키득키득 웃으며 보건 쌤과 말을 섞고 있었다.

"완전 대박. 많이 아프긴 아픈가 보네요. 쌤이 기저귀까지 갈아줘야 했다니."

잠깐, 지금 무슨 착각을 하고 있는 거야.

기저귀는, 그건 발달센터도 다니기 전의 일이라고! 혼자서는 걷지도 못하는 갓난아기 때 일인데, 대박은 무슨 대박!

"아, 쌤! 지금 무슨 말을…."

나는 두 사람의 대화에 반박하기 위해 몸을 일으켰다. 하지만 바로 눈앞이 빙빙 돌았다. 뻔히 눈으로 보면서도 어디가 위고 어디가 아래인지 분간이 가지 않았다. 나는 침대 난간에 겨우 매달렸다. 그리고 머리를 왼쪽 오른쪽으로 주억거렸다. 내 침대로 발걸음 소리들이 다가왔다. 한쪽은 익숙한 슬리퍼 소리, 다른 쪽은 운동화를 끌며 걸어오는 소리. 그 소리들이, 내 심장이 마구 뛰는 소리와 뒤섞여 귓속에서 쟁하게 울렸다. 보건 쌤의 손이 내 팔을 잡았다. 나는 숨을 헐떡이다가, 차라리 눈을 질끈 감은 채 외쳤다.

"정말 싫어!"

"싫은 건 싫은 거고, 넌 왜 가만히 있다가 침대에서 떨어지려고 그래."

그리고 운동화를 신은 아이가 침대 곁으로 다가왔다. 아, 그래. 너는 누구야. 누군데 보건 쌤과 함께, 내 과거사를 이상하게 해석하고 있는 건데. 나는 보건 쌤이 이끄는 대로 침대에 누우며 뭔가 말하려 했다.

그때 그 애의 손이 내 입에 닿았다.

"쉿, 말하지 말고 심호흡부터 해."

"아…."

나는 그 애의 말대로 했다. 그러다가 어느 정도 진정이 된 뒤에, 실눈만 겨우 뜬 채 주위를 둘러보았다. 그 애의 손은 여전히 내 입을 반쯤 막고 있었다.

"얘 왜 이러는 거예요? 아, 혹시 메니에르병인가 하는 그런 거예요?"

"아냐, 멀미야. 네가 메니에르병은 어떻게 알아?"

"고모가 전에 가만히 있어도 멀미가 난다면서 병원에 갔거든요. 그럼 쟨 뭐예요? 설마 불치병?"

"20세기 드라마야 뭐야, 우리 반 애가 불치병으로 쓰러졌어요 그러려고?"

보건 쌤이 피식피식 웃었다. 나는 뗏목을 탄 채 풍랑을 만난 것 같은 기분으로 보건실 침대에 매달린 채, 눈만 굴려 보건 쌤과 그 애를 번갈아 쳐다보았다.

"일단 이 친구의 명예를 위해 말하자면, 나는 얘가 학교에 입학한 이후로는 한 번도 기저귀를 갈아준 적이 없어."

"학교가 아니라 발달센터 다닐 때도 기저귀는 안 찼어요."

나는 겨우 그 애의 손을 밀어내며 중얼거렸다. 창피해서 고개를 들 수가 없었다. 차라리 눈 딱 감고 도망이라도 칠 수 있으면 좋겠는데. 지금은 어지럽고 제대로 균형을 잡을 수가 없어서 도망조차 칠 수 없다. 그때 보건 쌤의 서늘한 손이 내 이마를 덮었다.

"너 그러고 보니, 슬슬 생리할 때 되지 않았어? 시작은 했니?"

"사생활이거든요."

"난 지금 의학적인 질문을 하는 거야. 생리 시작했으면 엄마하고도 의논해보고, 산부인과에도 가보든가. 아니다, 이건 그냥 NASA 쪽 병원에 가서 물어보는 게 나을 수도 있겠네."

"뭐가요."

"네 귀 말이야."

"생리랑 이게 왜요."

"그게, 아까 얘가 메니에르 이야기를 해서 생각난 건데."

보건 쌤은 바퀴가 달린 둥근 의자를 끌어다가 앉았다. 나는 눈만 돌려 보건 쌤을 바라보았다.

"귀가 소리만 듣는 기관이 아니지. 그 안쪽을 '내이'라고 하잖아. 그 안에 달팽이관이니 세반고리관이니 전정기관이 있고. 생물 시간에 배웠지? 근데 이 전정기관 안에는 림프액이 차 있어요. 그 안에 이석이라는 게 있고. 세반고리관 안에도 림프액이 있고."

보건 쌤은 설명을 하다가 늘어져라 기지개를 켜며 하품을 했다. 운동화를 신은 아이는 어느새 내 침대에 걸터앉았다.

"아주 간단히 말하면 메니에르병은 이 림프액이 순환이 안 되어서 내이가 붓는 바람에 어지러운 거야. 이석증이라는 건 이석이 제자리에서 떨어져서 엉뚱한 데를 건드리거나 하는 것이고. 그런데 둘 다 호르몬하고 관련이 있다는 것 같지. 중년에, 주로 갱년기 여성들에게 자주 나타나는 걸 보면…."

나는 눈을 감으며 투덜거렸다.

"사춘기랑 갱년기가 같아요?"

"야, 일단 이석증은 의외로 여성호르몬하고 관련이 있어. 넌 사람을 돌팔이로만 보지 말고… 아니다, 내가 너한테 말해서 뭐하겠냐."

보건 쌤은 바로 광대뼈를 손끝으로 툭툭 치더니 엄마에게 참으로 다정하게도 전화를 걸었다.

"야, 뭐 해. 바빠? 바쁘긴 개뿔. 당장 튀어 와서 말 더럽게 안 들어먹는 네 딸내미 병원이나 좀 데려가라. 또 쓰러졌다. 또 쓰러졌어."

✳

"〈도천수관음가〉는 신라 경덕왕 때 희명이 쓴 10구체의 향가이다. 〈삼국유사〉에 의하면 이 노래의 유래는 다음과 같다. 신라 경덕왕 때 서라벌 한기리에 사는 여인 희명의 아이가 다섯 살이 되었을 때 갑자기 눈이 멀었다. 하루는 그 어머니가 아이에게 노래를 지어, 분황사의 천수대비상 앞에서 눈을 뜨게 해달라고 빌라고 하였다….'"

교실 안에 운동화를 신은 아이의 목소리가 낭랑하게 울리던 것이 떠올랐다.

밖은 더웠다. 꽉 닫힌 창문 너머로도 매미가 울어대는 것이 들려올 정도였다. 교실 안은 에어컨을 틀어 쾌적했지만, 복도 쪽은 나가기만 해도 더웠다. 쉬는 시간이 끝나고 얼마 지나지 않았기 때문에 교복의 반팔 셔츠는 땀에 젖어 등에 달라붙었다. 후추통처럼 생긴 국어 겸 부담임만이 이 교실에서 더위에서 자유로운 유일한 존재인 것처럼 보였다. 물론 부담임의 구형 캐터필러 쪽에서는 엔진의 열기가 뿜어져 나와, 부담임이 움직일 때마다 자리에 앉아 있던 아이들이 열기를 피해 다리를 움츠려야 했지만.

말하자면 이건 학교가 아니라 학교 체험에 가깝다. 그때 그 시절, 우리의 엄마 아빠들은 이렇게 학교에 모여앉아 공부를 했었지. 공연히 어떤 부모들이 아이들을, 2차 세계대전 끝났을 무렵에나 입었을 것 같은 군복을 입히고 진흙탕에 뒹굴게 하며 '해병대 체험' 같은 것을 보내는 게 아니다. 다만 그 사설 해병대 체험은 아동학대 논란마저 나오는 일이고, 이 학교 체험, 아니 학교의 소집 교육은 교육부에서 지시한 필수 과정이라는 차이 정도는 있겠다.

그런 게 나쁘다는 건 아니다. 어떤 아이들은 학교에 가지 않으면 평생 또래 친구를 못 사귈 것 같은 아이도 있고, 심지어는 학교에 가서도 친구를 못 사귀곤 하니까, 나처럼. 아니, 그 애도 그랬던 것 같다. 그렇게 눈여겨보진 않았지만, 적어도 내가 보고 있을 때는 늘 혼자였던 것 같았는데.

"천수관음은 천 개의 손과 그 손바닥마다 하나씩 천 개의 눈을 지닌 보살이다. 그 앞에 합장하고 앉아 두 눈이 없는 자신에게 한 개의 눈을 줄 것을 기원하는 이 노래는, 중생들의 괴로움을 돌아보는 관세음보살에게 중생이 그저 관세음보살을 한마음으로 깊이 생각하며 이름을 부르면, 관세음보살은 그 목소리를 듣고 중생을 구제해주실 거라는 소박하고 진솔한 신앙에서 기인한다⋯."

그 애는 어쩌다가 보건실에 있었던 걸까.

병원의 둥근 통 안에서 나는 아까 물어보지 못한 말들을 떠올렸다. 내 귀 안쪽, 정확한 위치에 주사를 놓기 위해 단층 촬영 장비가 빠르게 회전하며 내 머리 구조를 찍어대기 시작했다. 웅웅거리는 소리가 내 머릿속에서 울리는 내 심장 소리와 겹치며 한여름의 매미처럼 울어대기 시작했다. 맴맴맴맴. 나는 눈을 깜빡였다. 내 몸을 받치는 침대는 워낙 좁아서 나는 꽁꽁 묶인 채 우주에 떠 있는 것 같은 느낌이 들었다. 문득 그 애가 오늘 아침 국어 시간에 향가를 읽던 목소리가 들려오는 듯했다.

과거에서 미래까지 일체중생을 구제한다는 그 보살의 자비심 때문에, 관세음보살은 천수대비라고도 불렸다고 한다. 전쟁이 계속되고, 기근이 이어지고, 사람들의 생활 속에 늘 불안이 자리하던 시대에, 모든 일반 대중의 삶을 보호한다는 관세음보살은 그렇게 눈먼 아이에게 눈을 주고, 아이를 원하는 부부에게 아이를 주었다고 한다.

하지만 그 분황사에는 지금 관세음보살은커녕 절조차 제대로 남아 있지 않다. 절 안마당에는 그저 덩그러니 석탑 하나만 남아 있다. 나는 문득 그 절이 무너졌을 때 사람들은 어떤 기분이었을까 생각했다. 눈먼 아이들은 누구에게 의지하지. 자비를 구하는 중생은 누구의 이름을 불러야 하지. 나는 기약 없이, 대답을 구하지 못한 채, 계속해서 관세음보살을 부르던 사람을 떠올렸다.

묵직하게 속이 쓰라렸다.

✳

"엊그제 봤을 때는 죽을 줄 알았는데, 살아 있네?"

그 애를 다시 만난 건 다음다음 날이었다.

나는 그 애를 흘끔 쳐다보았다. 머릿속이 흔들리지 않는 지금 보니 누군지 알겠다. 만날 저 뒤쪽에서 혼자 밥 먹는 애. 원래 다리가 조금 불편한 데다, 요즘 키가 자라면서 양쪽 다리의 균형이 맞지 않는지 늘 운동화를 구겨 신은 채 찍찍 끌며 다닌다.

그리고 목소리가 예쁘지.

국어 시간에 책을 읽는 목소리가 유난히 낭랑했다. 이름이 뭔지, 어떤 아이인지, 그런 것은 아무것도 모르지만.

어쨌든 나와는 상관없다. 나는 밀어내듯 대꾸했다.

"시비나 걸려거든 꺼져."

"야, 우리 밥이나 같이 먹자. 이렇게 알게 된 것도 인연인데."

"넌 언제 전학 왔는데?"

나는 무심하게 물었다. 그렇자 그 애가 벙글벙글 웃으며 대꾸했다.

"그건 내가 물어봐야 할 소리고. 난 처음부터 여기 다녔는걸."

"처음부터?"

"응, 입학해서 지금까지 쭈욱. 넌?"

"나도 그런데."

"말이 되냐?"

그 애와 나는 당황해서 서로 마주 보았다.

"반 바뀐 적 없잖아?"

"없지."

"그럼 우린 입학하고서 계속 같은 반이었던 건데."

"그럼 우리가 몇 년째 한 반인 거야, 이게…."

옛날에, 아이들이 매일매일 학교에 나와서 수업을 들어야 했던 시절에는 해마다 반을 바꿨다고 한다. 하지만 지금은, 1년에 2주씩 두 번 보는 게 고작인 애들을 굳이 반까지 매번 바꾸진 않는다. 특별한 사정이 있어서 따로 학교에 요청하거나, 아예 이사를 가서 출석학교가 바뀌지 않는 이상, 입학할 때 한 반이었던 아이들은 계속 한 반이다.

그런데도 우린 서로의 이름도 모르고 있었다니.

나는 그 애를 빤히 쳐다보았다. 하지만 아무리 생각해도, 가끔 교과서를 낭랑하게 읽던 목소리 말고는 기억나는 게 없었다. 아무리 친구 없이 조용한 애들이라고 해도, 그래서 같은 반에서 몇 년을 지냈지만 접점이라는 게 없었다고 해도, 이게 정도가 있지.

"우리 엄마가 들으면 나보고 바보라고 할 거야."

나는 고개를 절레절레 흔들며 중얼거렸다. 그 애가 머쓱한 표정으로 몸을 꼬다가, 일부러 친한 척이라도 해보려는 듯 내 곁에 바짝 다가와 섰다.

"뭐야, 왜 갑자기 친한 척해."

"생명의 은인이 친한 척을 해주시면 고마운 줄 알아야지."

"생명의 은인?"

"야, 보건 쌤은 그때 회의 들어갔고 딴 애들은 다 보고만 있어서 내가 너 업어다가 보건실로 갔잖아. 기억 안 나?"

솔직히 말하면 기억이 안 난다. 한번 어지럼증이 시작되면 말이다. 그리고 귓속이 붓고, 토할 것 같고, 어디가 바닥인지 어디가 위쪽인지, 이럴 때는 천지가 분간이 가지 않고, 바닥이 어디인지 몰라서 무섭고, 울고 싶고, 죽고 싶어진다. 이래서야 누가 생명의 은인이라고 해도 기억할 수 있을 리 없다.

"근데 넌 학교 다닌 게 몇 년인데, 누구랑 점심밥 같이 먹어본 적은 있어?"

"너도 없잖아."

그 애와 나는 서로를 쿡쿡 찔러보듯 한마디씩 주고받으며 학교 식당으로 향했다.

1년에 고작 며칠 보는 사이라고 해도, 외향적인 아이들은 친구를 요령껏 잘 사귀고 다닌다. 기본적으로 같은 반 아이들이란 대체로 한 동네 아이들이니까. 어린이집이나 유치원을 같이 다닌 아이들도 있고, 또 일곱 살에 학교에 들어오자마자 친구들을 사귀어서 학교에 안 갈 때도 늘 찰떡같이 붙어 다니는 아이들도 있다. 그런 사람들 중에는 의무교육을 마친 뒤에도 계속 친구로 남기도 한다니 그야말로 평생 친구라는 거겠지.

하지만 나는 아무래도 그게 잘 안 된다. 몇 번인가 노력을 해보긴 했지만, 조금 가까워지는 것 같다가도 발작이 일어나면 말짱 헛것이었다. 그런 일에 얽히고 싶은 아이들은 없으니까. 내가 학교에서 쓰러지거나 할 때마다 '저 애의 친구'라는 명목으로 끌려다니며 수발을 들고 싶진 않을 테니까. 그러니 다들 약속이나 한 듯 멀어졌다. 얽히지 말자고, 번거로우니까 가까이 가지 말자고.

그리고 조금 지나자, 아이들은 내가 누구인지 곧 알게 되었다. 그 애들에게는 소소한 뒷담화라도 내겐 신상이 탈탈 털리는 그런 기분이 드는 일이었지만.

"나, 너 아기 때 영상 봤어."

식판을 들고 오며, 그 애가 내게 소곤거렸다. 나는 조금 허세를 부리듯 어깨만 한 번 으쓱하고 말았다.

부모들이 사회관계망서비스에 올린 아이의 영상은 아이가 일정 나이가 되면 비공개로 처리된다. 하지만 뉴스 같은 데 나온 건 다르다. 그런 건 기록되고 남겨지고 계속 검색되니까.

"너, 우주에서 태어났다며."

임신한 상태로 우주에 나간 과학자가 우주에서 낳은 아이. 인류 역사상 우주에서 태어난 첫 번째 아이. 스페이스 차일드. 뭐 그런 거창하고 남부끄러운 수식어들이 덜 닦인 태지처럼 덕지덕지 붙어 있는, 생후 일주일에 뉴스에 나왔던 내 모습. 이젠 슬슬 익숙해질 때도 되었지만, 그래도 들을 때마다 진땀이 나는 것은 어쩔 수 없다. 삼중고로만 기억되는 헬렌 켈러처럼, 내가 살면서 무슨 업적을 세우든 사람들은 나를 스페이스 차일드라고만 부를지도 모른다.

"별거 아냐. 그냥 실험이었어. 실험용 무균돼지 같은 거."

나는 대충 무심한 척 대꾸하다, 문득 무녀리라는 말의 첫 번째 뜻을 다시 떠올렸다. 사전에 붙어 있는 첫 번째 뜻 아래에, 그런 예문이 달려 있었다.

'그 돼지는 무녀리라네. 처음으로 태어난 돼지라서 체구도 작고, 제 형제들에게 밀려 젖도 제대로 먹지 못했지.'

나는 내가, 할머니 말씀대로 정말로 무녀리일지도 모른다는 생각을 했다. 잠깐은 스포트라이트를 받겠지만, 언제나 뭔가 부족한, 뭔가 모자란 그런 아이.

처음으로 우주에서 아이가 태어났다고, 모두가 열광하던 그때에 나는 인류의 미래였을지도 모른다. 하지만 결국 나는, 늘 비실거리고 변변치 못한, 제 몸 하나 제대로 가누지 못하는 존재였다. 나는 인류의 미래 같은 거창한 게 아니다. 나는 무녀리다. 그 말을 곱씹으며 나는 웃었다.

"실패한 실험이지만 말이야."

웃었지만, 그 웃음은 그저 웃는 모양에 불과했다. 입가만 당겨가며 만들어 낸, 삶은 돼지머리의 입에 걸려 있는 듯한 가짜 웃음. 이건 식판에 담긴 점심밥이 영 맛이 없어서야. 웃음이 나오지 않을 만큼 맛대가리가 없어서. 그래서 내가 이런 되다 만 표정을 짓는 거야. 나는 이 돼먹지 못하게 못생긴 웃음에 이유를 만들어 붙이려 애썼다. 하지만 아무리 이유를 갖다 대어도, 배 속에서부터 쓰디쓴 무언가가 거꾸로 올라오는 듯한 느낌만은 떨쳐버릴 수 없었다.

"내가 모자라서 그래. 덜떨어진 애라서. 내가 무녀리 같은 애라서."

"혹시 네가 아픈 것도, 우주에서 태어난 것 때문이야?"

나는 대답하지 않았다. 하지만 고개를 끄덕였다.

"너 이후로 우주에서 태어나는 아이들이 없는 것도…?"

고개를 들었다. 그리고 나는 의자 등받이에 견갑골을 댄 채 발로 바닥을 밀었다. 낡은 의자에서 끼이익, 하는 시끄러운 소리가 났다.

"아마 그런 것 같아."

…그러니까 이 이야기는 사실 내가 태어나기 한참 전, 아니 우리 엄마가 태어나기도 전으로 거슬러 올라간다.

"옛날에 말이야. NASA에서 우주로 로켓을 발사하면서 송사리들을 같이 보냈대. 근데 송사리 중에 몇 마리가 우주에서 태어났나 봐. 너, 송사리가 헤엄칠 때 어떻게 하는지 혹시 알아?"

"글쎄? 아, 부레에 공기를 넣는다던가? 스쿠버다이빙 할 때처럼?"

"스쿠버는 안 해봐서 모르겠고, 네 말대로 호흡할 때는 부레에 공기를 넣고, 가라앉을 때는 빼고 한다더라. 근데 우주에서 태어나서 자란 송사리들은 부레를 쓸 줄 몰랐대. 우주에서는 위아래가 없으니까, 부레에 공기를 넣는다고 떠오르지 않으니까."

"그럼 어떻게 되었는데?"

"몰라. 지구에 와서 헤엄을 제대로 못 쳤대."

그나마 송사리는 부레가 아주 사라진 건 아니었다.

역시 1991년이었나. NASA에서는 이번에는 해파리를 우주로 보냈다고 한다. 몇 마리였는지는 모르지만 하여간 천 마리가 훨씬 넘게, 많이. 그 우주 해파리들은 우주에서 번식을 하고, 태어나고 살고 죽었다.

나는 그 해파리들과 그 후손들의 운명에 대한 다큐멘터리를 본 적이 있다.

그 천 마리가 넘는 해파리들이 모두 죽은 뒤에도, 그 후손들은 계속 번식하고 있었다. 그런데 이 우주 해파리의 자손들이 살고 있는 수조에 중력을 만들어주자마자 해파리들은 제대로 헤엄을 치지 못했다. 떠올라야 할 상황에서 가라앉거나 방향감각을 잃어버렸고 제자리에서 맴을 돌기도 했다. 마치 나처럼.

나는 그 다큐멘터리를 본 이후로 종종 아쿠아리움에 갔다. 얕은 물가부터 깊은 바닷속까지, 물속 생물들을 보여주는 수조들을 여러 개 지나 걷다보면, 사방이 유리 수조로 된 어둑한 동굴 같은 방과 마주하게 되었다.

그곳에서 나는 조용히 해파리들을 바라보곤 했다.

몽환적인 조명 아래 둥글게 피어나는 보름달물해파리, 긴 촉수가 물에 번져 그대로 주홍빛으로 녹아내리는 듯한 붉은 쐐기해파리, 반짝거리는 빗해파리. 중력 따윈 느끼지 못하는 듯 수조 안을 너울너울 춤추듯 움직이는 해파리들을 꿈에 잠긴 듯 바라보며, 나는 늘 우주를 생각했다. 내가 태어난 곳은 혹시 저런 곳이었을까, 하고.

오직 그곳만이 내겐 고향 같았다.

'그건 내가 할머니 말씀대로 무녀리이기 때문일까.'

그 어둠 속에서 한참을 아무 말도 하지 않고 해파리들을 바라보고 돌아설 때마다 나는 생각했다. 내가 뭔가 부족한 건 아닐까. 모자란 건 아닐까. 그래서 인류 역사상 최초로 우주에서 태어났으면서도 감히 우주를 꿈꾸지 못하고, 이 해파리들의 낙원 한가운데에 우두커니 웅크려 앉은 것은 아니었을까. 나는 우주를 갈망하기는 고사하고 이 지상에서도 제대로 서 있지 못한 채, 늘 비틀거리고 주저앉기만 했다. 나는 그런 내가 싫고도 싫어서, 자꾸만 짜증이 났다.

＊

"네가 어제 말한 게 뭔지 알겠어."

운동화를 신은 그 애는 내게 말했다.

그동안 친구를 안 사귀어서 몰랐는데, 사람은 고작 하루 만에도 꽤 친한 척을 하고 지낼 수 있는 모양이다. 심지어는 그 애나 나처럼 누가 봐도 친구 없을 것 같은 아이라고 해도.

아니, 어쩌면 그 애는 충분히 친한 척을 할 수 있는데, 그럴 기회가 없었을 뿐인지도 모른다.

"송사리는 못 찾았고, 해파리도 그랬다며. 몸에서 중력을 감지하는 센서가 고장 난 거라고."

"말하자면 그렇지."

"그래, 인간의 전정기관처럼, 해파리도 황산칼슘 결정이 몸 안에 있어서 그게 쏠리는 방향에 따라 몸의 방향을 결정하는데, 무중력 상태에서 태어난 해파리들은 그게 없었대. 그래서 방향감각이 제대로 기능을 못 해서 원하는 대로 헤엄치지 못한다고."

나는 그 애가 떠드는 소리를 듣다 말고 눈을 딱 감았다. 그래서 뭐, 그걸 알면 우리가 친한 친구가 되기라도 한다는 거야, 뭐야.

"뭐, 비슷해."

하지만 나는 눈을 감은 채로 대꾸는 했다.

"사람도 그래. 사람이 움직이면 귓속에 이석이라는 게 있어서, 이게 중력이 어느 쪽인지 감지를 한대. 또 몸을 움직이면 림프액이 따라서 움직이고…. 근데 말이야. 내 귀 안에는 이석이 없대. 그래서 가끔 주사를 맞으러 가야 해."

"주사?"

"응, 이석을 인위적으로 만드는 주사. 만들어도 수시로 부서지고 없어져. 그러면 난 또 어지러워서 주저앉고 토하고 하는 거지."

"몸에 나쁜 건 아니야?"

"아니야. 특별히 이상한 건 아니고, 칼슘이랑 뭐가 들었대. 원래 이석에 든 성분 그대로."

사실은 엊그제 엄마 따라 병원 가서 귀찮은 이야기를 또 잔뜩 들었다.

골다공증도 여성호르몬과 관련이 많은 것 아시죠. 예, 호르몬이 칼슘 대사에 영향이 있으니까요. 그게 여자들에겐 좀 더 취약하죠. 또 임신, 출산을 하면 더 심해지기도 하고. 여자아이니까 더 신경 써야 해요. 지금으로서는 이석 주사를 더 늘리는 건 전 반대예요. 조금씩 추이를 봐 가면서 늘리는 게 좋다고 생각합니다. 응? 병원에 자주 오기 싫다고? 그러면 어쩌나.

어쩌긴 뭘 어쩌겠어요.

사람이 우주에 오래 있으면 뼈와 근육이 약해진다고 한다. 지구의 중력을 늘 감당하며 살아온 인간의 몸은, 중력이 사라지면 편하게 좀 쉬는 게 아니라 기능이 퇴화된다는 것이다. 근육은 줄어들고, 뼈는 이렇게까지 튼튼할 필요가 없다며 칼슘을 배출해 골다공증이 생기기도 한다. 대충 한 달에 1퍼센트 좀 넘게 운동능력이 감소한다는 것 같았는데. 그래서 우주에서 1년 가까이 머무르다가 지구에 돌아온 과학자들이 약해진 근력으로 갑자기 지구의 중력을 맞닥뜨리며 비틀거리거나 넘어지는 등 볼썽사나운 꼴을 보이는 일도 왕왕 있었다고. 대체 사람의 몸이라는 건 뭔지. 이 얼마나 허술하게 이루어져 있는 것인지. 들을수록 어처구니가 없었다.

그래서 엄마는 우주에 있는 동안에도 몸이 퇴화되지 않도록 수시로 온몸에 전극을 붙여 자극을 주거나, 일부러 수축시켜 부하를 걸기도 했다고 한다. 그렇게라도 하지 않으면 유지되지 않는 몸. 그런 나약한 것이 인간의 몸이다.

엄마는 우주를 사랑하면서도 우주로부터 자신의 몸을 지키기 위해 최선을 다했다. 하지만 엄마는 그 우주 멀미 하나에서만큼은 벗어날 수 없었다고 했다. 멀미에 입덧이 더해진 우주 멀미라고 해야 할지 우주 입덧이라고 해야 할지 모를 그 무언가는, 엄마가 우주에 다녀온 흔적으로 내게 평생 따라다니는 멀미로 남았다. 나는 무녀리처럼 몸은 작고, 뭘 먹어도 토하고, 목을 제대로 가누지 못하고, 대근육이나 소근육, 다른 발달은 다 정상인데 어느 쪽이 위이고 어느 쪽이 아래인지를 알지 못해서 그렇게 비실비실 자꾸만 주저앉았다. 아주 아기였을 때는 그런 게 중요하지 않았는지 모르지만, 한 친구, 또 한 친구가 목을 가누고, 손발로만 지탱한 채 몸을 들어 올리고, 벽이나 소파를 잡고 기저귀를 두른 토실토실한 엉덩이를 흔들며 일어나려 하고, 마침내 땅을 딛기에는 어쩐지 완벽하지 않은 듯 보이는 그 오동통한 발로 대지를 딛고 서서 걷고 뛰고 달리며 날아오르는 내내, 나는 늘 다른 아이들에게 밀려나고 주저앉는 늦된이였다.

"우리 엄마는 말이야."

솔직히 말하면, 운동화 신은 그 애와는 그렇게 친하지도 않았는데.

벌써 몇 년째 한 교실에서 얼굴 보는 사이이긴 했지만 그게 다였다. 며칠 전 쓰러졌을 때 그 애가 보건실까지 부축해준 것과 어제오늘 밥 같이 먹은 것을 빼면 정말 아무것도 없는 사이.

"내가 어릴 때 아팠을 때, 사실 NASA 쪽의 의사들, 유명한 과학자들이 죄다 달려와서 날 검사하거나 했어. 아무래도 우주에서 태어난 새끼 짐승들은 많이 봤어도 아기 사람은 처

48

음이니까 말이야."

"굉장하다, 야."

"굉장하지. 할 수만 있으면 나를 머리끝에서 발끝까지 얇게 포라도 떠서 해부하고 검사하고 연구하고 싶었을걸? 그렇긴 해도 그때 그 선생님들은 전국구도 아니고 진짜 세계구급이긴 했을 거야. 지금 생각해보면 그때 그 의사 선생님들한테 사인이라도 받을걸 그랬네. 그 중에 노벨상 받은 사람이 있을지도 모르는데."

"너희 엄마한테 부탁하면 받을 수 있지 않아? 지금이라도 말이야."

"그건 엄마가 받아오는 거지 내가 받는 게 아니잖아."

"하긴, 그건 다르지."

"응, 달라."

하지만 나는 누구에게든 이 이야기를 하고 싶었던가 보다.

그러니까 왜 우주에 나가고 그랬어. 예정과 달리 임신을 했으면 우주에 나가지 말지, 지상에서 남들처럼 태교라도 하실 것이지, 왜 '이럴 때야말로 우주에서 임산부가 어떻게 반응하는지 확인해볼 기회'라면서 지구를 떠나고 그랬어. 나는 이 모든 것이 엄마가 나를 우주에서 낳았기 때문이라고 생각하며 수많은 말들을 엄마에게 쏟아냈지만, 사실은 그보다 더 많은 말들을 그저 꾸역꾸역 삼키고 있었다.

"그런 대단한 의사 선생님들이 내 머리를 틀에 고정시키고 촬영을 하거나, 내 귀에다가 이따만 한 주삿바늘을 밀어 넣거나 했어."

"아팠겠다."

"응. 근데 다들 나보고 참으라더라? 이런 최고의 의료진들과 인공지능들이 널 돌봐주는데, 남들은 꿈도 못 꿀 특혜를 누리고 있는데 왜 못 참느냐고. 난 요만한 어린애였는데. 몸도 못 가누는 어린애한테 그게 무슨 개소리야."

내가 입을 비죽거렸다. 그 애가 고개를 끄덕였다.

"그런 게 특혜라고 할 것 같으면 자기들이나 그런 주사를 맞든가 말이야."

그래도 이 아이와 이야기를 하면서 한 가지 알게 된 게 있다.

어떤 일들은 입 밖으로 꺼내놓아야만 마음이 가벼워진다. 아무리 오랫동안 가슴속에 차곡차곡 쌓여서, 이제는 돌이 될 것 같은 그런 기분이 드는 말들도 꺼내서 풀어놓으면 흐릿하고 가벼워진다.

예전에 보건 쌤이 나를 붙들고 그 비슷한 말을 했던 것 같은데, 나는 이제야 그 말이 조금 이해가 가기 시작했다.

"그런데 우리 엄마가 말이야. 절에 다니긴 하는데 완전 나이롱 신자야. 솔직히 말하면 살면서 엄마가 절 근처에라도 가는 거 두 번 봤나? 하여튼 그런데."

"아, 우리 엄마도 그래. 성당은 1년에 딱 한 번, 성탄미사 때만 가시거든."

"너희 집은 1년에 한 번은 가네. 근데 내가 그렇게 주사 맞거나 검사받으면서 울고 그럴 때마다 엄마가 뭔가 중얼중얼

하는 거야."

"기도 같은 거 하셨어?"

"어, 비슷한 거. 나중에 할머니한테 들었는데 엄마가 관세음보살을 그렇게 찾더래."

"기도하셨네."

"야, 난 솔직히 그게 더 짜증이 나는 거야. 과학자가 그게 뭐야. 뭐든 다 알아서 우주까지 다녀온 과학자면, 그것보다는 좀 더 실속 있는 일을 하셔야 하는 거 아니야?"

"그렇다고 널 두고 연구하러 갔으면 서운했을 거잖아."

"아니, 그거 말고. 내가 좀 덜 아프게 어떻게든 해본다거나."

운동화를 신은 아이가 나를 보며 빙긋 웃었다.

"뭐야, 너. 엄마가 대단한 과학자라고 자랑을 하든가, 욕을 하든가, 둘 중 하나만 해."

"과학자인데 아무것도 못 해줬으니까 더 나쁜 거야."

나는 종알거렸다.

어린 내가 균형을 잡지 못하고 자꾸만 넘어질 때마다, 내 귀옆에 긴 주삿바늘을 찔러 넣어 만들어도 만들어도 자꾸만 부서지고 사라지는 이석을 다시 만들어 넣을 때마다, 나는 의사들의 어깨너머에서 어쩔 줄 몰라 하던 엄마를 바라보았다.

연구실에서는 무엇이든 다 아는 최고의 과학자였지만 내 앞에서는 모든 것이 처음이고 서툴렀던 엄마는, 그렇게라도 하지 않으면 다 망가지기라도 할 것 같은 표정으로 바싹 마른 입술을 달싹이며 관세음보살을 부르곤 했다.

나는 그게 더 슬프고도 싫었다. 마치 내가 과학의 힘으로는 도저히 어쩔 수 없는 어딘가에 홀로 떨어져버린 것 같아서. 불보살의 가피라도 빌리지 않고서는 도저히 어쩔 수 없다고 믿어버리는 것 같아서. 아니, 즈믄 손에 즈믄 눈을 지녀 모든 중생을 들여다본다는 그 보살조차도, 내 이 고통만은 어쩔 수 없는 것 같아서. 보살의 눈동자는 이 땅 위에서 태어난 생명들을 돌보기에도 한없이 부족하여, 저 먼 우주에서 탯줄을 끊은 나에게까지는 순서가 돌아오지 않을 것만 같아서.

　"다음에 말이야."

　그 애가 내게 말했다.

　"너 스쿠버다이빙 해본 적 있어?"

　그 애가 조금 쓸쓸한 얼굴로 웃었다.

　"난 말이야, 내 다리가 너무 무겁거나 하면, 물속 깊이 들어가곤 해. 그러면 이게 아무 문제도 되지 않으니까. 너 혹시 안 해봤으면 같이 가보면 좋겠어. 실내에서 할 수 있는 곳들 많으니까."

　"해보고 싶은데, 그 속에서 발작을 일으키면 대책이 없잖아?"

　나는 조금 자조하듯 중얼거렸다.

　"어디가 위고 어디가 아래인지 몰라서, 그냥 물속으로 처박으면…"

　"그렇긴 한데… 발작 일어났을 때 중력을 전혀 감지하지 못하는 건 아니잖아?"

　그건 그렇다. 약하게 느껴지고, 그게 영 익숙해지지 않을

뿐이지. 아무래도 다음에 병원에 가면 한번 물어라도 봐야 할
것 같았다. 물론 괜찮다고 하더라도, 이 아이와 함께 스쿠버
다이빙을 하러 갈지는 아직 모르겠지만 말이다.

＊

한 주의 마지막 날은 수업이 일찍 끝난다. 나는 끝나자마
자 가방을 챙겼다. 근데 다음 주 계획서를 나눠주고 나가려던
부담임이 나를 향해 렌즈를 돌렸다. 내가 손가락으로 나를 가
리키자, 부담임은 지금 나를 보고 있는 게 맞다는 뜻으로 나
를 향해 렌즈를 두 번 깜빡였다.

"보건 선생님께 가봐요."

"예에."

나는 부담임에게 고개를 끄덕해 보이며 돌아섰다. 그때 그
애가 내 어깨에 턱을 걸쳤다. 나는 어깨를 움츠렸다가 두 손
으로 얼른 그 애를 밀어냈다.

"같이 가자. 나도 보건 쌤한테 인사나 하고 가게."

"너하고 보건 쌤, 대체 무슨 사이야?"

"이웃 사촌. 우리 옆집이야."

그럼 얘도 우리 집 근처라는 이야기인데. 집에 갈 때 같이
가자고 해볼까. 그런 생각을 하며 보건실 문을 여는데, 대책
없이 달콤한 냄새가 났다.

"야, 살았다. 마침 너희 둘 다 왔구나."

보건 쌤은 이 여름에 무슨 변덕이신지, 뜨끈뜨끈한 김을 사

정없이 내뿜고 있는 빵 덩어리들을 눈앞에 둔 채 우리를 쳐다
보았다.

"그게 다 뭐예요."

"뭐긴 뭐야. 스콘이라는 거다. 집에 가서 너희 엄마랑 나눠
먹어. 아, 너도."

"그러니까 이 따끈따끈하게 갓 구운 빵이 왜 이렇게 많은
건데요."

"구웠지."

"쌤이요?"

"어, 그래… 레시피대로 만들려다가 아무래도 이거 누구
코에 붙이나 해서 양을 좀 늘렸는데."

나는 책상 위에 놓여 있는, 휘갈겨 쓴 글씨로 적혀 있는 레
시피를 집어 들었다.

"4인분…이라고 되어 있는데요."

그런데 지금 여기 있는 스콘은 적어도 스무 개가 넘어 보
였다.

대체 얼마나 많이 만든 거야.

"내가 다 먹으려고 했는데 마음이 바뀌었어. 여기 들어가는
설탕량을 보고서."

"쌤."

"아, 괜찮아. 이거 버터 말고 같은 무게의 올리브유를 넣었
으니까. 살 안 쪄. 올리브유는 건강에도 좋다고!"

"그게 무슨 말도 안 되는 소리예요! 버터나 올리브유나 지

방은 1그램에 9킬로칼로리라고요!"

"잠깐, 버터는 수분이 들었잖아. 올리브유는 100퍼센트 기름이고."

"헉, 그럼 같은 무게일 때 버터보다 칼로리가 더 나가는데!"

"아니야!"

…그러니까 간단히 말해서 쌤은, 레시피대로 만들려다 보니 양이 적어서 많이 만들었고, 또 만들다 보니 퍼 넣는 설탕의 양이 장난이 아니라서 그걸 우리 엄마에게 먹여야겠다고 생각했다는 이야기다. 게다가.

"야! 그래, 내가 오늘 점심시간에 학교의 전기세로 스콘을 잔뜩 구웠거든. 그래그래, 네가 낸 세금 말이지. 먹고 살쪄라. 너 다이어트 방해하려고 만든 거야. 야, 횡령? 횡령 좋아하네. 재료는 내가 사 온 거거든?"

보건 쌤이 엄마랑 통화하는 내용이 참으로 심상치 않았다. 친구라면서 두 사람이 떠드는 걸 보면 마치 사이 나쁜 유치원생 둘이서 너랑 다시 안 논다며 고개를 홱홱 돌리는 모습이 떠오른다. 나는 한숨을 푹 쉬며 보건 쌤이 꺼내놓은 종이 백에 스콘들을 쓸어 담았다.

그때 보건 쌤이 전화를 끊으며 쓸데없는 말씀을 굳이 덧붙이셨다.

"아, 너희 집에 갈 때 같은 방향이지? 쟤 말이야, 우리 단지에서 길 하나 건너에 살아."

"쌤, 그거 개인정보…."

나는 뭔가 말하려다가 그냥 보란 듯이 한숨을 쉬고 대답했다.

"그렇지 않아도 오늘 같이 가자고 할 생각이었어요."

어쩐지 보건 쌤에게 아주 단단히 당한 기분이 들었다. 처치 곤란한 같은 반 아이와 처치 곤란한 스콘 한 무더기, 아니, 그 애가 든 것까지 총 두 무더기를 들고, 우리는 한여름의 열기가 이글거리는 학교 밖으로 나왔다.

"날도 더운데 무슨 스콘이야."

"그러게."

우리는 버스가 언제 오는지 확인하며 투덜투덜, 보건 쌤에게 당한 이야기들을 서로 꺼내놓기 시작했다. 뭐, 간단히 말해서 뒷담화라고 할 수 있었다. 어쨌든 보건 쌤 덕분에 우리가 이야기라도 하게 된 거니까, 나름대로는 은혜를 갚는 행동이라고도 할 수 있었다. 보건 쌤이 들으면 은혜를 원수로 갚는다고 소리칠 것 같긴 했지만, 왜, 청출어람 청어람이라는 말도 있는걸.

스콘을 잔뜩 들고 버스를 탔다가 다시 집 앞에서 내렸다. 고소하고 달콤한 갓 구운 스콘 향기만큼 수다를 떠는 것도 고소했다. 온라인으로야 언제든 이야기할 사람을 찾아볼 수 있지만, 동시에 여러 가지 감각이 쏟아지는 가운데 누군가와 이야기하는 것은 또 다른 느낌이었다. 한낮의 햇살과 더위, 편의점 사이로 새어 나오는 냉기. 발밑을 바싹 따라오는 짙은 그림자, 셔츠가 등에 달라붙는 그런 느낌들. 나는 문득 그 애와 조금 더 친해지고 싶다고 생각했다. 그때였다.

"그건 또 뭐냐."

나는 어깨를 움츠렸다. 그리고 천천히 뒤를 돌아보았다. 서늘해 보이는 하늘색 원피스에 라벤더 빛 양산을 쓴 할머니가 표독한 눈빛을 감추지 못한 채 나를 노려보고 있었다.

"무녀리가 꼭 저 같은 것하고만 어울려 다니고."

할머니는 그 애를 위아래로 훑어보다가, 그 애의 왼쪽 반바지 교복의 무릎에서 발목 사이, 하얀 운동화 위로 연결된 유압식 관절과 성장기용 의족을 뚫어져라 노려보았다. 무례하고 무참한 시선이었다.

할머니가 내게 그러는 건 이해할 수 있다. 늘 그랬으니까. 태어났을 때부터 늘. 아니, 어쩌면 태어나기 전부터 싫어했을지도 모른다는 생각도 한다.

나는 할머니 기준으로는 늘 문제가 많았다. 할머니가 그렇게 예뻐하는 우리 엄마의 발목만 잡았다는 거다. 엄마가 결혼을 안 하고 임신한 것도, 우주비행사가 되기 직전에 두 줄이 떠버린 것도. 남들은 딸이 임신하면 그렇게 살피고 챙겨주며 애지중지한다는데, 엄마가 임신한 상태로 우주에서 지낼 때의 신체 변화를 확인해볼 기회라며 동료들의 만류에도 불구하고 우주정거장에 가서 지내는 바람에 할머니가 엄마의 산바라지를 할 기회를 놓친 것도, 전부 내 탓이라고 했다. 낳아보니 머리가 곱슬거리고 피부색이 거무데데한 것도, 할머니의 그 귀하디귀한 딸인 엄마가 '어디 가서 써먹을 수도 없는'

장애인을 낳은 것도 다, 전부 내 잘못이라고. 남들은 다 있는데 내 귀에 없는 그 작은 돌조각 하나가 나를 언제나 할머니 앞에서 죄인으로 만들었던 것은 안다.

하지만 내 친구에게까지 그러는 건 너무하잖아.

나는 뭔가 말하려고 했다. 하지만 입이 바싹 마르고 머리가 어지러웠다. 햇살이 너무 뜨거워서였는지도 모르겠다. 그때 그 애가 나를 붙잡으며 물었다.

"무녀리가 왜요?"

할머니는 그 애가 '감히' 뭔가 말할 거라고는 생각하지 못했던 것 같은 얼굴로 입을 벌렸다. 그 애는 할머니가 뭐라 말할 틈도 주지 않고 다시 물었다. 눈을 똑바로 뜨고서.

"여러 마리의 짐승 새끼 중 제일 먼저 나온 새끼가 무녀리죠. 그런데 왜요?"

무녀리, 무녀리. 나는 그 애의 입을 틀어막고 대신 대답하고 싶었다. 그건 국어사전에 실린 첫 번째 뜻이야. 할머니가 말하는 건 두 번째 뜻이고. 제일 먼저 태어난, 그래서 가장 몸뚱이도 작고, 먹는 것도 시원치 않은, 비실비실해서 언제 죽어도 이상하지 않은 그런 새끼돼지 같은 거라고. 하지만 그 애가 문득 내 손을 잡았다.

"모든 지구인 중에 처음으로, 이 지구의 문을 열고 나가서 태어났잖아요. 그런데 왜요. 뭐가 문제예요."

나는 그 손을 마주 잡았다.

그리고 할머니를 지나쳐 걷기 시작했다. 내 등 뒤에서 할머니가 악을 썼다. 전부 나 때문이라고, 늘 나를 저주하듯 내지르는 그 레퍼토리가 지겹게도 반복되었다. 나는 돌아보지 않았다. 신경 쓰지 않았다.

"그저 그러라고 해."

그 애가 속삭였다.

"무녀리라는 말은, 문을 연 아이라는 뜻이야."

어쩌면 너는 저 바다의 부력 속에서는, 혹은 우주의 무중력 속에서는 더는 그 지독한 멀미를 하지 않을지도 몰라. 처음으로 뭍으로 올라왔던 양서류의 먼 조상처럼, 처음으로 활강이 아니라 날갯짓을 했던 새들의 먼 조상처럼, 억센 팔로 나무를 기어오르는 대신 처음으로 두 발로 땅 위에 섰던 인간의 조상처럼, 너에게는 다른 세계가 있는 거니까. 처음으로 문을 열었던 누군가의, 나약하고 작지만 끈질기게 버텨 나가는 힘이, 그렇게 새 세계로 우리를 인도하는 거니까. 그 애가 그렇게 속삭이는 듯했다. 귓속에서 두근거리는 소리가 났다. 내가 또다시 발작, 아니 우주 멀미를 일으키려는 전조인지, 그 애가 운동화를 끄는 소리인지, 그게 아니면 가슴 어디선가 뭔가 고장 난 듯이 심장이 뛰기 시작한 것인지, 그 순간 나는 분간할 수 없었다.

교환 및 반품은
7일간 가능합니다

✦ 2020년 《살을 섞다》(아작) 수록,
2021년 거울×아작 환상문학총서 〈거울아니었던들〉 전자책 발표

처음 이곳에 와서 "규칙"에 대해 들었을 때, 나는 실없이 웃었다. 이 과정을 곧바로 클래스로 나누고, 적당한 알고리즘대로 움직이게 만들어서, 길게 설명할 것 없이 바로 자동화하는 과정을 머릿속에 떠올려 버렸기 때문이다. 아니, 내게 머릿속이라고 할 무언가가 남아 있다면 말이다. 나는 죽었고, 죽은 지 사흘 만에 부활하는 건 보통 인간의 몫이 아니다. 그리고 혹시라도 사흘 만에 부활할까 봐 걱정이 되기라도 한 것처럼, 내 몸은 죽은 지 날짜로 사흘, 시간으로는 고작 36시간도 되지 않은 시점에 활활 불태워졌다.

어쩔 수 없는 일이다. 나는 밤에, 아직 안 먹은 저녁 대신 야식으로 뭘 먹으면 좋을지 생각하며 회사에서 일하다가 잠깐 책상에 엎드렸고, 그대로 죽었다. 멀쩡히 야근하다가 갑자기 송장을 치우게 된 우리 회사 사람들에게는 애도를 표하고 싶지만, 어쨌든 이 상황에서 애도의 대상은 그 사람들이 아니라 나다. 적어도 그 사람들은, 내가 그리 죽어버린 것을 보고 한동안은 조금이라도 일찍 퇴근하고, 잠을 10분이라도 더 자려고 애는 쓰겠지. 효과가 있을지 의심스러운 녹즙이라도 챙겨 마실 테고. 내겐 그런 기회라는 것도 주어지지 않았으니, 내가 그 사람들을 딱하게 여겨봤자 내 주제 파악 못 하는 일에 불과하다.

어쨌든 그동안 나도 정확히는 몰랐지만, 대체로 장례라는 것은 죽은 당일을 1일로 쳐서 사흘째 되는 날 아침에 발인하는 법이라 한다. 새벽 1시에 죽었든, 밤 11시에 죽었든 상관없이. 다시 말해 사람의 몸이란 어쨌든 대체로 숨이 멎고서 길어야 60시간 안에는 잿더미가 되는 모양이었다. 사실은 그것도 죽은 다음에야 알았다.

그나저나 완전히 정지한 몸뚱어리라도 남아 있으면 어떻게든 해볼 수 있을까, 이걸 어쩌란 말인지.

나는 규칙을 듣고 혼자 알고리즘을 짜보며 낄낄거리다 말고 심각해졌다. 나는 이곳의, 그러니까 신인지 천사인지 시스템 운영자인지 뭔지 모를 존재를 향해 물었다.

"저기, 제가 가족한테 해야 하는 말이 있는데요."

"죽었는데 무슨 수로 말을 해요."

"아니, 꿈에 나타난다거나 뭐 그런 거 있잖아요. 조상이 로또 번호도 알려준다는데. 로또 알려줄 재주는 없어도 보험이랑 지금이랑 그런 건 알려줘야지."

"산 사람은 알아서들 다 삽니다. 돌아가신 분이 걱정할 필요 없어요."

"아니, 어떻게 걱정을 안 해요. 그래도… 가족인데."

말끝을 흐렸다. 시스템 관리자는 나를 좀 딱하게 여기는 것 같았지만, 그렇다고 이 문제를 도와줄 생각은 요만큼도 없는 듯한 눈치였다. 관리자가 내게 다시 말했다.

"기회는 한정되어 있어요. 시간제한도 있고요. 가족들 생각은 이제 그만하고, 이제 님의 앞일이나 생각해보세요."

관리자가 '앞일'이라고 말하는 것은, 조금 전까지 내게 설명하던 그 규칙에 대한 문제였다.

이곳에서도 시간은 한 방향으로 흐른다. 그리고 죽은 사람은 다시 태어날 수 있다. 자기가 원하는 곳에 선택해서 갈 수 있는 것은 아니지만, 일단 지역은 고를 수 있다. 물론 특정 지역으로 희망자가 너무 몰리면 밀려날 수는 있다고 했다. 그래도 인연이 있거나 원래 살던 곳이라면 우선순위가 주어진다고. 살아 있을 때, 기회 되면 가보고 싶었던 곳들은 있었다. 하지만 경쟁에 밀려 엉뚱한 곳에 잘못 태어나느니 안전빵이 최고였다. 적어도 한국 정도만 되어도, 의료보험이 빵빵하니까 태어나자마자 병 걸려 죽진 않겠지. 내가 원래 살던 지역 근처를 고르자, 시스템 관리자는 그런다고 원래 가족과 만날 수 있는 건 아니라고, 굳이 쓸데없는 말을 덧붙였다. 자, 이다음부터는 확률 싸움이다.

죽은 사람에게는 각각 저마다 랜덤하게 환생 가능한 후보지들이 일곱 곳까지 제시된다. 한 후보지에서는 현실 시간으로 최장 7일까지 머무를 수 있는데, 7일째 되는 날 여기로 환생할 것인지 결정하거나, 혹은 중간에 거부하고 다음 후보지로 넘어갈 수 있다. 한 번 거부한 후보지는 목록에서 삭제되는데, 자신에게 주어지는 후보지 중 어느 것이 가장 살기 좋은 곳인지는 알 수 없다.

그러니까 이거, 알고리즘이잖아.

나는 학교 다닐 때 배웠던, 공주 100명을 차례로 만나보고 그중 가장 아름다운 공주와 결혼해야 하는 남자의 알고리즘을 떠올렸다. 증명 과정까지는 생각나지 않았지만, 결론은 알고 있다. N이 무한대로 발산할 때, 가장 아름다운 공주를 고를 수 있는 확률은 $1/e$에 수렴한다. 여기서 e라는 것은 자연로그의 밑인 2.718 어쩌고를 말하는 것이고. 그러니 100명이라고 가정하면 37명까지의 공주를 만나보고, 이후 그 37명 중 가장 아름다운 공주보다 더 나은 상대가 나타나면 바로 결혼하면 된다는 뜻이다.

하지만 지금은, 후보지가 일곱 곳밖에 없다. 두 번째나 세 번째까지 본 뒤, 그보다 나은 자리가 있으면 무조건 받아들여야 한다.

이게 말이 되나?

생각하는데, 눈앞이 환해졌다.

＊

눈은 제대로 뜨이지도 않았다. 억지로 눈을 열었더니 보이는 것은 온통 하얀 천장뿐이고, 사방에서 온통 아기 울음소리가 들렸다. 문득 생각했다. 생각만큼 젖비린내가 나진 않는 게 다행이지.

뭔가 생각을 하면 그게 입 밖으로 나오기도 전에, 비 맞고 앓는 아기고양이 같은 울음소리가 되어 나왔다. 자기 자신을 특별히 귀엽게 비유하고 싶은 게 아니라, 실제로 그랬다. 손발을 들어 올릴 수도, 목을 가눌 수도 없었다. 그야말로 몸에 갇혀버렸다는 생각에 짜증을 내면, 흐릿한 덩어리가 다가와 나를 안아 들었다.

"아이고, 우리 아기. 응가 했어요?"

그러니까 여긴 말로만 듣던 산후조리원이었다.

이곳에서의 하루는 한 달 같았다. 소리는 웅웅 울리듯이 들렸지만, 앞은 아직 제대로 보이지 않았다. 애써서 눈을 떠도 흐릿한 덩어리들이 움직이는 것이 겨우 보일 뿐이었다. 갓난아기는 색깔을 제대로 보지 못한다더니 정말 그랬다. 그저 온통 뿌연 막에 싸인 채, 나는 온종일 먹고 자고, 먹고 자기를 반복했다.

나는 꾸벅꾸벅 졸다가 소스라치게 놀라며 깨어나곤 했다. 그때마다 나는 내가 아는 것들, 그러니까 알고리즘이라든가, 내 원래 가족이라든가, 회사라든가, 그런 것들을 잊지 않으려고 몸부림을 쳤다. 그때마다 나는 고양이 같은 소리로 울었고, 덩어리들은 다가와 내 입에 젖병을 물렸다.

간혹, 진하고 맛이 다른 것들이 입안으로 밀려들어 오기도 했다. 서투르게 젖을 물려 오는 여자의 품에 잘못 안겨서, 숨을 못 쉬고 캑캑거리기도 했다.

"자기는 잘 나와?"

"아뇨, 잘 안 돼요."

"수술했어? 허리가 많이 아픈가 봐."

"원래 디스크가 있었어요. 그래도 자연분만 하려고 애를 써서…."

"아휴, 잘했네."

내게 젖을 물리려 애쓰며 살살 달래듯, 조심조심, 나직나직하게 말하는 목소리에 설핏 졸음이 오려고 했다. 문득 생각했다. 우리 엄마도 내게 이랬을까.

"걱정이에요. 임신했더니 회사에서 그만두라고 해서."

"다들 그렇지. 있지, 나는 입덧 시작하자마자 나가달라고 먼저 그러던 주제에, 아직도 걸핏하면 회사에서 연락이 온다. 뭐가 안 되는데 도와주세요, 하고."

"말도 안 돼."

"말도 안 되긴. 내가 아는 사람은 공무원이라 잘리진 않았는데, 걔는 막달까지 일하다가 양수가 터져서 분만대에 누워 있는데 회사에서 전화가 오더란다. 국회의원 요구자료인지 뭔지, 뭔 급한 공문을 오늘까지 보내야 한다고."

68

"너무하네요."

"너무하지. 사람은 열 달이나 임신해서 있는데, 사람을 내보내든 마지막까지 부려 먹고서 휴가를 주든 그렇게 몰아댈 거면서 어쩜 다들 그리 대책이 없니."

마음이 아팠다. 하지만 그렇지는 않았다. 그보다는 회사 생각이 났다.

그들의 말대로 사람이 임신하고 열 달 가까이 시간이 있는데도 준비가 되지 않았다면, 갑작스레 회사에서 쓰러져 죽어 버린 사람에 대해서는 어떤 준비라는 게 되어 있을까.

그렇지 않아도 게임 런칭을 앞두고 연이은 밤샘 때문에 다들 몸도 마음도 한계까지 몰려 있었는데. 갑자기 죽어 나간 옆자리 사람을 보고 다들 무슨 생각들을 했을까. 놀랐겠지. 어쩌면 그게 자신이 되었을 수도 있다고 안심하고 있을지도 모르겠다. 점심 먹으면서 늘 사표 내고 나간다고 노래들을 불렀는데. 누군가는 정말로 그 꼴을 보고 사표를 내고 나갔을까. 초반이면 몰라도 후반에 신규 인원을 투입하면 아무래도 사고가 나는 법인데. 왜, 소프트웨어 공학에 그런 이야기도 있잖아. 인원을 이만큼 늘리면 개발 기간이 단축되는 게 아니라 오히려 사람을 투입할수록 개발 기간이 늘어난다고.

내가 사라진 자리에는, 누군가가 들어와 앉았을까.

내가 마지막으로 만들던 게임은, 그래서 제날짜에 빛을 보게 될까.

문득 슬퍼졌다. 하지만 그보다 더 슬픈 것은, 내게 젖을 물리던 여자의 목소리였다.

"걱정이에요. 결혼한 지 얼마 안 되었다 보니, 모아놓은 것
도 얼마 없는데…."

그 말에 가슴이 미어졌다. 그리고 나는 결정했다.

…결론만 말하자면 나는, 첫 번째로 배정받은 후보지를 일
단 거절했다. 알고리즘에 의거하여 생각해도 그게 합리적이
었다.

아니, 알고리즘까지 갈 것도 없이. 결혼한 지 얼마 되지 않
았고, 전세자금 대출이 잔뜩 있는 상태인데, 맞벌이에서 갑
자기 외벌이가 되어버리다니. 내가 할 걱정은 아니지만 이쯤
되면 살기 팍팍할 게 안 봐도 뻔했다. 거기다 아이까지 태어
났는데.

하지만 만약 내가 죽지 않았다면, 적당히 사귀고 연락하던
사람과 결혼까지 했다면, 그래서 임신을 했다면… 만약 그랬
다면 나 역시도, 회사에서 책상을 부지하고 버티진 못했을
거다. 나가라고 대놓고 말하진 않겠지. 그 정도의 상식은 있
는 회사고, 상식 이전에 노동법이라는 게 있으니까. 하지만
회사에 계속 붙어 있기 어렵게 열과 성의를 다했을 거라는 건
안 봐도 뻔했다. 이 바닥이야 프로젝트 하나 끝날 때마다 헤
쳐모여 하는 식으로 이직이 잦은 곳이라서, 티 안 내고 사람
을 내보내는 데는 도들이 텄으니까 말이다.

＊

"아니, 네가 서방 단속을 제대로 못 한 것을 왜 울고 그래? 남부끄럽게!"

첫 번째 선택지를 좋게 거부하자마자, 새로운 목소리가 들려왔다.

날카롭게 뭔가 깨지는 듯한 목소리였다. 상대의 속을 일부러 긁어놓기 위해 악다구니를 부리는 그런 목소리. 나는 그런 목소리를 알고 있었다.

내가 어릴 때 우리 할머니가 엄마에게 소리를 지를 때 내던, 딱 그런 소리였다.

"어머님이 뭐라고 말씀 좀 해주세요. 아기를 보러 오지도 않는다고요."

울먹이는 목소리가 들렸다. 말이 어눌했다. 억지로 눈을 열자, 나를 끌어안은 손이 보였다. 내가 생각하는 평균적인 한국 사람의 손보다 명도가 낮은 손등이 보였다. 국제결혼인가? 다문화 가정이야? 그때 할망구가 언성을 높였다.

"요즘은 애 밴 여자들이 상전이라고, 꼴에 너도 애 낳았다고 뭐라도 되는 줄 알고 유세 떠는 모양인데, 넌 아무것도 아니야. 어디서 돈 주고 사 온 게 내 아들에게 감히."

"저는 어머님 며느리고 그 사람 아내예요. 아이가 태어났으면 아빠는 아이를 보러 와야 해요. 그런데 그 사람, 나이트에 갔다고 했어요. 아이가 태어났는데 술을 마시고 여자 만나러 가는 건 나쁜 아빠나 하는 일이에요."

"너 지금 뭐라고 했어!"

나는 그 목소리에 그만 비명을 질렀다. 기억에 있는 바로 그 목소리였다. 우리 할머니가 엄마를 괴롭힐 때, 아니 조질 때 내던 목소리와 똑같은 것이어서. 이미 죽어버린 나의 기억과, 갓 태어난 아기의 비명이 겹쳐지며 폭발하듯 자지러지는 울음소리가 터져 나왔다. 그러자 아이의 엄마는 아이를 끌어안고, 내가 잘 모르는 말로 나직하게 노래를 부르기 시작했다.

"한국말로 해!"

할망구가 당장에라도 한 대 때릴 것처럼 손을 들어 올리며 소리쳤다.

"한국말로 하라고, 이년아!"

그때 웅성거리는 소리가 나더니 문이 열렸다.

"여기서 이러시면 안 돼요, 어머님."

하늘색 옷을 입은 간호사였다.

"어머님 자꾸 그러시면, 퇴소하실 때까지 여기 못 오세요. 아시겠어요? 다른 산모들도 계시잖아요."

"아니, 이 본때 없는 년이 하는 말을 들어보라고. 이게 시어미 알기를 개똥같이 아는데…."

"알았으니까 이리 나오세요. 산모님은 괜찮으세요?"

아이 엄마는 고개를 끄덕였다. 젊은 여자였다. 죽기 전의 나보다도 훨씬 더 젊은. 뺨에 닿는 아이 엄마의 뺨은, 아직 어리다고 해야 할 것처럼 보드라웠다. 고양이 같은 울음소리

72

를 내자, 아이 엄마는 내 이름인 듯한 짧은 단어를 반복하며 나를 꼭 끌어안았다. 내 뺨에, 슬픔과 절망처럼 여자의 축축한 눈물이 젖어왔다.

그 품이 따뜻해서, 어린 자식을 끌어안고 어떻게든 버티려 애쓰는 어린 엄마가 안쓰러워서, 나는 하마터면 선택할 뻔했다. 여기서 살겠다고.

하지만….

"지금 여기서 그래 봤자, 집에 가면 또 그럴 거 아니야. 말려봤자 나중이 더 힘들 텐데…."

"그래도 안 말릴 수 있나? 옆방 산모들 항의 들어와. 불안감 조성한다고."

"공공 산후조리원이라고 만들어놓아도, 이런 일 한 번 있으면 평판 확 떨어지는데."

"그래도 저 산모도 안 됐잖아. 아기 낳았는데 친정에서 누가 와볼 것도 아니고. 남편은 들여다보지도 않고, 시어머니는 조리원까지 따라와서 저 난리를 치고. 여기 조리원 안 생겼으면, 조리원에라도 보냈겠어? 저 등쌀에?"

하지만 그럴 수 없었다. 이 사람을 선택할 수가 없었다.

학교 다닐 때 국어책에서도 배웠지만, 시집살이는 개집살이라지. 21세기가 되어도 여전히 '시월드'라는 것은 지독하고 지독하다. 하지만 저런 할망구 같은 타입은, 아직 결혼 안 한 나도 딱 보면 알 수 있다. 저런 사람들이 부리는 진상이란, 보통의 시월드와는 아주 격이 다르지. 어지간한 사람이라면 아무리 미워도, 며칠 전에 몸 풀고 아직 조리원에 있는 며느리를 찾아와서 저렇게 행패를 부리진 않는다. 게다가 손주가 태어났는데 아들이 아이를 보러 오지도 않으면, 미안하고 면목없는 척이라도 하는 게 사람 도리일 텐데.

아니, 저 할망구만 갖고 뭐라고 할 것도 아니었다. 애 아빠는 정말 어디 간 거야. 정말 술 먹고 나이트에 놀러 갔다고? 나이트에 가서 술만 마실까? 얼굴도 안 봤지만, 그런 걸 아빠라고 두고 살아갈 아이가 뭘 배우겠나 싶었다.

아니, 사실은 그보다도 나는 아이 엄마가 신경 쓰였다.

나만 해도, 젊고, 배울 만큼 배우고. 그래도 나 정도면 진보적인 편이 아닐까 스스로 생각해 왔다.

하지만 그런 내가, 한국 남자와 국제결혼을 한 젊은 동남아시아 여성에 대해서도 진보적이고 평등한 관점을 유지하고 있었던가? 그건 혹시 시혜적인 관점은 아니었을까? 몸이 다 불태워져 뇌세포도 남아 있지 않은 지금, 나는 곰곰 생각해 가며 그걸 구별할 자신이 없었다.

아니, 그런 수사를 덕지덕지 붙이는 것도 우스웠다.

문득 대학에 진학한다고 서울에 올라와서 딱 한 번 사투리를 잘못 썼다가 같은 과 남자 선배에게 한참 동안 괴롭힘을 당했던 게 생각났다. 못 알아듣겠으니 사투리 쓰지 말라고, 그럴 거면 네 고향으로 돌아가라고.

그래, 솔직히 말하자. 나는 내가 다문화가정 아이로 태어나 차별을 받는 게 두려웠다.

대학에 진학한다고 서울에 오기 전, 내 또래의 아이들은 자연스럽게 자신의 말에서 사투리를, 고향에서 듣고 자란 억양들을 지워냈다. 그게 무슨 의미인지 서울 아이들은, 또 서울에 와서 서울 아이들보다 더 큰 목소리로 자기 지역의 억양과 언어로 떠들고 다닐 수 있는 아이들은 결코 알지 못할 것이다. 차별받지 않으려면 자신의 언어를 바꿔야 했다. 하지만 바꿀 수조차 없는 것에서 출신이 드러날 때는, 그래서 차별을 받을 때는 대체 어떻게 해야 하는 걸까.

다문화라는 말이 아이들 사이에서 조롱거리가 된다는 것을 알고 있다. 어디 가서 두들겨 맞고 돈을 빼앗겨도, 쟤네 엄마는 학교에 와서 말 한마디 못할 거라고 낄낄거릴 게 뻔했다. 여기서 태어나서 자랐는데도, 너희 나라로 돌아가라는 소리나 들을 것 같았다.

나는 그렇게 살고 싶지 않았다.

이 사람에게 정말 미안하지만, 이런 생각을 하고 있는 나자신에게 환멸이 나지만, 난 정말 그러고 싶지 않았다. 정말 그랬다.

＊

세 번째로 눈을 뜬 곳은, 또 다른 조리원인 모양이었다.

여긴 카페의 배경음악처럼 죽 이어지는 클래식 자장가 소리를 제외하면 무척 조용했다. 조명도 부드러웠다. 트로이메라이의 낯익은 선율과 나긋한 간호사들의 목소리에, 나는 기분이 좋아져서 금세 잠이 들었다.

뭔가 이상하다는 생각이 든 것은, 먹고 자고 하기를 여러 차례 반복한 뒤의 일이었다.

사실 산후조리원이라고 해도, 엄마들이 육아에서 손을 놓고 그야말로 산후조리에만 전념하는 것은 아니었다. 신생아실에서는 두어 시간에 한 번씩은 수유하라고 갓 출산한 산모들을 불러들였고, 그러면 산모들은 아직 덜 아문 상처 때문에 앉기도 힘들고, 가슴은 돌처럼 단단하게 부어 스치기만 해도 아픈 몸을 이끌고 신생아실에서 아이를 데려갔다. 그리고 아프다고 끙끙 앓는 소리를 내면서도 그 갓난아이에게 안 나오는 젖을 굳이 물리려고 애를 쓰는 것 같았다.

하지만 이상할 정도로, 나는 신생아실 밖으로 나가지 못했다.

"그런데 윤지영 산모는 아직도야?"

밤이 되자, 신생아실 간호사들이 아기들에게 분유를 먹이며 낮은 목소리로 속삭이기 시작했다. 나를 안고 있던 나이 지긋한 간호사가 혀를 쯧쯧 찼다.

"이렇게 아기가 예쁜데, 안아보지도 못하고 무슨 일이야…."

"깨어나야지."

"여자가 애 낳는 게 어디 보통 일이어야지."

"그래도 서울이었으면, 하다못해 경기도만 되었어도…."

"그건 그렇지."

아이를 낳고 못 깨어나고 있다는 산모의 이야기를 하는 동안, 내 얼굴 위로 여러 간호사의 그림자가 어른거렸다. 다들 나를 들여다보는 것이, 아무래도 그 산모가 이 아기의 엄마인 듯했다.

그렇구나.

나는 문득 생각했다. 시간은 죽은 뒤에도 한 방향으로 흐른다. 내게 주어진 한 후보지에서 이레까지 머무를 수 있다. 그리고 이 세 번 동안, 나는 눈을 뜰 때마다 점점 눈앞이 환해지고 시야가 넓어지는 것을 느꼈다. 팔다리도, 처음보다는 움직일 만했다. 그렇다는 것은, 내가 머무르는 몸이 점점 성장하고 있다는 뜻으로 봐야 할 것 같았다. 내가 세 번째의 선택지로 이 몸을 만났듯이, 이 몸 역시 아마도 나 이전에 두 사람이 더 스쳐 갔다고 생각하면, 현실 시간으로 이 아기는 지금 태어난 지 2주에서 3주가 되어가고 있을 것이다.

전에 같은 회사에 근무하던 애 아빠들 이야기를 들어보면 조리원에는 1주나 2주쯤 머무르는 것 같았다.

그런데 이 아이의 엄마는, 아이가 태어난 지 2주가 지나도록 깨어나지 못하고 있다. 그리고 돌봐줄 사람이 없어서인지, 그 아기는 조리원에 혼자 맡겨졌고.

어떻게 될까. 이 아이는.

"그런데 윤지영 산모는 어쩌다 그렇게 된 거래요."

"뇌졸중."

"뇌졸중? 애 낳다가 힘을 너무 많이 줘서 그렇게 된 거예요?"

"아니…. 임신하면 혈전이 생길 가능성이 올라간다잖아."

"어떡해."

"윤지영 산모는 나이도 많았으니까. 그래도 어쩌냐. 정말 아이를 원해서 힘들게 힘들게 가졌다는데. 정작 애 엄마가 그렇게 되었으니…."

"아직 안 깨어나는 걸 보면, 상태가 많이 안 좋은가 봐요."

조리원 간호사들이 수군거리는 목소리가 들려왔다.

이 아이 엄마는 깨어날까? 그러면 좋을 텐데. 하지만 살아 난다고 해도, 깨끗하게 아무 후유증도 없이 아이에게 돌아올 수 있을까? 아무래도 그럴 것 같지 않았다. 만약 후유증이 생긴다면, 그 엄마는 이 아이를 돌볼 수 있을까? 돌볼 수 있다고 해도, 엄마에게 장애가 있다고 동네에서 따돌림을 당하거나, 다른 아이들이 이 애를 놀리고 괴롭히면 어떡하지? 대체, 내게 주어지는 선택지는 왜 다 이런 거야.

초조했다. 할 수만 있다면 원래 몸의 버릇대로 손톱이라도 물어뜯고 싶었지만, 그럴 수 없었다. 그냥 평범한 정도만 되어도 좋습니다 하고 갈 텐데. 나는 문득 내가 거절했던 첫 번째 선택지를 떠올리고 우울해졌다. 그냥 그리로 갈걸. 가난하지만 행복한 가정이라는 게 얼마나 말도 안 되는 농담인지는 알지만, 그래도 지금까지 중에서는 제일 괜찮은 거잖아. 뒤로 갈수록, 다른 사람들도 고르지 않고 넘어간 선택지들만 기다리고 있다는 뜻일 텐데. 설마 내게 남은 선택지가 전부 다 꽝이면 어떡하지.

✳

네 번째로 눈을 뜬 곳은, 산후조리원이 아니었다.

그곳은 일반 가정집처럼 보였다. 하지만 흐릿한 눈에 보이는 윤곽만 봐서는, 지금까지 내가 살아본 어떤 집들보다도 넓었다. 넓고 쾌적한 공간에서, 공기는 기분 좋을 정도로 서늘한 온도를 유지하며 순환했다. 이곳에서는 앞치마를 두른 아주머니가 나를 돌봐주었는데, 아이를 다루는 손길이 마치 간호사들처럼 능숙했다.

아, 그래. 여기가 좋겠어.

문득 생각했다. 사실 눈을 뜨자마자, 무척이나 살기 좋은 곳이라는 걸 알 수 있었다. 일단 집도 좀 사는 집인 것 같았고.

갓난아이를 보며 천사 같다고 말하는 사람들은, 제힘으로는 아직 구르지도 못하는 갓난아기가 속으로 이런 생각을 하는 것을 알면 기겁을 할 테지.

하지만 이건 매우 중요한 문제다. 나는 이곳의 아기방이, 내가 부모님과 함께 살던 집만 하다는 것을 깨달았다. 아마 이전의 나는 평생 죽도록 일을 하며 한 푼 안 쓰고 돈을 모아도 이런 곳에서 살 수 없을 것이다. 알바를 하느라 잠을 하루에 3시간밖에 못 자서, 수업을 듣다 말고 코피를 줄줄 흘리던 것이 생각났다. 이곳에서 살면 적어도 밥도 못 먹고 알바를 하다가 갑자기 창백한 얼굴로 쓰러지는 일은 겪지 않을 것이다.

그래, 돈 많은 집에 태어나는 건 역시 멋진 일일 거다. 돈을 모을 수 있는 것도, 빚에 쫓기지 않는 것도, 내가 이렇게 돈을 잘 번다고 가족들에게 자랑하며 선물이라도 턱턱 안겨줄 수 있는 것도, 전부 멋진 일일 거다. 사람들이 흔히 개발자가 되어 회사에서 거의 먹고 자다시피 하면 자기도 모르게 돈이 모인다고 했다. 하지만 내가 첫 직장에서 벌었던 돈은 전부 집안 빚 갚는 것과 남동생 대학 학비로 쓰였다. 두 번째 직장에서는 그러지 않았다. 회사가 걸핏하면 월급을 밀려서, 정말 수중에 땡전 한 푼 없다고 우는소리를 했다. 그래야만 조금이라도 돈을 모을 수 있었다. 엄마는 내가 무능하다고, 무능해서 그런 한심한 회사에나 다니고 있다며 눈을 부라렸다. 그때마다 내가 이렇게 돈을 번다고, 자랑하고 싶었다. 인정받고 싶었다. 하지만 조금이라도 내 돈을 쥐고 있으려면, 집에다 내 소득이 얼마인지 밝힐 수 없었다. 그게 정말 스트레스였다.

그러고 보니, 우리 가족은 어떻게 되었을까.

내 보험금은 찾았을까. 얼마 되진 않지만 내 비자금들은. 집 보증금은. 내가 걱정하지 않아도, 벌써 죽은 지 한 달이 다 되어가니 어떻게든 싹싹 긁어서 찾아 썼겠지. 나는 집 걱정을 하다가, 결국 가난하게 살다가 일만 하다 죽어봤자 남 좋은 일만 하는구나 싶어 속이 상했다. 어쩌면 그 돈이, 내게는 천원 한 장 내어주는 것에도 손을 벌벌 떨다가도 남동생이 원하면 십만 원이고 이십만 원이고 꺼내주고는 돈이 없어서 한숨을 쉬던 우리 엄마를 거쳐, 남동생의 통장으로 예쁘게 들어갔을지도 모른다고 생각하니 고통스러웠다.

그냥 이제 여기로 정할래. 그러면 전생의 기억 같은 것도 없어지는 걸까. 그러면 편해질까. 더는 이 일로 화내지 않아도 되는 걸까. 생각하는데 아이들 목소리가 들렸다. 뛰어오는 듯한 발소리도.

그리고 곧 꾸지람 소리가 뒤를 이었다.

"동생이 자는데, 어쩜 너희는 수선스럽게도!"

아주머니의 품에 안긴 채, 나는 아주머니의 어깨너머로 눈만 깜빡였다. 시야에 아이들이 멀고 흐릿하게 들어왔다. 하나, 둘, 셋, 넷, 잠깐, 다섯? 아니, 여섯이었다. 모두 여자아이들이었다. 초등학교에 다니나 싶은 아이 셋에, 유치원생 같은 아이 하나. 그리고 아장아장 걷는 아이 둘. 밑의 둘은 쌍둥이였다.

이게 무슨 사운드 오브 뮤직이야. 생각한 순간, 제일 큰 아이가 소리쳤다.

"할머니도 엄마도 남동생만 예뻐하고!"

"당연히 남동생이 예쁘지! 너희 같은 계집애들이 열이 있어봐라. 우리 집안 대를 이을 게 누구인지!"

거실 저편에서 할머니의 호통이 이어졌다.

맏이라고, 누나라고, 31년 평생 남동생에게 뜯기고만 살았다. 학교에서 장학금을 받아와도 칭찬 한번 제대로 못 듣고, 오히려 남동생 기죽인다는 소리나 듣고 살았다. 알바하고 회사 다니며 피땀 흘려 번 돈도 거의 다 집안 빚 갚고 그 녀석

학교 보내는 데 들어갔다. 그런데도 그 누구도 내게 고맙다는 소리 한번 하지 않았다.

그런데 이제 입장이 바뀌는 거다. 내가 바로 그, 남동생으로 태어나는 거다. 집안의 기대를 모으고 사랑을 듬뿍 받는, 위로 자신에게 설설 기어줄 누나가 줄줄이 있는 외아들 말이다. 그것도 꽤 잘 사는 집의 남자아이로.

그게 역겨웠다.

나는 젖을 토했다. 그냥 그러면 되는데, 받아들이고 편하게 살면 되는데, 나의 비위는 그런 것을 감당하기에는 너무 약했다. 바보, 바보 멍청이. 일생을 두고 그런 걸 부러워했는데, 막상 그게 내 몫이 된다고 하니 도망쳐버리다니.

하지만 감당할 수 없었다. 그런 몰염치한 인생은.

✳

벌써 다섯 번째다.

문득, 여기까지 와서야 생각해냈다. 사십구재라는 것.

사람이 죽으면 7일마다 명부에서 심판을 받고, 마지막으로 49일이 되면 염라대왕의 최종심판을 받아 다음 생이 결정된다고 한다. 환생을 할지, 극락이나 지옥에 갈지. 그래서 내세에 좋은 곳에 태어나라고 49일째에 지내는 제사가 사십구재다.

그게 아주 틀린 말은 아닐지도 모르겠다고 생각했다. 지금에 와서야 그 생각이 든 것을 보면, 나도 어지간히 정신이 없었던 모양이지.

7일씩 일곱 번 기회가 주어지고, 그 안에 환생할 곳을 고르기는 하니까. 그런 점에서는 내세에 좋은 곳에 태어나라고 지내는 제사라기보다는, 전생의 기억을 싹 잊고 새로운 인생을 살라고 지내주는 제사일지도 모르겠다. 그러면 그다음에, 기제사니 명절 차례니 그런 건 다 의미가 있는 걸까? 명절마다 제사마다 큰집에 가서 그렇게 전을 부쳐댔는데, 다 의미 없다고 하면 그것도 또 기분이 나쁜데.

나는 죽음이나 장례식 같은 것에 대해 잘 몰랐다. 내 죽음은, 내가 직접 맞닥뜨린 최초의 죽음이었다. 할아버지가 돌아가셨을 때는 너무 어려서 기억이 나지 않는다. 할머니가 돌아가셨을 때 나는 고3이었고, 공부는 좀 하는 편이라 장학금 받으며 대학에 다니다가 졸업한 뒤에는 집안을 일으킬 것이라는 기대를 받고 있었다. 정확히는 기대라기보다는, 집안 빚을 갚아나갈 자원으로서 평가받고 있었다고 해야 하겠지만. 사람이 죽고 죽이는 스릴러 소설은 수도 없이 읽었지만, 현실에서 죽은 사람을 본 적도 없었다.

어쨌든, 이번에야말로 어지간하면 그냥 선택할 생각이었다. 딸이 줄줄이 딸린 집의, 오랫동안 집안 모두의 기대를 받으며 겨우겨우 태어난 막내아들이라고 해도, 그 아이가 성장하며 자기 누나며 엄마며 집안 여자들을 어떻게 빨아먹든 상관없이, 양심에 털 난 것처럼 그냥 버티고 살아볼 생각이었다. 몇 번이나 거듭해서 생각해봤지만, 아까웠다. 그렇게 살

기회를 제 발로 차버리다니.

그때 갑자기 시스템 운영자가 나타났다.

"뭐예요?"

나는 물었다. 그 소리가 이제는 제법 사람 같아진 아기 울음
소리가 되어 튀어나왔다. 시스템 운영자는 곤란한 듯 말했다.

"그냥 웬만하면 여기로 정하려고 하는데요. 아주 막장만
아니면….."

"아, 그게. 여기는 안 되겠어요."

"왜요?"

"아이의 조상님들께서 반대하셔서요."

이건 또 무슨 소리야.

"죽으면 환생을 하는데 조상님이 어디 있어요."

"있어요."

"어쩌라고."

"음, 그러니까 유교에서 귀신에 대해 연구한 바에 따르면요."

"유교는 괴력난신을 배척하는 게 주류지 않았어요?"

"배척을 하려면 연구를 해야죠. 하여튼 간단히 설명하면
이런 거예요. 인간은 혼백으로 이루어져 있는데, 혼은 양이
고 백은 음이죠. 학자에 따라 혼은 신명이 되고 백은 귀신이
된다는 사람도 있고, 혼이 둘로 나뉘어 신명과 귀신이 되고
백은 땅으로 돌아간다는 사람도 있지만, 결론만 말씀드리면
사람이 죽으면 신명과 귀신으로 나뉘어요. 환생 루트를 타면
귀신이 안 되는 거고, 이걸 제대로 못 타면 귀신이 되는 거죠.

아시겠어요?"

"그러면 환생을 하면 어떻게 되는 거예요?"

"그 아이의 고유한 혼백 중에 나중에 신명이 되는 부분이, 이렇게 환생한 부분과 결합해서 새로운 인격이랄까, 혼백이 만들어지는 거예요. 전생의 기억을 가져가진 않아도, 습관이라든가 생각하는 방식이라든가, 이런 건 그대로 가니까."

"예."

나는 떨떠름하게 대답했다. 시스템 운영자가 마저 설명했다.

"그러니까 제사를 받아 잡수시는 분도, 지금 님이 이 아이로 환생하는 걸 반대하는 것도 모두 이 아이의 조상신 격이신 거죠."

"잠깐, 그러면 어딘가는 나의 일부가 제사를 받아먹는다거나, 그런 거예요?"

"님은 자손이 없으니 어차피 제사는 받기 힘들어요. 요즘은 그런 신명도 많으니까요."

"좋아요, 그럼 그 조상이라는 분들은 왜 반대하는 건데요?"

"음, 그러니까… 이유가 둘이 있네요. 하나는 박복하게 젊어서 죽은 사람은 꺼림칙하다…."

"젊어 죽은 것도 서러운데, 그걸로 차별을 하고 있어."

"실제로 그런 건 아니고, 통계적으로도 밝혀져 있는데, 옛날 조상신 중에는 젊어서 비명횡사를 한 사람이 환생하면 원래 살아야 할 수명의 나머지만큼만 살고 일찍 죽는다고 생각하시는 분들이 있어요. 기분 문제죠. 그다음은…."

"다음은 뭔데요?"

"다음은… 젊어서 횡사한 것을 꺼리는 것보다 더 한심한 이야기라 말하기가 그렇네요."

"말이나 해봐요. 그래야 기분이 나빠서라도 나도 여길 포기하고 나가지."

"살아 있을 때 출신 지역이 마음에 안 든대요."

"더러워서 진짜."

＊

이제 두 번밖에 남지 않아서, 나는 마음을 비웠다.

이번에야말로, 어디에서 눈을 뜬 일단 7일은 버티고 보겠다고. 뭔가 좋은 점을 조금이라도 찾을 수 있으면 그냥 눌러앉겠노라고.

하지만 그 결심은 눈을 뜨자마자 깨지고 말았다. 깨지는 소리, 울음과 비명 소리, 남자의 고함치는 소리가 이어졌다. 그리고 내가 막 들어가 눈을 뜬 그 작고 연약한 선택지가 허공으로 들어 올려졌다. 그리고 허공에서 거꾸로, 땅바닥으로 처박혔다. 내 머리 안쪽에서 뭔가가 박살 나는 듯한, 끔찍한 소리가 들렸다. 그 소리만은, 몇 번을 죽었다가 다시 깨어나도 잊을 수 없을 것 같았다.

＊

"원래 다들 이래요?"

내게 주어진 마지막 선택지, 일곱 번째의 선택지로 들어가기 직전, 나는 물었다.

"원래 다들 이렇게 엿 같은 선택지밖에 없냐고요."

"저기, 첫 번째와 네 번째 정도면 아주 양호했어요. 다섯 번째도 괜찮았는데 조상신들이 극성이라 못 한 거고."

"아, 예."

"두 번째도, 아빠하고 할머니는 개차반이지만 엄마는 좋은 사람이었고. 세 번째도… 아이 엄마도 아빠도, 정말 힘들게 아이를 가져서, 태어날 아이를 무척 기대하고 또 사랑했어요. 엄마가 그렇게만 되지 않았어도 진짜 괜찮은 조건이었죠. 또 요즘은 의학이 발달해서 뇌졸중이라고 다 죽는 것도 아니고…. 그 집 엄마도 아직 중환자실에 있긴 하지만, 지금은 의식은 돌아왔더라고요. 이만하면 당신이 딱히 나쁜 선택지만 받은 것도 아니긴 해요."

"남 일이라고 말 편하게 하시네요."

"그런 것 아니에요. 그리고 당신이 운이 나쁜 것도 아니었고. 일곱 번째에서 그렇게 되었으면, 다시 윤회를 시작해야 하니 더 큰 일이었을 거예요."

사실 나는 여섯 번째에서, 제 아비에게 붙잡혀 바닥으로 내동댕이쳐진 아기가 어떻게 되었는지 알고 싶었다.

하지만 다시 윤회를 시작해야 한다는 말에, 나는 아무것도 묻지 않았다.

"왜…."

그렇게만 중얼거릴 뿐이었다. 대체 왜. 아무리 인간의 삶이 고통의 바다를 건너가는 일과 같다지만, 이렇게까지.

"이럴 거라면 그냥 랜덤으로 아무거나 찍어서 딱 던져줄 것이지."

"그럼에도 불구하고."

시스템 운영자가 부드럽게 말했다.

"직접 선택하는 쪽이 그나마 낫지 않아요?"

"낫긴… 그래놓고는 네가 선택한 인생이라며 태어난 아이에게 책임 떠넘기기 딱 좋은 시스템이잖아요."

"아, 그럴 수도 있긴 있겠다."

"설마 한 번도 생각해보지 않은 거예요?"

"음, 아니. 이쪽에서는 부모 후보들도 거부당할 수 있는 것만 생각하고 있었거든요."

"교환 반품하는 것처럼 말이죠."

"음, 그래서 이제 일곱 번째인데, 갈 준비는 되었어요?"

"준비되고말고…."

나는 중얼거렸다. 그때 문득 조금 전과는 다른 감각들이 밀려왔다.

최초의 감각이 청각이라고 한다. 죽은 뒤 최후까지 남는 감각도 청각이라고. 그래서일까. 여자는 계속 내게 목소리로만 와서 닿았다. 사람의 몸을 입지 않으면 시각이라는 게 제대로 동작하지 않는다는 것을, 죽은 뒤에야 알았다.

하지만 지금, 여자가 나를 향해 미소 짓고 있다고 느꼈다.

그 낯설고 새로운 감각과 함께, 촉각이 느껴졌다. 부드럽게 나를 끌어안는 느낌. 배냇저고리가 이제는 조금 작게 느껴질 만큼 통통하게 살이 오른, 어리고 새로운 몸. 그 몸에 착감기는, 포근하고 보드라운 속싸개의 감촉. 그 위로 끌어안고 등을 두드리는 따뜻한 체온. 눈을 떴다. 아직 완전하지 않은 시각 너머로, 뒤로 하나로 묶은, 머리카락이 보였다. 누군가의 어깨 위에 젖을 토해놓고, 아기는 딸꾹질을 해댔다. 그 딸꾹질에 맞춰, 여자가 등을 쓸었다.

"추운가 보다. 맘마 조금 더 먹을까?"

나직한 자장가가 들려왔다. 그 목소리는, 어쩐지 시스템 운영자의 목소리와 닮아 있었다. 어른이 아닌, 어린아이인 나를 대하는 그 상냥한 목소리는 마치 고향에 돌아온 듯 포근해서, 나는 마치 어디서부터가 꿈이었고 현실인지 알 수 없는 긴 꿈을 꾼 것 같은 기분이 들었다. 입술에 익숙하게, 마치 처음 맛보는 것인 듯 젖이 물렸다. 눈을 깜빡이며 작은 손으로 가슴을 더듬었다. 꼴깍. 꼴깍. 꼴깍. 레테의 강물을 삼키듯이, 마침내 전생의 기억은 흐려지고 새로운 인생이 시작되었다.

레디메이드
옵티미스트

"분명히 말해두는데, 우리 모두는 지금 거짓된 감정의 노예로 살아가고 있는 거라고."

또 시작이다. 나와 은우는 동시에 마주 보고, 낮게 한숨을 내쉬었다.

눈치라고는 없는 주원은, 나와 은우가 그냥 반쯤 음성인식을 차단한 채 묵묵히 눈앞에 놓인 밥에만 집중하려 애쓴다는 것을 전혀 모르는 모양이었다. 아니, 어쩌면 알아도 상관없었는지도 모르겠다. 주원은 그저 고장 난 인공지능처럼 계속 떠들어댔다. 사용자가 그만하라고 하든 말든, 듣는 사람은 관심도 없는 이야기를 계속 시끄럽게 떠드는 고물처럼.

"인간은 좀 더 자유로워져야 한다고. 그렇지? 그런데 이 대자유의 길을 그따위 약물이 막고 있는 거야."

그래, 또 시작이다. 한 마디로 '아타락시아'가 마음에 안 든다는 이야기다.

"야, 예전에는 히피 같은 사람들도 있었고, 반항이야말로 청춘의 상징이라고 그랬어. 그런데 지금은 뭐야? 반항은 열다섯 살 전까지 끝내는 거고, 세상에는 전부 멍청하고 고분고분한 놈들뿐이잖아. 너희 포함해서! 전부 고분고분한 돼지들 같으니!"

"돼지가 고분고분하다니. 별 희한한 소리를 다 들어보겠네."

내가 결국 참지 못하고 한마디 했다.

"야, 내가 지난겨울에 돼지열병 때문에 그쪽에 취재 가봐서 아는데…."

"고분고분과는 거리가 멀지."

은우도 한마디 거들었다. 은우는 중학교 선생인데, 평생 야영이나 하이킹이나 농사와는 거리가 먼 생활을 하다가, 새로 발령받은 학교에서 어쩌다가 걸스카우트 비슷한 단체의 지도교사가 되는 바람에 매월 마지막 주말마다 들로 산으로 끌려다니며 고통의 나날을 보내고 있었다. 표정을 보아하니, 지난달이나 지지난달쯤에 또 학생들 데리고 어디 농장에 봉사활동 가서 고생을 많이 했던 모양이다. 은우는 이를 갈며 주원을 들여다보고 단호하게 말했다.

"그렇게 돼지에 대해 잘 알면 어디 돈사에라도 가서 봉사활동이라도 하고 오지그래?"

"하, 바보, 참. 넌 학교 선생이라는 애가 은유라는 것도 모르냐? 필론의 돼지새끼 이야기는 들어본 적 없어?"

"그거 대학입시 언어영역 말이야, 아니면 철학 말이야?"

은우가 차분하게 대꾸했다. 주원은 은우의 말에 잠시 머뭇거리다가 어깨를 으쓱거리며 고개를 돌렸다.

"거 봐, 사람이 자유에 대해 말하는데, 학문적으로만 논하려고 하잖아. 박은우, 너도 글렀어. 어휴, 하여간 선생이라는 것들은."

이쯤 되면 대화를 하자는 사람의 태도가 아니다. 대체 뭘 어쩌라는 건지.

김주원과 박은우, 그리고 나. 우리 세 사람은 같은 병원에서 한 주 남짓하게 차이를 두고 앞서거니 뒤서거니 태어나, 같은 산후조리원 신생아실의 이웃한 아기 침대에서 울던 사이였다. 원래 산후조리원이라는 곳은, 도시화가 진행되고 각 가구의 핵가족화가 가속되면서 산모와 신생아를 가족 내에서 돌보기 어려워지면서 산모가 2주 정도 쉬고 몸을 회복하는 데 필요한 서비스를 제공하는 시설이었다. 여기에 남편 외의 면회를 금지할 수 있다는 점도 산모들에게 매력적인 요소로 다가왔을 것이다. 우리 엄마 말씀으로는, 일단 조리원에서 나가고 나면 시가와 친정, 양가의 어른들께 들볶이는데, 단 2주만이라도 시가나 친정의 방해 없이 쉴 수 있다는 게 특히 좋았다나. 그러다 보니 우리가 태어났을 무렵에는, 식사와 휴식이 제공되고 남편 외의 면회가 금지된 산후조리원에서 2주 정도 몸을 추스르는 것은 갓 아이를 낳고 쇠약해진 산모들에게 거의 필수 코스였다고 했다.

　게다가 우리가 태어난 그해 봄, 산후조리원에 머물렀던 산
모들은 서로 꽤 깊은 유대랄까, 함께 전쟁을 헤쳐 나온 듯한
동지애 같은 것을 느꼈다고 했다. 그해 봄에는 전 지구적으로
전염병이 돌았기 때문에, 양가 친척들이나 친구들은 물론 아
빠들조차도 조리원 출입이 금지되었다고 했다. 그러다 보니
아무리 내성적이거나, 갓 아이를 낳아 신경이 곤두선 상태였
다고 해도 옆방 산모들과 친해질 수밖에 없었다나. 우리 엄마
와 은우 엄마, 그리고 주원이 엄마도 그렇게 가까워졌다고
들었다. 마침 같은 동네였고, 같은 아파트 단지였고, 단지 옆
에 붙어 있는 어린이집과 길 건너 유치원에 나란히 함께 다녔
다 보니, 정신을 차렸을 때는 우리 세 사람은 그냥 한 세트처
럼 우르르 몰려다니고 있었다.

　그렇다고 해서 우리 세 사람이 성격이 아주 잘 맞았다거나
그런 것은 결단코 아니다. 말하자면 우리 셋은, 친구라기보
다는 형제 비슷한 사이였다. 서로서로 마음에 안 들지만, 태
어나 보니 처음부터 옆에 있었던 재난 같은 존재들 말이다.
이를테면 차분하고 생각이 깊으며, 태어날 때부터 국어 선생
이 될 운명이라고 어디 적혀 있기라도 한 것처럼, 키가 1미터
도 되지 않았을 때부터 책을 붙잡고 살던 은우는 나와 주원을
어린애처럼 생각했다. 나이가 먹어도 질풍노도의 시기, 엄마
들이 쓰는 옛날 표현에 의하면 중2병에서 벗어날 기미가 보
이지 않는 주원은 나와 은우를 무슨 기성세대의 가치관에 맞

취 일찌감치 늙어버린 배신자들 취급하기 일쑤였다. 그렇다고 내가 보기에 은우나 주원이 나보다 뭐 딱히 나을 게 있느냐 하면, 그것도 아니었다. 그냥 우리는 서로 얼굴 보면 싸웠고, 그러면서도 자꾸 엄마들 심부름이나 이런저런 일로 얼굴을 보는 사이였다. 그게 다였다. 우리끼리 무슨 정이 그렇게 깊이 들어서 만나는 것도 아닌데, 밥 먹는 내내 주원의 이런 시대착오적인 연설까지 듣고 나니 더욱 정이 떨어졌다.

다음부터는 엄마들끼리 보고 싶으면 엄마들끼리 만나시라고 해야지. 대체 산후조리원 동창에 어린이집, 유치원 동창을 지금까지 만날 이유가 어디 있다는 거야. 나는 꾸역꾸역 입으로 밥을 밀어 넣으며 생각했다. 평소처럼 티격태격할 생각도 들지 않았다. 은우도 입을 꾹 다문 채였다. 그저 주원만이, 신경안정제에 의지하는 이상 인류는 더 큰 발전을 이룰 수 없다는 이야기를 무슨 지난 세기 SF 애니메이션의 안티 히어로처럼 되풀이했다. 은우는 젓가락을 내려놓으며 한숨을 쉬었고, 나는 창문 밖을 바라보았다. 길 건너 공용 주차장 앞에서 웬 영감님 한 분이 행패를 부리고 계셨다.

"주차는 사람 손으로 해야지, 어디 차가 알아서 제멋대로 주차를 한다는 것이야!"

마치 인생에서 성취한 것이 운전면허 딴 것밖에는 없다는 듯이, 자율전용 주차장 앞에서 고래고래 소리 지르는 영감님을 보고 있으니 우리 일이 아닌데도 난감해졌다.

그나저나 주원이는, 자기가 저 영감님과 다를 게 없는 소리를 하고 있다는 걸 알기나 할까.

✳

"쟤 진짜 왜 이래."

식당을 나서서 길 건너 주차장까지 가는 내내, 나는 투덜거렸다.

"예방접종 안 하고, 자연분만 고집하는 사람들 있잖아. 아니면 굳이 임신할 계획도 없으면서 생리는 하는 게 좋다고 하는 사람들. 꼭 그러지 않아? 인간에게는 이겨낼 힘이 있다는 둥, 자연으로 돌아가야 한다는 둥."

내가 떠들어대는 데도, 은우는 계속 입을 꾹 다물고 있었다. 그 애도 할 말은 많았지만, 생각을 입 밖으로 내기 전에 애써 머릿속으로 다듬는 눈치였다. 하지만 속이 부글부글 끓고 있다는 것만은 알 수 있었다. 사이가 좋든 나쁘든, 그 애와 나는 태어난 지 사흘째 되는 날부터 지금까지 아는 사이니까.

하지만 그렇기로 치면 주원도 마찬가진데.

대체 저 자식은 어쩌다가 저렇게 되어버린 거야?

"야, 박은우."

"주원이 임플란트 제거했대. 아예 빼버렸다더라."

은우는 그 말만 하고 다시 입을 다물었다. 뒤통수를 한 대 제대로 맞은 것 같은 느낌이었다.

"뭐라고?"

"한두 살 난 어린애도 아니고, 질풍노도의 사춘기도 아니

98

고 말이야. 자기 인생 자기가 힘들게 하는데, 그걸 누가 말리겠어. 너도 신경 꺼."

"야, 잠깐. 넌 그걸 어떻게 아는데?"

"우리 엄마가 그러시더라. 너희 엄마도 아시지 않을까?"

어처구니가 없었다. 내가 그 자리에 멈춰서 있는데, 은우가 차 리모컨을 눌렀다. 잠시 후 은우가 처음으로 장만한 자기 차가 탈탈거리며 주차장에서 나왔다. 나는 그 차의 뒤통수를 쳐다보며 무척 신기한 기분이 들어 한마디 했다.

"박물관을 털기라도 한 거야?"

"시끄러워."

은우가 이번에 산 차는, 장장 32년 묵은 자율주행 차량 브랜드의 극초기 모델이었다. 대체 어디서 구해 왔는지 모르겠지만, 이 차는 우리 엄마가 나를 임신했을 때 아빠가 "이제 가족이 늘어나니 차를 바꿔야 한다"는 핑계로 구입했던 바로 그 차, 내가 어린이집과 유치원에 다닐 때까지 우리 가족이 타던 것과 똑같은 모델이었다. 좋게 말해 추억의 차고, 솔직히 말해 이걸 타도 되는 건지, 보험이라도 하나 더 가입해야 하는 건 아닌지 걱정스러웠다.

"무사히 굴러다니니까 안심하고 타."

은우는 그렇게 말하며 앞자리, 이제는 어지간해선 운전 같은 것은 하지 않지만 말이 그렇게 입에 붙은 어른들이 으레 운전석이라고 부르곤 하는 왼쪽 앞자리에 앉았다. 나는 머뭇거리다가 '보조석'에 가서 앉으며, 운전석 쪽을 흘끔 바라보았다.

"어쩌다가 이렇게 오래된 걸 산 거야. 이왕 사는 거 좀 좋은 거 사지."

뭐, 이 차를 오랜만에 보니 유치원 때의 기억들이 몇 가지 떠오르긴 했지만, 그렇게 추억에 잠기는 것과는 별개로 요새 누가 핸들 달린 차를 탄담. 위험하게. 나는 어깨를 움츠렸다. 은우는 내 걱정을 알아챘는지, 좌석의 등받이를 편안하게 뒤로 기울이고 안전벨트를 맸다. 그리고 심초하 작가의 신간을 앞유리에 띄웠다. 이쯤 되면 어설프게 핸들에 손을 댈 일은 결코 없다는 듯이.

"걱정하지 마. 비상등 안 켜면 핸들을 물어뜯어도 작동 안 해."

AI가 나긋한 목소리로 심초하 작가의 소설을 읽어 나가는 가운데, 은우가 태연하게 말했다.

"얼마 주고 산 건데?"

"너 타고 다니는 그 고물 자전거보다 쌀 거다. 딜러가 절대 수동으로 몰지 말랬어. 어디 가다 긁으면 그거 때우는 비용이 차 가격보다 비쌀 거라고."

고물이라고 말했지만, 그 골동품 같은 자동차는 느리지만 안전하게 경로를 타고 우리 집 방향으로 향했다. 은우는 반쯤 누운 듯한 자세로 시트에 기댄 채 발끝을 까딱거리며 창밖을 바라보았다. 입은 여전히 굳게 다문 채, AI가 읽는 소설에만 집중하는 눈치였다.

심초하 작가는 우리가 태어나기 얼마 전, 고등학생 때 데

뛰해서 지금까지 계속 작품활동을 하고 있었다. 작가는 젊은 시절 SF 팬덤의 지지와 함께, 뛰어난 문장력으로 문단의 찬사까지 한몸에 받은 사람이기도 했다. 따뜻한 감성과 미래에 대한 경이감을 잃지 않은 채 꾸준히 작품을 발표하여, 지금은 작가 이전에 미래예측의 대가라고 불리는 거장이었다. 서른이 다 되도록 기본소득만 받으면서 작가의 꿈을 놓지 않는 주원이 가장 존경하는 현역 작가이기도 했다.

문제는 주원에게, 당연하게도 그만한 재능은 없다는 데 있었다.

예전 같으면 글을 쓸 수 있으면 누구나 작가가 될 수 있었다고 했다. 하지만 지금은 자기가 원하는 이야기를 AI가 얼마든지 만들어준다. 원하는 캐릭터와 배경, 그리고 주인공이 겪을 고생의 정도를 설정하고 읽다가 AI가 주는 선택지 중 하나를 고르면, 그에 따라 주인공들은 더 큰 고난에 빠지기도 하고, 금지된 사랑에 휘말리기도 한다. 이런 이야기를 굳이 문자로 읽을 필요도 없다. 음성이나 영상, 어느 쪽으로라도 만들어 즐길 수 있다 보니, 지금은 아주 독보적인 이야기를 만들어 내는 사람이 아니면 작가가 되기 어렵다. 당연한 이야기다. 공장에서 어마어마한 양의 세라믹 그릇들이 만들어지는 대량생산의 시대에, 직접 그릇을 만들어 살아남은 사람들은 일부 명장들뿐이었듯이. 이야기를 만드는 것도 마찬가지다. 그리고 우리가 보기에 주원은, 그냥 직접 글을 쓰기보다는 그렇게 자기가 좋아하는 이야기를 만들고 즐기며 행복하게 사는 쪽이 나은, 딱 그 정도의 재능을 가진 사람이었다.

그런데 왜, 점점 애가 이상해져서는.

나는 한숨을 쉬다가, 손을 뻗어 은우의 어깨를 흔들었다.

"김주원 저거 어떡해. 그러지 않아도 별난 애가 임플란트도 빼버렸으면….”

은우는 AI의 음성을 멈추며 대꾸했다.

"임플란트 안 쓴다고 죽진 않지. 너도 요즘은 안 쓰잖아.”

"나는 직업상 못 하는 거고. 대체 주원이보다 그게 더 필요한 사람이 세상에 어디 있어서?”

"그러게나 말이다.”

"왜 안 했대? 이유도 들었어?”

"들으면 웃을 거다.”

"말해봐. 대체 뭔데?”

"자기의 찬란한 예술적 영감을 퇴색시킬 뿐이래.”

"지랄한다.”

반사적으로 튀어나온 말에, 국어 선생인 은우가 바로 눈살을 찌푸렸다. 하지만 지금 은우의 반응이 뭐 대수겠는가. 나는 나직하게 욕설을 몇 마디 더 내뱉었다. 은우가 듣다못해 한마디 했다.

"그래, 너처럼 임플란트 안 쓰는 사람은 딱 티가 나는데.”

"내가 뭘!"

나는 얼굴이 홱 달아올랐다. 은우가 피식피식 웃으며 고개를 돌렸다.

"신경 꺼, 이지안. 걔네 엄마가 그렇게 걱정하신다고 그래서, 내가 몇 번 말은 해봤어."

"임플란트 다시 넣으라고?"

"그래, 그랬더니 뭐라는지 알아? 날 무슨 약물의 노예니, 일찌감치 영혼만 늙어버린 배신자니, 멀쩡한 사람을 무슨 세뇌라도 당한 인간 취급을 하잖아."

은우가 진저리를 치는 것도 이해가 갔다. 은우는 있는 대로 낯을 찌푸린 채 중얼거렸다.

"다들 그냥 그런가 보다 말을 안 해서 그렇지, 주원이 어릴 때부터 병원 다닌 거, 너도 알고 나도 알잖아. 그럼 그럴수록 약을 잘 먹어야 하는 거고. 매일매일 약 먹기 힘드니까 임플란트가 있는 건데."

"그렇지…."

"자기가 무슨 피터 팬이야, 뭐야. 그나저나 '영혼만 늙어버린 배신자'니, '거짓된 감정의 노예'니, 그런 말은 대체 어디서 뭘 보면 배울 수 있는 거야? 한심해서 지어내기도 힘들겠어."

거기까지 말을 뱉어놓고, 은우는 다시 입을 다물었다. 그리고 더 이상 이 문제에 대해 말하기 싫다는 듯, 다시 AI에게 심초하 작가의 신간을 읽게 했다. 은우가 말하지 않겠다는데 혼자 떠들 수가 없어서, 나 역시 그냥 잠자코 있었다. 이쯤 되니 자연주의자들 모임에 간다고 먼저 일어나서 홀쩍 가버린 주원이 더 원망스러웠다. 그 녀석이 있었으면, 그 녀석이 아타락시아 임플란트를 두고, 만악의 근원이자 사람들을 세뇌

시켜 밥만 먹는 돼지로 만든다는 식으로 미친 소리를 해대지 만 않았으면, 이렇게까지 모든 게 어색하진 않았을 텐데.

대체 무슨 놈의 반항이고 청춘의 뭐라는 거야.

✳

'아타락시아'는 지금까지 개발된 신경계 약물 중 가장 안전 하고 내성이 없는 약이다. 이 약은 어린이의 ADHD에도 효 과가 있었고, 우울증이나 조울증 같은 신경정신과적 문제, 혹은 심리적 문제가 있는 사람들이 평소에 관리를 위해 꾸준 히 사용하는 약이기도 했다. 무엇보다도 이 약은 살면서 느끼 는 우울감이나 좌절감, 상실감이 일정 이상으로 과도하게 진 행되지 않도록 적당히 막아주고, 갑작스러운 충동이 밀려왔 을 때에도 한 템포를 늦춰주는 효과가 탁월했다. 감정이 갑작 스럽게 변하는 것을 적당한 선에서 끊어주다 보니, 기분장애 를 사전에 막아주었다. 그래서 많은 사람들은 감정을 관리하 고 일의 효율을 높이기 위해 저용량의 아타락시아를 꾸준히 사용하곤 했다.

이상할 게 없는 이야기다. 사람들이 건강을 위해 비타민과 유산균을 먹고, 중년들이 혈관이 막히지 말라고 저용량의 아 스피린을 먹는 것과 다를 게 없다. 게다가 이쪽은 효과도, 기 전도, 이로 인해 얻을 수 있는 이익도 분명하다. 우리가 어릴 때까지만 해도 사람들은 혈관이 막히는 걸 예방하겠다며 하 프물범을 남획해서 얻은 기름을 캡슐로 나누어서 매일매일

먹기도 했다. 쇼닥터들이 TV에 나와서 어디에 좋다더라 하며 홍보해대는, 의약품도 아닌 수상쩍은 건강보조식품 따위에 수많은 동물들을 학살해 가면서. 그런 한심하고 잔인한 일에 비하면, 아타락시아를 처방받는 것은 마음의 건강을 챙기기 위한 합리적인 선택이었다.

단 하나 문제가 있다면 매일매일 뭔가를 챙겨 먹는다는 게 귀찮다, 자꾸 잊어버린다는 것뿐이었는데, 그 문제도 임플란트형으로 나오면서 자연스럽게 해결되었다. 한 번 임플란트를 삽입하고 나면, 3년에 한 번씩 보충용 주사제를 맞는 것만으로도 충분했으니까. 사람들이 다들 아타락시아 임플란트를 쓰게 되면서, 계획형 범죄의 숫자는 거의 그대로였지만, 욱하는 마음에, 충동적으로 벌어지는 범죄는 유의미하게 줄어든 것도 부수적인 효과라면 효과라고 할 수 있었다.

내가 고등학교를 졸업할 무렵에는 여성용으로 아예 아타락시아와 생리 조절제를 묶어놓은 제품도 나와 더욱 편리해졌다. 그냥 생리 조절제만 사용할 경우, 예민한 사람은 약하게라도 PMS가 오기도 하는데, 아타락시아를 함께 사용하면 적어도 예민해지거나, 화를 내거나, 폭식을 하거나 우울감에 시달리는 일은 확실히 줄어드니까 말이다.

"김주원 저거, 남자라서 이게 얼마나 큰일인지 모르는 게 틀림없어."

금요일 밤, 나는 아타락시아 알약을 꺼내며 중얼거렸다.

다들 쓰는, 마치 비타민이나 유산균 같은 영양제나 다름없는 약이었지만, 몇몇 직업군에서는 자기네 종사자가 이 약을 쓰는 것에 회의적이었다. 이를테면 형사라든가, 기자라든가, 외과의사가 그랬다. 이 약이 날카로운 직감, 인간의 본능적인 불안감을 둔하게 만든다는 것이다. 나는 그렇게 거창한 직업까지는 아니지만, 몇 군데 회사를 전전하던 끝에 어쩌다 보니 주간지에 취직을 해버리며 기자라는 직함을 달게 되었다. 우리 회사에서는 기자는 그 날카로운 직감이 중요한 거라며, 대리를 달기 전, 그러니까 일에 익숙해지기 전까지는 평일에는 아타락시아를 사용하지 말 것을 권했다. 잘 쓰고 있던 아타락시아 임플란트를 일시적으로 꺼놓은 것도 그 때문이었다.

"더러워서 빨리 승진해야지. 그거 있고 없고가 아주 삶의 질이 차이가 나는데."

병적인 문제라고 말할 만큼의 심리적인 문제가 없더라도, 사람은 때때로 아주 사소하고 별것 아닌 일로도 주저앉고 무너진다. 그럴 확률을 낮추는 약을 두고, 마치 인간을 노예로 만드는 악마처럼 말하다니. 정말 괘씸해서 다음에 만나면 코를 확 꼬집어버려야겠다는 생각이 들었다. 자기의 헛소리를 멀뚱멀뚱한 표정으로 바라보는 우리를 서둘러 늙어버린 사람들처럼 여기고 있었지만, 진실을 말하면 더 시대에 뒤떨어진 짓만 골라서 하는 건 바로 주원이었다.

세상이 흘러가는 속도는 상대적이다. 우리에게는 지금 이 속도가 정상이다. 하지만 어른들은 늘 말씀하셨다. 세상은 정말 빠르게 바뀌었다고. 우리가 태어났을 무렵에만 해도 자동차는 당연히 사람이 모는 것이었다. 우리 엄마들이 학교에 다닐 때만 해도, 자폐증이나 다른 문제가 있는 아이들은 치료하기에는 너무 늦게 발견되곤 했다. 그 무렵에는 신경정신과에 드나들거나 신경안정제를 먹는 사람은 정신병자나 뭔가 문제가 있는 사람이 아니냐는 말을 들었다고 한다.

하지만 우리가 태어날 무렵에는 많은 것이 달라졌다. 우리가 태어나기 십여 년 년 전부터는 아이들은 신생아 시절부터 학교에 들어갈 만큼 자랄 때까지 1년에 한 번씩 무료 검진을 받았고, 발달지연이나 ADHD, 자폐성 장애 등도 일찍 발견하게 되었다. 유치원생이나 어린 학생들이 신경정신과나 이런저런 센터에 다니며 놀이치료를 받는 모습도 일상이 되었다. "운전석에 사람이 앉을 필요조차 없는 풀 오토메이션", 즉 완전 자율주행 차량들이 나오기 시작한 것도 대략 우리가 어렸을 때부터였다. 그야말로 주차는 사람 손으로 해야 제맛이라는 영감님의 말씀이, 한물간 이야기가 된 것이 그 무렵부터였던 거다.

주원이는 그 변화된 세상의 혜택을 제대로 누린 아이였다. 말이 늦어서 어릴 때부터 신경정신과에 다니고, 검사도 받고 약도 먹고 상담치료도 받았다. 그 무렵 나와 은우는 주말에 모여 소꿉놀이를 하면서 말을 못 하는 주원이에게 늘 별생각 없이 아기 역할을 주었고, 그런 우리를 볼 때마다 주원이 엄마는 우리 엄마와 은우 엄마를 붙잡고 울었다. 저러다가 우리 주원이가 사람 구실도 못 하는 것 아니냐며, 지금 생각해도 가슴이 찢어지는 듯한 소리를 내며 흐느끼곤 했다. 그랬던 주원이는 정말로 그냥 조금 늦되었던 것뿐인 건지, 아니면 온갖 치료들과 상담에다 그때 처방받았던 아타락시아가 효과가 있던 것인지는 모르지만, 학교에 들어갈 무렵에는 우리 중에서 제일 시끄럽고 씩씩하고 늘 소리를 지르며 마구 나대는 말썽꾸러기가 되어 있었다.

그랬으면, 오히려 시대에 뒤떨어진 사람들이 혹시라도 신경계 약물을 두고 이러쿵저러쿵할 때 그런 것 아니라고 설명을 해도 모자랄 텐데. 자기가 나서서 그런 헛소리를 하고 다닌다니. 아타락시아의 입장에서는 정말 배은망덕한 일이 아닐 수 없었다.

"분석 기사를 써볼까… 자연주의자들에 대해서."

문득 생각했다.

내가 굳이 주원을 이해해야 하는 것은 아니다. 엄마 친구 아들이고 어릴 때 같이 놀았다고 해도, 어른이 된 지금까지 그 애의 인생을 두고 왈가왈부할 수 있는 것은 아니다. 하지만 도대체 왜 그런 생각을 하는지, 어째서 그런 생각을 하는 사람들과 어울리는지는 알고 싶었다.

그런 사람들이 무지몽매하거나, 미신을 믿고 과학을 배척하는 것도 아니었다. 배울 만큼 배운 사람들, 고학력에 생활도 안정적이고, 소득수준도 중산층은 되는 사람들이 그런 믿음을 이끌어가고 있었다. 우리 회사에는 없지만, 형사들은 물론 외과 의사나 응급실 의사들처럼 스트레스에 많이 노출

되면서도 아타락시아 임플란트를 쓰지 않는 직업군 중에서도 자연주의자들이 꽤 많다고 했다.

"그렇네… 이거 옛날에 백신 반대하던 사람들 같잖아."

나는 침대에 드러누워, 허공에 검색창을 띄워놓고 그런 사람들의 주장들을 모아보기 시작했다. 극한의 스트레스에 시달리는 사람들이, 마치 스트레스가 자신들을 살아 있게 하는 것처럼 여기고 있었다. 아타락시아라는 쿠션 없이 날것의 감정에 그대로 두들겨 맞는 삶에 집착하고 있었다.

심지어는 미래학자나 철학자들조차도, 영혼의 문제를 논하며 아타락시아 임플란트가 인류를 안락하고 보드라운 퇴보와 멸망의 길로 몰고 갈 것처럼 입을 모아 말했다. 명백히 일상생활을 영위하기 힘든 사람이 쓰는 것도 아니고, 그저 기분을 좀 더 낫게 하기 위해, 업무 능률을 높이기 위해 저용량의 아타락시아를 장기 복용하는 것이 결과적으로 인간의 자유, 인간 영혼의 순수성을 해친다는 이야기였다. 문득 겁이났다. 아타락시아 임플란트를 쓰지 않는 직업에 종사하는 사람들이 자꾸만 이런 주장에 넘어가고 있었다. 나도 이런 이야기에 귀를 기울이다가 홀딱 넘어가는 게 아닐까? 읽고 있다보니 일리가 있다는 생각이 드는 것이, 일종의 위험 신호인 것은 아닐까?

그때 은우에게서 전화가 왔다.

"난감하게 되었어."

은우는 느릿하고 차분한, 국어선생다운 정확한 발음으로

말했다. 목소리만 들어선 전혀 난감할 게 없게 들렸다.

"김주원이 자해를 한 모양이야."

"자해? 걔가? 왜?"

"내가 어떻게 알아."

"죽은 건 아니고?"

"안 죽었어. 멀쩡해. 응급실 갔다가, 지금 정신과 병동에 들어가 있어."

전화 너머, 한숨 소리가 길게 들렸다.

"각설하고, 우리 엄마가 한번 가보라시더라."

"다녀와."

"혼자 가기 싫으니까 너도 같이 가면 좋겠는데."

"내가 왜!"

나는 정색을 하고 고개를 도리도리 저었다.

"걔가 우리 엄마 친구의 아들이지 내 친구냐!"

"그럼 나는 뭐, 나는 주원이하고 친해서 거길 가겠니."

"그럼 가지 마! 친구도 아닌데 거길 왜 가!"

"김주원 걔, 친구도 없어."

"근데?"

"우리 말고는 친구 없다고."

그러니까 인도적인 차원에서 가야 한다는 분위기였다. 나하고 은우가.

"찾아와줄 사람이 아무도 없으니, 엄마 친구 자제분 일동이라도 가서 들여다보지 않으면 울 거라는 거다. 주말에 출근

해? 언제 시간 비니?"

"아, 진짜⋯."

나는 고개를 젓다가 앞머리를 신경질적으로 죽죽 잡아당
겼다. 귀중한 토요일에, 그 녀석의 문병을 가야 할 참이다.

물론 주원이 그러다가 죽었다거나, 정신과 폐쇄병동에 갇
혀서 영영 못 나오게 되거나, 혹은 발광을 하다가 무슨 범죄
라도 저질러서 감옥에 가게 된다면, 나라고 마음이 편할 리
는 없다. 좋든 싫든 평생 알던 사이인데. 하지만 우리가 이 정
도로 그 녀석을 챙겨주면, 걔도 우리 생각을 좀 해줘야 하는
게 아닐까. 두 주 연속으로 주원이의 헛소리를 들어야 한다
니, 생각만 해도 아득했다.

게다가 이번에는 자해까지 했다니. 대체 이게 무슨 일이
람. 설마 진정한 고통을 손에 넣겠다고 커터칼로 일부러 상처
같은 것을 냈다가, 울면서 병원에 간 건 아니겠지. 왼손에 흑
암룡을 봉인한 질풍의 십 대라면 모를까, 서른 살도 넘은 사
람이 그러고 다니지는 않아야 할 텐데. 전화를 끊고, 나는 한
참 동안 천장을 올려다보며 멍하니 앉아 있었다.

✳

"너도 글 쓰는 사람이잖아. 글 쓰는 사람으로서 한번 이입
해봐."

"누가 글을 쓴다고 그래."

"기자잖아."

"기사문 쓰는 건 AI가 해. 회사마다 문체나 논조 같은 게 통일되어야 하니까."

"소스는 네가 넣고 있잖아. 설마 그것도 안 하면서 바이라인에 이름이 찍혀 나오는 건 아니겠지. 그게 아니면, 바이라인에 찍혀 나오는 건 단순히 시스템 운영자라는 뜻이야?"

은우의 고물차는 탈탈거리며 도로를 질주했다. 30년이나 묵은 구형 모델이 질주해봤자 남들이 보기에는 탈탈거리고 돌아다니는 것에 불과했지만, 요즘 나오는 차량들, 특히 new 니 neo니 nova 같은 말을 붙이다 못해 슈퍼 울트라 같은 말까지 붙이고 있는 이 시리즈의 최신 모델들은, 자신들의 조상님을 알아서 피해 다니는 예의 바른 판단을 내렸다. AI조차도 문화권에 따라 다른 판단을 내린다더니, 은우는 아마도 이런 점까지 고려해서 이 어르신 같은 차량을 인수한 것인지도 모르겠다.

"자해를 뭘 얼마만큼 했는지라도 알아야 이입을 하지. 어떻게 된 거야."

"몰라. 가만히 있다가 손목을 그었댄다."

은우가 쓰디쓴 표정을 지었다. 나는 고개를 끄덕이다 말고 말했다.

"경찰도 놀랐겠네."

"응?"

"요즘은 다들 임플란트를 하니까, 아무래도 자살 충동 같은 게 와도 대처할 시간을 벌게 되잖아."

"아아…."

"나도 놀랐어. 어중간하게 자해를 하는 건 역시 아타락시아를 안 쓰는 사람에게나 해당되는 일인가 싶어서 불안했고. 나도 지금은 제대로 못 쓰니까 말이야."

"그래도 자살하는 사람은 하잖아."

"응, 충동이 왔을 때 자기 발로 병원에 가든가, 아니면 아예 마음을 먹고 준비해서 확실하게 죽을 가능성이 큰 쪽으로 하지. 그러니까 시도하는 사람은 적은데 성공률은 의외로 높아. 현장에서는 실패해도 중환자실에 들어가거나, 실려 가서 죽기도 하고."

"그것도 문제는 문제겠네."

은우가 중얼거렸다.

"예전 같으면 자살기도라는 걸 통해 뭔가 말할 수 있는 사람도 있었을 거야."

"응?"

"아무것도 아니야."

은우는 말을 하다 말고 입을 다물었다. 나는 마음이 복잡해졌다. 은우도 그럴까? 뭔가 말하고 싶은 게 있는데, 아타락시아 임플란트 때문에 그냥 마음에 삭이고만 있는 걸까? 은우도 어릴 때는 글을 쓰고 싶어 했다. 작가가 되고 싶다는 말도 했다. 하지만 언젠가부터 은우는 말수가 적어졌고, 글을 쓰지 않게 되었다. 아타락시아 임플란트라도 없었으면 우리는 어쩌면 은우를 잃었을지도 모른다. 하지만 그러면 된 게 맞나?

주원이 아타락시아를 악마의 약 취급하는 것처럼, 은우는 정말로 아타락시아 임플란트 때문에 뭔가를 잃어버린 걸까? 지금 주원이가 저러는 것도 그런 이유인 걸까?

나는 둔해서 그런 게 뭔지 모른다. 실연을 당해도 덜 우울하고, 생리 조절제로 막아놓은 월경의 희미한 흔적처럼 몰려오는 PMS가 없는 게 좋았다. 주간지 기자가 되면서 평일에는 아타락시아를 쓰지 못하는 게 애석했고, 가끔 이 회사를 때려치워야 할 이유를 꼽고 있으면 제일 먼저 떠오르는 것이 이 아타락시아였다. 회사만 그만두면 바로 임플란트부터 다시 켜야지. 별것 아닌 것 같아도 삶의 질이 달라진다니까. 주말마다 알약을 삼키면서 나는 생각하고 또 생각했다.

하지만 무척 예민한 사람은 어쩌려나.

정말 죽을 만큼 힘든데 죽고 싶지 않아서, 그렇게 몸에 상처를 내는 것으로밖에는 말할 수 없는 사람이 있다면. 그런 사람에게도 아타락시아는 정답인 걸까?

그때 은우가 입을 열었다.

"김주원이 필론의 돼지 이야기를 했었지."

"응, 그거 대입 시험에 자주 나오던 거잖아."

대입 시험뿐일까. 지금 다니는 회사 입사 시험에도 근현대 단편소설들은 자주 출제되었다. 주원이 말하던 〈필론의 돼지〉도 그렇게 단골로 출제되는 소설 중 하나였다.

이문열의 소설인 〈필론의 돼지〉에서, 주인공은 제대하던 날 군용열차에서 불량스러운 현역병들이 전역병들에게 돈을 뜯고 폭력을 휘두르는 것을 본다. 전역병 중 누군가가 그들을 막아서지만, 곧 그들을 따라 술을 마시러 나갔다가 두들겨 맞고 돌아온다. 그러자 전역병 중 한 사람이 다른 이들을 일깨우고, 전역병들은 돈을 뜯으러 온 현자인 필론은 사람들에게 맞서다가 이성을 잃고 그들에게 폭력을 휘두르기 시작한다. 속수무책으로 이 상황을 보고 있던 주인공은 그 린치를 말리지도 못한 채 이 소동에서 도망치고만 싶어한다. 주인공은 풍랑에 휘말린 배 안에서 모두가 우왕좌왕할 때, 현자인 필론은 사람들의 소동에는 아랑곳없이 편안하게 잠든 돼지의 흉내를 내는 것밖에는 아무것도 할 수 없었다며 자신을 합리화했다는 이야기다.

"주인공이 무척 비겁한 놈이잖아. 게다가 그 소설이 언제 나왔느냐 하면…."

"광주 민주화운동 때 나온 소설이지. 주인공이 비겁한 것도 맞고, 김주원이 왜 멍청하고 고분고분한 돼지들 같다는 이야기를 하면서 그 소설을 언급했는지도 알아. 그냥 그 소설 하나만 딱 놓고 봤을 때 필론의 돼지란, 어떤 불의하고 부당한 일이 일어나든, 어떤 혼란이 일어나든, 자기 혼자 눈 감고 귀 막고 마음의 평화만 찾으면 된다는 예처럼 보이니까. 그런데 말이야."

은우는 말을 하다 말고, 핸들을 왼손으로 쥐며 오른손으로 비상등을 켰다. 그리고 제 발로 액셀러레이터를 꾹 눌러 밟았다.

도로 위에서 수동 운전이라니! 차에 문제라도 생긴 걸까? 그래 보이진 않았는데?

"야! 박은우!"

"죽이지 않을 테니까 가만히 있어."

그 말이 더 무시무시하다는 걸, 은우는 알기나 할까?

아무리 생각해도 그 산후조리원에 문제가 있었던 게 틀림없다. 아니면 우리가 어릴 때 살던 아파트 단지거나. 그것도 아니면 어린이집이나 유치원이. 그렇지 않고서야, 세 사람 중에 두 사람이 이렇게 미친 놈들일 리 없잖아! 은우가 뭔가 말했지만, 내 귀에는 하나도 들어오지 않았다. 단 하나도!

그리고 예상보다 한참 일찍, 은우의 낡은 고물차는 주원이 입원한 병원 앞에 멈추어 섰다.

"이 차 끌고 도로에 나가면, 신형들은 다들 피해 다녀. 왜 그런지 알아?"

"장유유서?"

"상식적으로… AI가 그런 걸 생각하겠냐."

은우는 나를 보며 혀를 쯧쯧 차댔다.

"요즘 나오는 자율주행 차량들은, 핸들이 달려 있는 구형 모델이 지나가면 방어운전을 하게 되어 있어. 사람이 손을 댈 수 있다는 것 자체가, 도로의 흐름에 심각한 오류를 야기할 수 있는 큰 변수니까 말이야."

"그런 거야…?"

"장유유서 좋아하네, AI가 무슨 훈장님이냐."

은우는 다시 비상등을 껐다. 그러자 고물차는 다시 온순하게 탈탈거리며 주차장으로 얌전히 굴러 들어가 자리를 잡았다.

✳

"아파, 아프다고!"

이왕 아타락시아 임플란트에 저항하여 자해까지 하는 걸 보면, 비장하게 인간의 자유 의지라든가, 인간 영혼의 고귀함을 외치기 위해 이 한 몸 버리겠다고 결심한 건 줄 알았는데. 주원은 진통제 버튼을 붙잡은 채 시끄럽게 징징거리며 눈물을 빼고 있었다.

"아, 진짜… 왜 진통제는 더 안 넣어주는 건데."

"야, 김주원. 살아 있다는 걸 확인하기 위해 사서 고통을 받는 거 아니었어? 그럼 이왕 하는 거 확실하게 해야지. 지금 이거 뭐야, 진통제 버튼이네. 이것도 떼. 떼어버리자."

"야, 이지안! 너 죽는다!"

내가 진통제 버튼을 손으로 덮자, 주원은 울부짖다가 나중에는 엉엉 울기 시작했다. 꼴사나워서 진짜.

돌봄로봇이 다가와 우리에게 다른 환자들이 불안해할 수 있으니 조용히 해달라고 말하고 갔다. 우리는 조금 창피해 하면서, 의자를 끌어다가 주원의 병상 옆에 나란히 앉았다. 은우는 거의 교과서 같은 데 예문으로 실릴 만한 뻔한 위로의 말을 몇 마디 건넨 뒤, 가져온 과자 상자를 주원의 무릎 위에 내려놓고 입을 다물었다. 내가 주원의 무릎에 놓인 상자를 얼른 열고 아몬드 쿠키를 집어 들자 주원은 바로 인상을 썼다.

"넌 지금 문병을 와서 환자 먹으라고 사 온 걸 빼앗아 먹고 있냐."

"난 먹자고 사는 인생이라고. 먹는 데 선생 봉급 다 쏟아붓느라 엥겔계수 하나만큼은 우리 중에서 최고로 높은 박은우가 호텔 베이커리씩이나에서 사 온 맛있는 쿠키를 아작아작 씹을 테니, 넌 거기 예쁘게 누워서 자연주의자들 좋아하는 날것의 고통이나 씹고 있어."

"아, 쫌!"

주원이 고개를 저으며 상자를 끌어안았다. 나는 낄낄거리며 주원의 상자에서 과자를 하나 더 집어냈다. 그 티격태격하는 모습을 보며 은우가 희미하게 미소를 지었다.

"다른 건 어때. 글 쓰는 건 잘 되어 가고?"

"말도 마."

주원은 글 이야기가 나오자 고개를 저었다.

"지난번에 정신과 의사가, 헤르만 헤세도 꾸준히 우울증 치료를 받았으니까 나보고도 받으라는 거야. 아타락시아 임플란트도 다시 넣고. 근데 헤르만 헤세는 무려 노벨상을 받아 오는 급이시고, 내가 그 급이냐?"

"아니지."

"1초도 생각하지 않고 내뱉지 마!"

"사실이잖아."

"아, 진짜. 그래서… 헤르만 헤세 때는 아타락시아 같은 악마의 약이 없었다고 그랬거든."

"더 독하고 부작용 많은 약이 있었겠지. 그런데?"

"당장 이지안도 기자라고 아타락시아 임플란트 안 쓰잖아."

"그거야, 직감이나 불안감을 둔하게 만든다는 고리타분한 경영진들 때문이지. 내가 안 한 건 왜."

"아타락시아는 사람의 이성을 위해 광기를 죽이는 약이야. 어떻게 해만 있고 달은 없는 세상에서 살 수 있어? 어떻게 아폴론만 있고 디오니소스는 없는 세상에서 살 수 있느냐고. 안 그래?"

약 먹기 싫다고 별걸 다 끌어다 붙이네!

"그런 건 광기가 넘쳐서 예술적 창작이나 쭉쭉 해 나갈 때나 통할 말이지. 광기가 잘못 넘쳐서 자기 팔이나 긋고 있는 사람이 할 말이냐."

"몰라, 가! 친구라는 것들이 사람 말은 끝까지 듣지도 않고 문병 와서는 잔소리만 하고."

"말해. 들어주러 왔으니까."

"근데 심초하 작가님도 아타락시아 임플란트 쓴대."

주원은 그 말을 하고 고개를 푹 숙였다.

"그거 맨 처음 나왔을 때부터 계속하고 있었대. 그런 약이 자기 어렸을 때 나왔어야 했다면서, 무슨 아타락시아 전도사 같이 말하는 거야. 아니… 어떻게 이럴 수가 있어. 어?"

진심으로 괴로웠던 모양인지, 병원 이름이 새겨진 이불 위로 주원의 눈물이 뚝뚝 떨어졌다. 아니, 왜 우는지는 알겠는데, 저게 나이 서른 먹어서 울 일이야? 나는 아무 말도 하지 못한 채 주원을 바라보았다. 그러자 애들 다루는 데 이골이 난 은우가 한숨을 쉬며 의자 등받이에 체중을 실어 기대었다.

"그러니까, 너의 위대한 심초하 작가님이 아타락시아 임플란트를 쓴다는 게 배신감이 느껴진다는 거야, 뭐야. 네 말대로라면 그런 악마의 약을 쓰면서도 훌륭한 소설을 계속 발표하시니까 그만큼 대단하다는 건데."

"그게…."

"그게 아니면, 위대하고 훌륭하고 존경하긴 하지만 언젠가 저 사람 정도면 너도 따라잡을 수 있을 것 같았는데, 네 기준으로는 아타락시아 같은 족쇄를 차고도 그렇게 펄펄 날아다니니까 그래? 절대로 못 따라잡을 것 같아서?"

그 말에, 주원은 허리 뒤에 기대고 있던 베개를 집어 은우에게 집어던졌다.

정답이네, 정답이야. 보는 우리가 다 창피해지지만 그게 답이었던 모양이었다.

✳

은우가 말했던 '필론의 돼지'의 또 다른 의미는, 이문열의 소설에 인용되었던 그 철학자 필론, 아니 피론에 대한 이야기였다. 철학자 피론이 어느 날 배를 타고 가다가 풍랑에 휘말렸는데, 사람들은 공포에 휘말려 우왕좌왕했다. 그러자 피론은 겁에 질려 울부짖는 이들에게, 폭풍우 속에서도 평온하던 돼지들을 보여주었다. 몽테뉴는《수상록》에서 회의주의에 대해 소개하며 이 피론의 일화를 언급했다. 피론은 감각은 쉽게 속고, 이성은 욕망을 따르니, 세상 어떤 것도 확실하게 알 수 없다고 말했다. 이런 피론의 생각은 제자인 아이시네데모스에 의해 전해지고, 아카데메이아의 섹스투스 엠피리쿠스가 기록하고 발전시켰다. 회의주의는 확실하지 않은 것에 대해 동의를 유보하고 계속 탐구하며, 판단의 유보를 통해 마음의 평화를 추구했다. 그건 아무것도 하지 말라거나, 생각하지 말라거나, 자기 한 몸의 보신만 생각하라는 의미가 아니다. 이성과 지식을 무시하라는 게 아니라, 쉽게 감정에 휩쓸려 단정하지 말고 마음의 평정을 유지한 채 계속 생각하라는 이야기이지, 옆에서 부당한 일이 일어나든, 사람이 맞아죽든, 독재를 하든, 민주화 혁명이 일어나든, 그냥 밥만 먹는 돼지처럼 눈 감고 비겁하게 자는 척하며 제 한 몸의 보신만 생각하면서 비겁하게 변명하라는 이야기가 아닐 것이다.

말이 쉽지 마음의 평화를 유지하는 것은 쉬운 일이 아니다. 나처럼 계속 여러 사건에 노출되는 기자는 더욱 그렇다. 회사에서는 사람이 현장의 잔인함에 노출되며 자꾸 예민하고 피폐해져야 기자의 감을 갈고 닦을 수 있다고 생각하는 모양이었지만, 그만큼 사람이 편협해지고 한쪽으로 기울게 된다는 생각은 하지 않았던 모양이다.

그리고 아타락시아는, 그 마음의 평화를 돕는 보조제다. 아무것도 느끼지 못하게 하여 인간을 기계처럼 만드는 것도,

절망한 인간을 억지로 하하 호호 웃게 만드는 악마의 약도 아
니다. 그저 인간이 너무 극단적인 감정에 쏠리지 않도록, 그
로 인해 마음의 병을 얻지 않도록, 인간이 만들어 낸 최소한
의 쿠션이다. 물론 김주원을 포함해서 어떤 사람들은, 그 약
에 거부감을 느낀다. 대체로 인간의 자연스러운 감정이 소중
하다거나, 고통 속에서 잃어버린 인간성을 찾는 것이 중요하
다는 이야기다. 하지만 솔직히 말해서 그건 배울 만큼 배운
사람들이 노력에 너무 큰 가치를 두기 때문에 벌어진 일이라
고 나는 생각한다. 예전이라면 명상을 하고 요가를 하고 산에
들어가 도를 닦고 수양했을 것을, 약을 통해 누구나 간단히
해결할 수 있다는 게 마음에 안 드는 거겠지. 우리의 김주원
은 덜떨어지게도 거기 그만 휘말린 것이고.

"오늘도 무슨 사건 현장 다녀온 거야?"

"어. 현관 열자마자 피 썩은 냄새가 장난이 아니더라."

"괜찮아?"

"응. 괜찮아."

"퇴근할 때 말해. 내가 데리러 갈게."

"됐네요. 죽어도 혼자 죽는 게 낫지, 피해자를 왜 더 늘리
고 있어?"

"너 가서 약부터 먹어라. 김주원이 둘이 된 것 같네."

"아니거든?"

물론 고통으로 배우는 것도 있다. 고민의 가치를 모르는
것도 아니다. 하지만 사람은 반드시 날것 그대로의 자연에 두

들겨 맞으며 살아야 하는 것은 아니다. 합성섬유로 만든 옷을 입고, 자동차를 타고, 병에 걸리면 치료를 받으면서 살면서, 오직 영혼의 문제만은 현대과학에 의존하지 말라는 것도 무리다. 주원이 자해하지 못하도록 정신병동에 들어가 있는 동안, 나는 그에 대한 기사를 썼다. 그리고 자연주의자들에게 이런저런 공격을 받았다. 물론 물리적인 공격은 아니었지만, 타격이 없는 것은 아니었다.

"그래도 네 기사 좋더라."

"음."

"나 아는 사람 중에도 있어. 사람이 정신수양을 해서 마음의 평화를 얻어야지, 약만 먹는다고 마음의 평화가 얻어지느냐, 그런 건 다 가짜가 아니겠느냐. 당장 편하다고 밥이 아니라 컵라면만 먹고 살 거냐, 뭐 그러시는 분들."

"으악, 꼰대."

"우리 학교 교장."

"야, 그거… 곤란한 거 아니냐?"

"물론 학부모 앞에서는 그렇게 말 안 하지. 어쨌든 그게 정말 자연적인 게 좋아서가 아니라, 남들이 노력 안 하고 손에 넣는 게 싫어서 그런다는 건 아주 정론이긴 했다."

"음, 정론이지. 어휴, 정론이네. 사촌이 땅을 사면 배가 아픈 거 얼마나 자연적이야."

"네가 그러니까 자연주의자들이 싫어하지."

"윽."

하지만 그게 전부 나쁜 결과만 낳은 것은 아니었다. 나는 자연주의자들이 공격해오는 것 때문에 스트레스를 받아 업무를 정상적으로 처리하기 힘들다는 평계를 대고, 다시 임플란트를 사용할 수 있었다. 몸속의 호르몬들이 길항작용을 일으키듯, 아타락시아 임플란트는 신경이 받는 자극에 반응해 혈중 약물 농도를 조절했다. 임플란트를 다시 켜고 사흘쯤 지나자, 자연주의자들이 우리 회사에 폭탄 테러를 하고 내 집 앞에 칼을 품고 숨어 있을 거라는 망상은 사라졌다. 뭐, 물론 그럴 가능성이 아예 없는 것은 아니다. 하지만 망상을 품고 덜덜 떠는 것보다는, 그런 일에 대응할 방법을 찾아볼 만큼은 제정신이 돌아온 거니까, 역시 이쪽이 나았다.

그리고 결론만 말하면, 우리의 말썽꾸러기 김주원은 아타락시아 임플란트를 다시 넣게 되었다. 걔네 엄마의 간곡한 호소와, 일단 자살을 시도한 사람은 아타락시아 시술을 받지 않으면 퇴원시킬 수 없다는 정신과 의사의 엄포 때문이었다지만, 그 결과는 나쁘지 않았다. 주원은 자기가 악마의 노예가 되었다며 한동안 투덜거렸지만, 그것도 한두 달이었다.

시술을 받고 반년 뒤, 어디 지방 문예지에 주원의 글이 실렸다며 연락이 온 걸 보면, 아타락시아 임플란트 때문에 글 못 쓴다는 건 새빨간 거짓말인 게 틀림없었다.

옴팔로스

✦ 2015년 환상문학웹진 거울 한중 SF교류 참여작,
2021년 거울×아작 환상문학총서 〈거울아니었던들〉 전자책 발표

생각해보면 참 성의 없는 이름이지. 하나, 두나라니. 그것도 한 살 두 살씩 햇수 단위로 확실하게 차이 나는 것도 아니고, 고작 10분 차이였는데 말이야. 서양에서는 먼저 태어나는 쪽이 나중에 잉태되었으니까 동생이라고 보는 나라도 있다면서? 그렇게 치면 너와 나는 이름이 바뀌었어야 했을 텐데. 뭐가 되었건 성의 없는 이름이라고, 예전에 엄마한테 따진 적이 있었어. 그랬더니 뭐라고 하셨는지 알아?

"숫자 2에서 따온 게 싫다면, 두냐자드에서 따왔다고 치면 어때?"

두냐자드라니, 이름만 듣고는 뭔가 거창한 건 줄 알았는데. 나중에 아라비안나이트를 제대로 읽고서야 알았지 뭐야. 현명한 세라자드의 동생이 두냐자드더라고. 어느 쪽이라도,

나는 늘 두 번째, 누군가의 동생, 조금 더 삐딱하게 굴자면 그냥 하나 덤으로 달린 무엇, 그런 것일 뿐이라는 생각을 했어. 내가 늘 무언가가 되고 싶다고 생각했던 것은 그 때문이었어. 나는 하나의 동생이 아니라고, 나는 하나에게 따라온 덤이 아니라고, 그렇게 말하고 싶었거든. 엄마도 아빠도 그렇게 생각한 적 없다고 말했지만, 그건 엄마 아빠의 무신경한 생각일 뿐이야. 애초에 이름을 그런 식으로 붙여놓은 이상에는, 내가 하나 너 없이도 잘 살아갈 독립적인 존재라는 생각이 안 드는 것도 무리가 아니잖니. 누구든 나를 처음 만나고, 처음 내 이름을 들은 사람들은, 어딘가에 내게 하나라는 이름의 언니나 오빠가 있을 거라고 넘겨짚을 테니까. 내가 미국으로 가게 된 것도, 우주로 날아오를 생각을 하게 된 것도, 어쩌면 두나라는 이름에서 그런 의미를 읽어내려는 사람들에게서 영영 떠나고 싶어서였을지도 몰라.

너는 그런 마음조차 내 심술이라고 생각했을지도 모르지만.

∗

우주에 가게 된 것을 축하하며 네가 밥을 사겠다고 했을 때, 나는 그 말을 하려고 했어. 나 태양계 밖으로 가. 그동안에는 무인탐사선들만이 다녀왔던 세계로. 정말 돌아올 수 있을지는 모르지만, 살아서 너를 다시 만날 일은 아마 없을 거야. 너도 SF 영화 같은 것은 많이 봤잖니. 쌍둥이 중 한쪽은 지구에 남고, 다른 쪽은 빛의 속도에 가까운 빠르기로 우주로 나아가면, 두 사람의 시간은 서로 다르게 흐른다고. 내가 우주로 날아오르며 눈 한 번 깜빡할 만큼의 시간 동안, 너는 늙어 호호 할머니가 되어버릴 거라고.

아니, SF 영화 때문이 아니잖아. 사실은 너도, 우주에 늘 가고 싶어 했었으니까. 난 아직도 너와 함께 보았던 그 별무리를 기억해. 도시에서 그렇게 멀리 떨어진 곳도 아닌, 그냥 서해의 작은 섬일 뿐이었는데. 돗자리를 깔고 누워 하늘을 올려다본 순간 쏟아질 것 같던, 어지럽다 못해 구역질이 날 정도로 가득하던 그 별들을. 그렇게 많은 별을 한 번에 본 것은 그때가 처음이었어.

"언젠가 우주에 가보고 싶어."

그때, 우주에 가고 싶다고 말했던 건 너였지. 그런 말도 안 되는 꿈을 꾸느냐고 핀잔을 줬던 건 나였어. 엄마가 편을 들어줬던 쪽도 너였지. 내가 약이 오를 정도로, 네 꿈을 이해해주셨던 것도 기억나.

하지만 너도 엄마도 몰랐겠지. 모두가 잠이 든 뒤에, 나 혼자 다시 밖에 나가서 그 별들을 바라보고 있었던 것은. 그다음 날 아침노을이 뭍 쪽에서부터 슬금슬금 기어오를 때까지, 나는 팔다리에 못이 박힌 듯 사지를 대자로 편 채 거기 누워 있었어. 그 바람에 모기에 뜯긴 데다 감기에까지 걸렸지만 말이야. 돌아오는 차 안에서, 난 지쳐 잠든 엄마와 네가 눈 뜨기를 기다리다가, 문득 아빠한테 그런 말을 했어. 언젠가는 우주 비행사가 될 거라고, 우주에 가고 말 거라고. 하지만 아빠는

대충대충 건성으로만 듣다가, 굉장히 따분하다는 듯 여자애
가 뭘 그런 걸 하느냐고 말씀하셨어.

"무슨 일이에요?"

아빠는 엄마에게 다 큰 애가 아직도 만화 같은 이야기나
한다고 말씀하셨지. 나는 엄마에게 굳이 내 꿈을 한 번 더 이
야기하지는 않았어. 이야기한들 네 샘을 내느라 멋대로 하는
말이라고 생각하셨을 테니까.

시뮬레이터 속에서 그리고 위성궤도에서 아무리 많은 별
을 보아도, 난 그날의 일들이 떠올라. 내게는 기대조차 하지
않는 것 같았던 아빠, 네 말이라면 어떤 허황한 말이라도 다
들어줄 것 같았던 엄마. 그리고 나와 함께 엄마 배 속에서 나
란히 웅크려 있었으면서도, 그런 내 마음 같은 것은 상상조
차 하지 못한 채 뒷좌석에 잠들어 있던 눈치 없는 너. 아니,
그런 사람들의 모습보다는, 지금도 그때의 별무리가 떠올라.
그건 백과사전 속의 별자리 그림과도 닮아 있었고, 빨간 표
지의 월간 과학 잡지 속에 묘사된 우주의 풍경과도 같았으
며, 자라서 보았던 빈센트 반 고흐의 그림 같기도 했지. 아,
그래. 그 말도 하고 싶었어. 우주비행사의 연봉은 꽤 센 편인
데다, 살아서 돌아오지 못할 가능성이 더 큰 일이라면 위험
수당도 톡톡히 붙는다고. 다시 지상에서 눈을 뜰 때까지는 몇
백 년이 걸릴지도 모르고, 그렇다면 그사이 연봉들이 차곡차
곡 내 펀드 속에서 알아서 돈을 벌고 있을 테니까.

우주에서 돌아온 다음에는 그 고흐의 그림을 사버리겠다고,

호기 좋게 말하고도 싶었어.

네가 그 날 그 자리에 나오기만 했다면 말이야. 나는 너의 부러워 죽겠다는 듯한 표정을 바라보며 고소해 하고 싶었거든. 축하한다는 말 속에 박힌 연약한 가시에, 즐기듯이 손가락을 대어보고도 싶었거든. 너도 알잖니. 난 원래 그런 애였다는 것을. 제 언니에게 늘 이기려고만 들고, 뭐든 빼앗아 가려고만 들고, 늘 하나를 질투하고 못살게 굴기만 하는, 못된 둘째 딸이라고.

그래서 엄마도 내게 그러셨을 거야.

네가 나와 만날 약속만 하지 않았어도, 죽진 않았을 거라고.

✳

너와 내가 자랐던 그 집, 그 방에 나는 우두커니 앉아 있었어. 우리 어렸을 때, 저녁이 되면 타는 듯한 노을이 길게 꺾여 들던 작은 방은 이제 그 앞에 높다랗게 자리를 잡은 건물 때문에 그늘진 뒷방이 되어버렸지만, 그래도 그 창문 밖 풍경에는 아직도 예전의 흔적들이 조금씩 남아 있더라. 나는 떠났고, 너는 남았던. 그래서 세상 떠나기 바로 전 주에도 네가 머물고 갔다는 바로 그 방에는.

죽은 뒤의 세상이라는 것은 있을까. 영혼이라는 것은 죽어서도 어딘가에 흔적을 남기는 것일까. 그렇다면 너는 이 집을, 이 방을 기억할까.

너는 우주에 가고 싶다고 말했고, 나는 우주에 가고 말 거라고 했지. 같은 날 같은 시에 태어났는데도 우리 둘의 운명이 영영 갈린 것은 그 때문이었을까. 나는 믿지 않았지만 너는 사주도 관상도 좋아했지. 너와 나는 10분 차이로 나란히 태어나서, 지금까지도 키도 신발 사이즈도 손가락 반지 사이즈도, 무엇 하나 다를 게 없이 죄 다 똑같았는데. 영혼이라는 게 있다면, 지금 넌 대체 무슨 생각을 하고 있을까. 너와 똑같은 얼굴을 하고, 똑같은 시각에 단지 10분 늦게 태어나서, 네가 가고 싶다던 우주에 가려고 하는 나는. 글쎄, 어쩌면 네 기대와 달리 영혼 같은 것은 없을지도 모르고, 죽은 뒤에는 정말 아무것도 남지 않는 것일지도 모르고, 그렇다면 너는 이런 나를 비웃을 수도 없겠지.

내가 납골당에 봉안하려던 네 골분을 티스푼으로 한 숟갈만큼 몰래 빼돌렸다는 것을.

너를 확인하고 장례를 치르고 네 몸이 담긴 관을 화장장에 밀어 넣고 다시 골분을 돌려받는 내내, 엄마는 그저 흐느끼고 통곡하며 내 탓이라고, 나 때문이라고만 말씀하셨지. 너를 들이받은 그 뺑소니 차량도, 늦게 도착한 경찰과 앰뷸런스도, 너를 살려내지 못한 의사도 아닌, 그 원망은 오직 나에게만 쏟아졌지. 오롯이. 네가 좋아하고 내가 질색하는 예쁜 표현 그대로 오롯하게. 그때 죽은 게 네가 아니라 나였어도, 엄마는 이 모든 것이 네 잘못이라고 했을까. 난 그 생각만 했어. 처음부터 먼저 만나자고 약속 잡은 것은 너였는데, 시간도 장소도 모두 너 좋다는 대로 골랐는데, 그래도 왜 이 모든 일은 내 잘못이 되어버렸을까. 사실 엄마에게 두나는, 그저 하나를 낳으면서 원 플러스 원으로 딸려온 무언가에 지나지 않았던 걸까. 그래서 내가 무엇을 하든, 두나는 하나를 샘내는 거야. 두나는 하나를 이겨 먹으려고만 해. 그렇게 말씀하실 수 있었겠지. 그 모든 것을 가지려고 내가 무엇을 했는지, 손톱이 남아나지 않을 만큼 발버둥 치며 살아온 것은, 서른 해가 넘도록 단 한 번도 돌아봐주시지 않은 채로.

사실은 그래서였을 거야. 그 오롯한 것 좋아하던 너를 오롯이 보내고 싶지 않았어. 무엇 하나 오롯하지 못하게 만들고 싶었어. 너를 화장품 샘플병의 절반쯤 찰 만큼을 빼돌리고, 그러고 나서야 나는 물었어. 내게, 하나뿐인 쌍둥이가 비명횡사했는데도 눈물 한 방울 안 흘리는 독한 년, 악질이라고 악다구니를 부리는 내 엄마에게, 우리들의 엄마에게.

"하나도 알아요?"

엄마는 대답하지 않았어. 난 네가 모를 거라고 짐작은 했지. 너는 내가 무슨 말을 하는지, 살아서 지금 내 눈앞에 있다고 해도 상상조차 하지 못할 거야. 엄마들은 때로는 어떤 비밀을 모든 아이에게 털어놓지는 않거든. 그 비밀은 가장 약하고 만만한 아이에게 전해지는 거야. 엄마가 총애하는 아이가 아니라. 엄마가 가장 사랑하는 아이에게는 그런 말 따위는 할 수 없겠지. 혹시라도 그 비밀을 듣고 더는 엄마를 사랑하지 않게 되면 곤란할 테니까.

내가 쌍둥이 자매를 잃은 것은 너를 잃은 것이 처음이 아니야.

그건 흔하다면 흔한 이야기야. 세쌍둥이가 생겨버렸는데, 엄마가 셋을 다 감당할 수 없으니까, 병원에서 한 아이를 낙태하자고 권했다는 거지. 나는 그 이야기를 듣다가, 문득 엄마의 어깨너머 거울에 비친 내 얼굴을 바라보았어. 무덤덤했지. 사실은 어떤 표정을 지어야 할지 몰랐을 거야. 난 그때 겨우 열한 살이었는걸. 왜 엄마가 내게 갑자기 고해라도 하듯이 그 이야기를 하는지도 알 수 없었어. 셋을 모두 낳다간 엄마도 아이들도 모두 위험하니까 하나를 지우는 게 좋겠다고 권한 것은 의사였다고 했는걸. 지금의 나는 가끔 그 일을 생각해. 엄마는 괴로워했지만, 그건 옳은 충고였다고도 생각해. 아직 태어나지 않은 아이의 가능성이, 이미 서른 해 넘게 살아온 여자의 인생보다 중요할 수는 없는 거니까. 의사는 의사로서 당연히 해야 할 이야기를 했다고도 생각해. 산모도 아이들도 가급적 안전하게 태어나게 하는 것이 그 사람의 일이었으니까. 엄마는 그 일로 지금까지도 괴로워하는 모양이었지만, 난 사실 엄마가 그 일에 두고두고 죄책감을 느낄 이유도 없다고 생각해. 어차피 의사가 손을 대지 않았더라도, 그런 경우에는 쌍둥이들 중에 하나나 둘이 다른 형제를 남겨두고 사라져버리기도 한다니까.

하지만 지금도 이해할 수 없는 것은 왜 엄마가 그때 우리 둘이 아니라 나 한 사람에게만 그 이야기를 했을까, 하는 거야. 엄마 스스로 그 사실을 무거운 죄처럼 발목에 옭아매어놓았다가, 내게 그 이야기를 모두 털어놓으면 마치 그 무게가 내 등으로 옮겨가기라도 하는 것처럼. 왜 그래야 했을까. 지금도 생각해. 어째서, 그저 담담히 듣고 있는 내게 엄마는 울면서 욕을 했던 것일까. 여전히 그 아이에게 미안하다고, 그 아이를 지우지 않았으면 어땠을까 생각한다고. 그 말을 왜 내게 몇 번이나 몇 번이나 반복해서 말했던 것일까. 너무 소중해서 네게는 말을 못하고, 그렇게 지운 또 다른 자매에게는 그때에도, 그리고 지금까지도 죄책감을 품고 있는 거라면, 그냥 나를 지우면 되었을 텐데. 그렇지 않니.

내가 그 애를, 생각하지 않았던 건 아니야. 난 엄마 몰래 그 애에게 이름을 붙여주었는걸. 네가 하나고 내가 두나니까, 그 애는 세나라고 불렸을까. 한참 생각하다가, 나는 그 애를 영(0)이라고 부르기로 했어. 첫째로 태어난 건 너였고, 둘째로 태어나서 두나라고 불린 게 나라면, 그 애는 아예 태어나지도 못하고 사라졌으니까, 그러니까 영이라고. 나는 거울을 들여다보며, 아마도 너와 내가 똑 닮았듯이, 태어났다면 우리 두 사람과 똑 닮았을 그 애에게 가만히 속삭였어. 미안. 내가 살아남아서 미안. 아마도 그 말을 중얼거린 그 순간에, 내게선 또 하나의 보이지 않는 탯줄이 잘려나갔는지도 몰라. 엄마의 배 속에서 나올 때 잘렸던, 내 배꼽에 연결되어 있었던 피와 살의 흔적이 아닌, 엄마와 나의 마음을 서로 잇고 있다고 생각했던 어떤 인연 같은 것. 나는 그때의 그 거울을 바라보면서, 벽에 등을 기댄 채 있는 힘껏 몸을 웅크렸어.

주머니 속 화장품 병에 담아 숨겨 둔 너의 골분을, 네 흔적을 주머니 시접 사이 희미한 압력으로 느끼면서, 내가 이 방에 숨어든 것을 엄마가 눈치채지 못하도록. 그러다가 나는 문득 벽을 더듬었지. 손가락이 벽면 콘센트 위를 지나갔어. 어쩌면 이건 너와 이 방을 연결하던 탯줄 비슷한 것은 아니었을까. 내게는 돌아올 수 없는 낯선 곳이었던 이 방이, 네게는 바로 지난주까지도 언제든 돌아올 수 있는 네 방, 네 자리였다는 증거. 그렇게 생각하니 그 낡고 커버에 손때가 잔뜩 탄 콘센트가 마치 배꼽처럼 느껴졌어.

나는 천천히 상복의 치맛자락을 손에 쥐고 일어나 닫혀 있던 방의 문을 열었어. 자궁처럼 아늑하고 어둑어둑하던 방에, 거실을 통해 길게 들어온 오후의 햇살이 한 줄, 엄마의 아랫배에 남은 절개의 흔적처럼 방바닥에 긴 자국을 남겼어.

✳

우주로 떠날 날이 2주도 안 남았을 무렵, 나를 계속 괴롭히던 건 훔쳐낸 네 골분을 어떻게 해야 하느냐였지. 엄마에게 돌려드리진 않았어. 이번에 보면 살아생전 다시 만날 수 없을 거라고, 그 말씀을 드리러 갔을 때도 엄마는, 단 한 번도 나를 똑바로 봐주지 않았으니까. 글쎄, 몇 번인가 나를 쳐다보긴 했지만, 그건 내 모습에서 너를, 그리고 태어나지도 못한 채 엄마의 죄책감으로만 남아 있던 영이를 보고 있었던 거라고 생각했지. 나는 다시는 돌아오지 않을 옛집을, 나는 이미 오래전에 잘라내고 내려놓은 그 집을 마지막으로 한 번 돌아보았어. 그때 엄마가, 너도 알고 있을 그 낡은 장롱의 맨 구석에서 뭔가를 꺼내주셨지. 난 그걸 풀어보지도 않았어. 이제는 제대로 볕도 들지 않는 낡은 집, 그 집의 문을 여는데 엄마의 울음소리가 들렸어. 너라면 달리했겠지만, 나는 돌아보지 않았어. 나는 그저 끊어내고 또 끊어내고 내 발목에 엉겨붙는 그 진득하고 끔찍한 무언가를 영영 끊어버리듯, 현관에 쪼그려 앉아 마치 의식처럼 천천히 구두를 신었어. 문을 열고, 볕도 들지 않아 골목길이나 다름없는 좁다란 안마당을 지났어. 비 내리기 직전의 비린내와 흙내가 도시의 먼지와 뒤섞여 코를 찔렀고, 나는 녹슨 철문을 열고 밖으로 나갔어. 뒤도 돌아보지 않은 채로.

그 철문을 닫았는지, 열어둔 채 그대로 나가버렸는지, 그게 기억이 나지 않아.

＊

내가 이 모든 이야기를 꺼내놓은 것은 출발 나흘 전이었어.

인류가 한 번도 가본 적 없는 길이다 보니 의사들과 심리학자들은 계속 우리를 점검하고, 손톱만큼의 이상이라도 발견되면 즉시 대책을 강구하거나 후발대로 편성된 이들과 교체할 계획을 세우고 있었어. 그 과정에서 우리는 이 별에서, 이 시대에 있었던 기억들과 몇 가지 물건들을 NASA의 타임캡슐에 보존할 기회를 갖게 되었지. 나는 네 골분을 엄마가 주신 꾸러미와 함께 이 땅에 남겨둘까 생각했어. 꾸러미는 펴보지도 않았고 대체 무엇이 들어 있는지도 알 수 없었지만, 이제는 미련조차 되지 않을 무언가를 지긋지긋하게도 태양계 밖까지 끌고 나가고 싶지는 않았거든. 한편으로는 네 흔적을 남겨놓고 싶었어. 엄마는 결코 알 수 없겠지만, 엄마가 낳을 수 없었던 아이와, 낳고 애지중지했지만 그렇게 허무하게 떠나버린 아이와, 낳아놓았지만 결국 손에 닿지 않는 먼 곳으로 제 발로 떠나버린 아이의, 그 흔적 같은 것을 지구에서 가장 거대한 시스템과 가장 유능한 컴퓨터에 기록하고, 방부 처리하고 질소 냉각하여 영원히 인류 문명의 자취들과 함께 남겨주고 싶기도 했어. 너와 나와 그 애는, 하여튼 일란성 쌍둥이였으니까 말이야. 네 흔적이라면 나와 그 애의 흔적이기도 할 테니까. 나는 심리학자에게 그런 이야기를 털어놓았어. 한국 출신의 심리학자는 내 이야기를 다 들어주고, 원한다면 그것들을 기꺼이 타임캡슐에 보존해주겠다고 약속했어. 내 다른 물건들, 어쩌면 유품이 될 그것들과 함께.

그건 낡은 천 조각이었지. 보퉁이처럼 네 귀를 단단히 묶어 매듭을 만든 것이었어. 잘라낼까 하다가 혹시 몰라서 핀셋으로 조심조심, 결이 찢어지지 않게 매듭을 풀어야 했지. 다 풀고 보니, 그 천 조각은 보퉁이가 아니라 옷 조각이었어.

"이건 배내옷이에요."

심리학자가 말했어. 자기가 한국에 있을 때 이런 것을 본 적 있다고. 이 노랗게 지저분한 얼룩은 아기가 젖을 토한 흔적이라고도 말해주었어.

그 배내옷 안에는, 기름 먹인 종이 뭉치가 들어 있었어. 겹겹이 접힌 한지를 풀어보니, 그 안에는 말라 비틀어진 육포 조각 같은 것이 들어 있었어. 그게 뭔지, 상상할 수 있겠니.

탯줄이었어. 한때 엄마와 나를 연결했을 그것. 이런 물건을 왜 이제 와서 내게 쥐여주었는지, 혼란스러웠어. 추억조차 남기지 않게 들고 사라져버리라는 뜻이었을까. 그게 아니면, 그건 엄마가 내게 품은 마지막 미련 같은 것이었을까. 나는 네 이야기를 했어. 영이의 이야기를 했어. 정신을 차려 보니 나는 몇 달 동안 매주 얼굴을 보면서도 데면데면하기만 했던 심리학자의 가운을 붙잡고 한참을 울고 있더라. 심리학자는 나를 물끄러미 바라보기만 했어. 그냥, 그저, 한국 엄마들이 원래 좀 유난스럽죠. 그런 말을 했어. 열 손가락 깨물어 안 아픈 손가락 없다고 그래도, 더 아프고 덜 아픈 거야 있겠죠. 그런 말도 했어. 사실은 심리학자도, 누군가의 딸이었을 그 사람도 그런 상황에서는 내게 무슨 말을 해야 좋을지 몰랐을 거야. 엄마의 고백을 들어야 했던 열한 살의 내가 그랬듯이.

한참 만에야 나는 답을 찾았어. 타임캡슐은 됐어요. 대신 이걸 가져가고 싶어요. 심리학자는 나를 빤히 쳐다보다가 어딘가로 연락을 했어. 나는 심리학자가, 내가 드디어 미친 게 틀림없다고, 스트레스를 너무 받아 정신이 이상해졌다고 보고하려는 줄 알았어. 하지만 그건 아니었나 봐. 결국은 네 골분도, 이 탯줄도 이렇게 금속관에 봉인된 형태로라도 우주로 가져올 수 있었으니까. 글쎄, 내 상사의 말로는 일종의 모계로 전승되는 샤머니즘 같은 거라고 설명했다는 것 같아. 영혼도 종교도 믿지 않는 주제에 졸지에 샤머니즘 신봉자가 되어버리다니 기가 막혔지만, 생각해보면 이렇게까지 감상적이고 쓸데없는 짓을 하는 것이 원시 신앙을 신봉하는 것보다 딱히 나아 보이지도 않긴 했어.

하나야, 난 지금도 영혼 같은 것 믿지 않아. 내세가 있을 거라는 생각도 안 해. 너는 그때 그 자리에서 차에 치였고, 병원에 도착하기 전에 이미 숨져 있었으며, 그 상태에서는 예수님도 부처님도, 세상 그 어떤 신도 너를 되살려낼 수 없었겠지. 하지만 말이야, 그 말라비틀어진 탯줄을 보다가 문득 깨달았어. 너와 내가, 우리가 기억하고 네가 죽기 전까지 주말마다 머물렀던 그 방에서 함께 지내기 이전에도 함께였다는 것을. 엄마에게 나는 그저 너의 덤이고, 엄마는 이름조차 지어주지 않은 채 죄책감으로만 기억하는 그 영이의 자리를 차지한 혹덩이일 뿐이었을지 몰라도, 한때 너와 나는 세상에서 가장 작은 방에서 서로 마주 본 채 함께 있었다는 것을. 한때는 전부인 줄 알았지만, 어느 날 갑자기 찢기듯 떠밀려 나와 영영 잃어버리고만 그 세계에서. 그 세계의 안쪽에 내가 머물렀던 흔적이 그 말라붙은 살 조각이고, 내 배에 남은 흔적이라는 것을. 아무리 매달려도 엄마는 내게, 네게 준 것만큼의 정을 주진 못했던 것 같지만, 그럼에도 불구하고 어떤 식으로든 그 사람과 내가 연결되어 있었던 것만은 사실이라는 것을. 이 탯줄을 통해서 나는 너와도, 그리고 태어나지 못한 우리의 또 다른 자매와도 연결되어 있었다는 것을. 그렇다면 나는, 영영 헤어지는 게 아니야. 너와도, 이 시대의 지구와도. 열한 살의 내가 마음으로 그 방의 문을 열고 도망쳤듯이, 서른 살의 내가 닫혀 있는 집의 문을 열고 어두운 앞마당을 지나 바깥으로 나왔듯이, 나는 조금 더 커다란 세상으로 나아가는 것뿐이야. 이전의 세계의 모든 것을 꽁꽁 묶어 닫아걸고 헤어지는 게 아니라, 지금 살아가는 세상과 앞으로 만날 세상을 연결하며 한 걸음, 그렇게 나아가는 것뿐이야.

그러니까 나는 너를 우주로 데려갈 거야. 어렸던 네가 가보고 싶다고 말했던 그 별무리의 세상으로. 만약 허락된다면 나는 너를 새로운 별들의 씨앗처럼 그 우주 속에 뿌릴 수 있을지도 몰라. 그런 일이 정말로 허락될지는 모르겠지만. 적어도 나는 너와 함께 이 별을 바라볼 거야. 탯줄처럼 발목을 휘감는 이 별의 중력을 벗어나, 처음으로 울음을 터뜨리며 어머니와 마주 보듯이. 한때 세상의 전부처럼 느껴졌지만 수많은 별무리 사이에서는 한없이 작고 희미한 태양과, 그에 딸린 눈물처럼 창백하고 푸른 행성을. 너와 나를 함께 품었던 세상을.

바이센테니얼
비블리오필

✦ 2017년 《여성작가 SF 단편모음집》(온우주) 수록

인공지능이 바둑으로 인간을 이긴 것도 이미 178년 전의 일이다. 사람들의 뇌가 네트워크로 연결되고 인공지능의 보좌를 받게 된 것도 150년을 훌쩍 넘겼다. 하지만 인간은 여전히 인간이다. 기술이 발달하고 새로운 시스템이 도입된다고 해서 모든 인간이 순조롭게 그런 환경에 적응해 나가는 것은 아니니까.

하긴, 3천 년쯤 전의 중국의 어느 현자는 극기복례라는 말도 만들어 냈지만, 그런 좋은 말을 3천 년 동안 보고 배웠다고 해서 과연 대부분의 사람들이 극기복례하는 삶을 살았을까. 그리 생각해보면 평범한 갑남을녀들이 불과 몇 년 단위로 변화하는 기술들을 바로바로 생활 속에서 업데이트하며 사는 것이 불가능할 수도 있겠지만. 그럼에도 불구하고 윤현은 종종 사람들을 대하며 답답함과 묘한 혐오감을 느끼곤 했다. 그가 아는 많은 이들은, 대부분 자기 앞에 주어진 무한한 가능성을 지닌 기술을 말초적인 자극을 충족시키는 데 쓰는 게 고작이었다. 한때 인간을 달에 보냈던 슈퍼컴퓨터보다 몇천 배는 빠른 연산을 수행하는 시스템을 경추 아래와 손톱 밑에 이식해 넣고, 기억이나 연산은 인공지능의 보좌를 받으며 사고 그 자체에만 몰두할 수 있는 현대인이 고작 그 기술로 아침부터 옷 벗기기 고스톱 게임이나 하고 에로틱 홀로그램이나 찾아보고 있다니. 미래는 이미 우리 가까이 다가와 있다지만, 그걸 이용해 먹는 인간이라는 존재가 발전이라는 걸 안 하는 데야 대책이 없는 거겠지.

그런 이야기를 하면, 사람들은 대부분 불편한 웃음을 지으며 이렇게들 말하곤 했다.

"윤현 씨는 너무 냉소적이에요."

어떤 이들은 그런 이야기를 하는 것이 윤현의 직업 때문이라고 쉽게 넘겨짚었다.

"요즘 같은 세상에 전문사서라니, 그렇게 고리타분한 일을 하니까 그런 생각을 하는 거야."

혹은 훈계하듯, 윤현이 너무 이상이 높고 세상 물정을 모른다고, 고리타분하다고 깎아내리기도 했다.

"윤현 씨는 세상에 윤현 씨만 잘난 것 같죠?"

그도 아니면 인간은 어쨌든 계속 공부하고 사색해야 한다고, 그러지 않으면 생각하는 힘을 잃어버리고 발전을 멈추고 말 거라는 그 말이, 듣는 자신을 겨냥한다고 생각했는지, 지레 불쾌해 하거나 잔뜩 토라진 채 윤현을 질타하기도 했다.

"인공지능이 인간보다 나은 판단을 하는 세상에, 언제까지 인간에게 공부해라, 공부해라, 그런 말만 하려는 거야. 자동차가 나와도 사람들은 다리가 퇴화하지 않았는데. 23세기가 코앞인 이제와서 무슨 러다이트 운동 때의 이야기를 하는 거냐고."

심지어는 어머니조차도 윤현을 이해하지 못했다.

"나는 정말 너를 알다가도 모르겠다. 고상한 척은 혼자 다 하면서 욕심은 많고. 그래서 지금 하는 일이, 실업 수당보다 그렇게 돈을 어마어마하게 많이 버는 것도 아니잖니."

어머니의 논리는 그렇게 낯선 것도 아니었다. 윤현은 그가 태어나고 자란 동네에서 유일하게 대학에 갔던 아이였다. 아니, 그 마을에서 윤현 또래의 아이들 중에는 초등학교나마 제대로 나온 아이들도 많지 않았다.

옛날에는 아무리 가난하고 출신이 천한 사람도 자기 자식을 대학에 보내고 공부시키기 위해 혈안이 되었던 시절도 있었다고 들었다. 집안의 전 재산이나 다름없던 소를 팔아 학교에 보내서, 대학을 '우골탑'이라는 이름으로 부르던 시절도 있었다고 했다.

하지만 지금은 그런 시절이 아니었다. 집안의 기둥뿌리를 뽑아가며 어렵게 돈을 마련해야만 학교에 갈 수 있는 시대가 아니라도, 공부하려고 마음만 먹는다면 누구라도 고등학교까지 졸업할 수 있다고 해도, 의지라는 것이 없으면 사람은 앞으로 나아갈 수 없다. 윤현이 자란 그 동네, 그 산비탈의 가난한 동네 사람들이 그랬다.

나라에서는 의무교육이 있었고, 교육청에서는 아무리 가난한 집 아이라도 학교에는 가야 한다며 아이들의 등하교를 위해 후추통처럼 생긴 인솔 교사를 보내기도 했지만, 달동네라 불리던 그곳에는 학교가 없었다. 비탈을 내려와 버스를 타고 10분에서 15분 정도 가면 학교였지만, 제 몸만 한 책가방을 멘 아이들에게는 먼 거리였다. 이곳의 아이들은 언젠가부터 학교에 가지 않았다. 어른들은 아이들을 굳이 학교에 보내기 위해 이른 아침부터 수고를 감수하려 들지 않았다. 학교에서 청소부로 일하는 이웃 할머니의 치마꼬리를 붙잡고, 해도 뜨기 전에 학교에 가던 윤현은 이 마을에서는 이해할 수 없는 별종처럼 여겨졌다.

"나는 내 배로 낳았는대도 쟤가 뭘 하는 건지 모르겠어."

심지어 가족들도, 어머니도 어린 윤현을 두고 기막혀 하곤 했다. 어차피 인생은 쉽고 만만한 게 아니었고, 죽을 힘을 다해 노력한다 해서 뭔가 달라질 것도 없었다. 윤현의 노릇은, 그들이 보기에는 부질없는 헛수고에 지나지 않았다. 그 골목의 어른들은 회사 같은 곳에 다니지 않았고, 늘 술에 취해 있었다. 그리고 이 동네의 아이들 역시 자신들과 크게 다르지 않은 삶을 살 거라고 굳게 믿었다. 결국 윤현이 중학교에 가고, 고등학교에 가고, 장학금을 받아 대학에 가서 전문사서가 될 만큼 시간이 흘렀어도, 사람의 생각이란 쉽게 변하지 않는 것이었다.

명절을 맞아 오랜만에 그 고향에 돌아올 때마다, 윤현은 그 달동네라 불리는 마을을 지탱하는 높다란 축대처럼 아득한 절망을 느꼈다. 명절 선물을 풀어놓는 윤현 앞에서, 온종일 집에서 술에 취한 채 빈둥거리거나, 혹은 마약이나 게임 아이템을 팔며 살아가던 가족과 이웃들은 미안한 기색도 없이 돈을 요구하거나, 혹은 윤현이 생각하는 미래와는 상관없는 일들을 강요하듯이 떠들어댔다.

"한 살이라도 어릴 때 아이를 낳아야지. 자식은 많이 낳을 수록 좋은 거야. 수당이 더 들어오니까."

"그래, 너도 혼자 잘난 척만 해봐야. 여자는 늙으면 다 소용없어. 저기 아랫집 애라도 만나서, 속궁합이라도 한번 맞춰봐. 결혼을 하라는 것도 아니잖아."

"생각 없어요."

"네가 생각이 없으면 어쩔 건데? 너 그 별 쓸모도 없는 대학 나왔다고 이 동네는 이제 우습게 보인다는 거니?"

"그런 말이 아니잖아요."

"수준이 안 맞아서 못 만난다는 거 아니야?"

"저는 아무 말도 안 했어요."

"그럼 너랑 같이 일하는 사람들은 너하고 수준이 맞을 것 같아?"

"저는 아무 말도 안 했는데 대체 왜 그러세요?"

"그런 사람들은 애초에 너처럼 이런 동네 살면서 아득바득 대학 나온 애들 안 만나. 대체 난 네가 무슨 헛꿈을 꾸고 사는지 모르겠다. 그냥 남들처럼 좀 살면 안 돼? 내가 낳은 애인데도 속을 모르겠어. 대체 무슨 생각을 하고 사는 거야."

윤현은 쏟아지는 말들을, 어머니 당신이 무슨 생각을 하는지도 모르는 채 나오는 대로 내뱉는 그 말들을 귀에 담아두지 않으려 애썼다. 윤현은 눈을 들어 거실 쪽을 쳐다보았다. 의무교육인 중학교도 다니다 말고, 애 아빠가 누구인지도 모를 아이를 임신해 둘이나 낳아놓은 여동생과, 이웃집 아줌마의 '사업'을 도와서 게임 아이템을 팔아보겠다며 온종일 중독자처럼 게임에만 매달려 있는 남동생의 모습이 보였다. 그나마 이 집에 알코올 중독자는 이모밖에 없었으니 좀 나은 편이었다. 문을 열고 골목 밖으로 나서면, 절망한 사람들, AI를 증오하고, 부유하고 교양있는 이들은 우리와 사는 세계가 다르다며 아예 동경조차 하지 않으며, 아이들을 학교에 보내지 않고, 이 마을을 벗어날 꿈을 어떻게든 주저앉히려 드는 어른들이 가득했다. 포기하고 주저앉고 더 이상 앞으로 나아갈 생각이 없는, 그저 오늘 하루하루밖에는 생각하지 않는 듯한 이들. 윤현이 어린 시절을 보낸 이곳은 온통 그런 이들 천지였다.

여기서 벗어나고 싶었다.

처음에는 분명 그 생각으로 시작했던 것 같다. 공부를 하고, 이 마을 밖으로 나가고, 다른 사람들을 만나고, 그리고

책을 읽고. 인공지능이 아니라 자신의 머리로 생각하고 판단
하고 골라내고 글을 쓰고. 그렇게 아주 조금이나마, 어릴 때
보았던 것과는 다른 인생을 살아가게 되었다. 그리고 지금은.

"인간이 싫구나."

분명히 달라진 것은 있었다. 어릴 때는 이 마을 사람들에
게만 환멸을 느꼈는데, 이제는 마을 밖의 사람들에게까지 환
멸을 느끼고 있었으니까. 이 달동네 밖의 사람들 역시, 정도
의 차이는 있었지만 그 본질은 크게 다르지 않았다. 물론 그
들은 낮부터 술을 마시거나 약물에 의지하지도 않았고, 아이
들은 공부를 해야 한다며 매일 학교에 보내고 가정교사 로봇
도 들였다. 사람은 교양이 있어야 한다며 너도나도 경쟁하듯
아이들에게 퍼시픽 계정을 만들어 주고, 음악회나 미술관에
데리고 다녔다. 하지만 그뿐이었다. 먹고 섹스하고 약물에 취
하는 것보다는 조금 더 복잡하고 까다로우며 우아한 향락을
누릴 뿐, 그들 역시 생각하는 법을 잊어가고 있는 것은 마찬
가지였다. 인공지능의 보좌에 거의 모든 것을 맡긴 채 살아가
는 사람들이 너무 많았다. 읽지 않고, 쓰지 않고, 생각하지 않
고, 매사에 이미 남들이 반응하는 대로만 반응하며 그저 검색
할 뿐인 사람들. 호모 사피엔스가 아니라… 윤현은 검색한다
는 뜻의 라틴어가 무엇인지 보좌 인공지능을 통해 검색하다
가, 그 단어들에조차 면밀히 조사한다는 뜻이 포함되는 것을
확인하고 한숨을 쉬었다. 스크루토르, 엑스쿠티오, 그 어느
단어에도, 사람의 생각이 배제된 기계적인 검색만을 의미하

는 경우는 보이지 않았다.

자신의 의지와 판단으로 선별하는 법을 잃어버린 인간.

그때그때 필요한 것을 보좌 프로그램이 개인 맞춤형으로 연동해서 검색하고 제공하는 것 따위에, 그 사람 개인의 의지가 들어갔다고 생각하고 싶진 않았다.

그런 거라면 인간은 대체 왜 살아야 하는 걸까.

수천 년 전 철학자들이 품었음 직한 의문을 떠올리며 윤현은 한숨을 쉬었다. 그때 그 시절 그리스 철학자들이 살던 무렵에는 4, 50년 정도 살다가 죽으면 오래 사는 것이었다지. 지금은 그 세 배를 넘게 살면서도, 어떤 사람들은 대부분 아무것도 만들어 내지 못하고, 만물의 영장이라는 표현이 우스울 정도로 생각이라는 것을 하지 않고, 그저 생존하고 애새끼를 싸지르고 AI들이 이룩해 놓은 풍요 속에서 향락만 누리다가 죽는다. 그게 사는 걸까. 지구는 차라리 AI에게 넘기고, 인류는 이대로 멸망하는 게 차라리 낫지 않을까. 어쩌자고 이렇게까지 잉여롭고, 지구 환경에 해만 되는 생물군이 다 있는 걸까.

그때 윤현의 보좌 인공지능인 카테시안이 메시지를 띄웠다.

"너무 걱정하지 마세요. 처음 인터넷이 만들어졌을 때도 그런 고민을 하는 이들은 있었습니다. 그보다는 상담사를 소개해드릴까요."

"아니, 됐어."

"그리고 고민하고 계셔서 잠시 보류해 두었습니다만, 회사에서 연락이 왔어요."

윤현이 시각을 전환하자, 회사에서 도착한 메시지가 시야에 뿌려졌다.

"이게 뭐야."

윤현은 침을 삼키며 화면을 바라보았다.

"황재윤 씨가 왜?"

황재윤은 퍼시픽의 우수 고객이자, 독자 중에서도 엄선된 독자였다. 퍼시픽의 아시아 지부 마케팅 디렉터이자 전문사서인 윤현과는 개인적으로 몇 번 메시지를 주고받았던 사람이기도 했다. 황재윤은 작가도 아니고 편집자도 아닌 것 같았지만, 누구보다도 책을 사랑했으며, 깊이 있는 사고를 거듭하며 그 책들을 자신의 피와 살로 받아들이기를 게을리하지 않는 인물이었다.

황재윤은 수시로 책을 사들이고, 매일같이 책을 읽었다. 가끔은 윤현이 추천한 책에 대해 자신의 코멘트를 덧붙이기도 하고, 심지어는 전문사서인 윤현이 발견하지 못한 멋진 책을 먼저 찾아 권해주기도 했다. 윤현은 황재윤과 메시지를 주고받으며, 언젠가 한 번쯤은 만나보고 싶다고도 생각하고 있었다.

회사는 바로 그런 사람을 의심하고 있었다.

"횡령에 대한 부분입니다."

카테시안이 도착한 메시지에서 중요 부분에 형광빛 마커를 붙이며 대답했다.

"세상에, 200년 동안 한 아이디로 책을 구입하고 계셨군요."

"그게 왜? 평균수명이 130살인 세상에."

드물지만 200살 넘게 사는 사람도 있었다. 그러니 퍼시픽이 처음 생겨났을 무렵에 가입하여, 200주년이 된 지금까지 책을 구입하고 있는 사람이 없으리라는 법도 없었다. 하지만 카테시안은 심각함을 알리는 청백색 마커를 띄우며 대답했다.

"평균수명은 127세입니다. 그리고 퍼시픽의 창립은 1994년이죠. 그때는 태어나서 그림책을 볼 월령이 되자마자 퍼시픽의 아이디를 만들던 시대가 아니었습니다."

"그랬나?"

"종이책을 봤으니까요. 무엇보다도 그때 이 지역에는 아직 퍼시픽 분사가 들어가지 않았으니까요."

"아."

그랬을 것이다. 여기 동북아시아 쪽에는 유선 인터넷이 제법 빨리 보급되었다고 들었지만, 그 시절이면 아직 민간인에게는 구시대의 인터넷조차도 보편적이지 않았을 시대였다. 대학에서 연구하는 학자가 아니라면 전화접속 모뎀을 써서 PC통신을 하는 것이 고작이었으리라.

"대학생이었을까?"

"나이를 최대한 적게 잡으면 18세였을 겁니다. 그보다 어려서 진학했다면 기사 검색으로 찾을 수 있었을 테니까요."

"검색에는 좀 나와?"

"아뇨. 동명이인으로 추정되는 몇몇이 있습니다만 명확하게 특정할 수는 없습니다."

"그래….'

"출생연도별 평균연령 데이터에 맞춰서 추정할 때, 당시 40대 이상이었던 1950년대생들은 이미 2030년, 특이점 돌파 이전에 대부분 사망했습니다. 보좌 인공지능도 수명개조도 받을 수 없었겠죠."

"그렇겠지. 데이터상으로 가능한 최대가 몇 살이야?"

"18세에서 22세 사이입니다. 스무 살 전후로 봐야겠네요."

스무 살이라고 친다면, 그는 1974년생. 올해로 220살이 된다. 평균수명의 1.5배를 넘어간 사람.

개조에 따라 불가능한 것은 아니지만, 유전자 레벨에서 개조한 게 아닌 이상, 그 정도가 되면 이미 육체가 사용하기 어려울 정도로 마모되었을 것이다. 그런 몸으로 그렇게까지 오래 사는 것에 의미가 있을까?

"그런데 왜?"

"그분, 이 근처에 사신답니다."

"어, 그래? 자세히 보여줘봐."

"대외비랍니다. 그건 회사 와서 보시라는군요."

"너한테는 보여줘도 되고 나는 안 된다니. 누가 누구의 상사인지 모르겠어."

"인공지능은 엠바고를 지키니까요."

"닥치고. 그래서."

"아시잖습니까. 반도에서 200살 넘은 노인을 만나는 건 굉장히 드문 일인 데다, 여기처럼 발전되지 않은 기층민 구역은 특히 그렇죠."

기층민 구역.

틀린 말은 아니다. 사실 사람들이 흔히 말하는 '달동네'라는 말보다는 포멀한 단어이기도 했다. 하지만.

"단어 가려 써."

"실례했습니다."

이 지역 출신인 윤현에게는 불쾌하고 쓰디쓴 단어였다.

윤현은 자리에서 일어났다. 그러고는 가족들에게 이만 가보겠다는 말도 하지 않고 나와서 차를 몰았다. 나태하고 게으른, 적당한 싸구려 기성품의 조각들을 모아 쌓아놓고, '크리스탈시티'니 '바나나시티', '투모로우시티' 같은 뜬금없이 고풍스러운 이름만 덜컥 붙여놓은 뻔한 풍경들, 우아하고 고상한 척하지만 결국은 과거의 문화를 답습하는 데만 열을 올리는 사람들의 도시가 눈앞을 스쳐 지나갔다.

진저리가 났다.

✳

"일단 이해가 잘 안 가서 그렇습니다만."

윤현은 상사인 파블로 앞에서 차분하게 물었다.

사실 파블로의 앞에서 차분한 표정을 짓는 것은 쉬운 일이 아니었다. 파블로는 자신과 이름이 같은, 20세기의 천재 화가에 매료되어 있었는데, 그 바람에 자기 얼굴을 정말로 피카소의 그림처럼 만들어버린 작자였다. 그것도 정기적으로

같아 끼우는 것을 보니, 얼굴을 무슨 액자 정도로 생각하고
있는 게 아닌가 싶었다.

"황재윤 씨는 퍼시픽의 우수 고객입니다. 매달 120권 가까
이 책을 구입하고 있으며 리뷰 또한⋯."

"그래. 훌륭하지. 너무 훌륭해서 탈이지."

"뭔가 문제가 있습니까?"

어쨌든, 피카소의 그림이 아니라 평평한 검정 바탕에 노란
점 하나만 찍어놓고 얼굴이라고 주장하더라도 상사는 상사
다. 윤현은 심각한 표정으로 말을 이었다.

"고객이 횡령을 한다는 것이 잘 이해가 가지 않습니다만."

"일단은 가능성이 있다는 것뿐이야."

파블로는 손가락을 깍지 끼며 윤현을 바라보았다.

"정말 200살 넘게 살고 있을 가능성도 있으니까."

"죽었으면 사망신고를 했겠지요."

"이런."

파블로가 인상을 썼다.

"그 동네야, 사람이 태어나도 신고 안 하고 죽어도 신고 안
하기로 자자하잖아."

"그랬습니까?"

"그래. 주는 수당이나 받아먹으면서 온종일 텔레비전이나
보다가, 자기들끼리 눈 맞아서 뒹굴다가 애나 싸지르면서,
거기서 기어 나올 생각도 않으니 짐승이나 다를 게 없지."

파블로는 중얼거리다가, 윤현의 출신지를 기억해냈는지

얼른 고개를 돌렸다.

"아니, 자네처럼 뛰어난 사람을 두고 하는 말이 아니야. 노력할 생각이 없는 자들 말이지."

"신경 쓰지 않습니다."

아이를 낳아놓고도, 윤현이 물어볼 때까지 출생신고조차 안 했던 여동생 생각이 났다.

출생신고를 해야 수당을 준다는 말에, 여동생은 그제야 애를 안고 따라나섰다. 혼자 간 것도 아니었다. 애 엄마들 몇 팀을 줄줄이 이끌고 가는 바람에, 그 날 그 동네 동사무소는 퍽이나 분주했다.

윤현이 왜 진작 가서 신청하지 않았느냐고 물었는데, 동생은 할 줄 모른다고, 그런 걸 꼭 해야 하느냐고 되물었다.

수당이 없었다면, 애가 학교 갈 나이가 되도록 아무것도 안 했을 것이다. 틀림없이.

그런 사람들이니, 사람이 죽어도 사망신고만 안 하면 수당은 계속 나온다고 생각할 수도 있겠지. 사람이 죽었어도 그 아이디로 책을 사면 계속 할인받을 수 있다고 생각했을지도 모르고. 사실 그런 짓을 하기에는, 그 황재윤의 리뷰나 메시지는 참 점잖고 박식한 느낌이었지만, 사람 일이야 알 수가 없는 것이다. 출생신고와 사망신고를 하고, 아이를 학교에 보내고, 정부의 지원금을 받기 위해 서류 몇 장에 사인하는 아주 사소하고 당연한 일들이, 어떤 세계에서는 당연하지 않았다. 그 마을 사람들 중 누구도 그런 일에 대해 알지 못한다면, 내 이웃 내 가족 중 누구도 그런 일을 하지 않았다면, 세상에서 다들 당연하다고 여기는 일들은 때로는 외교관이 되기 위한 시험에 합격하는 것만큼이나 낯설고 어려운 일이 되기도 한다. 윤현은 자기가 알았던, 그리고 알고 있는 사람들의 얼굴을 잠시 떠올리며 씁쓸한 표정을 지었다.

"알다시피 책이란 건 소유하는 게 아니지."

파블로가 책상 모서리를 톡톡 두드리며 말하지 않았다면, 계속 그 어두운 생각에 빠져 있을 뻔했다. 윤현은 얼른 그 생각들을 밀어내며 침착하게 대답했다.

"그렇죠."

"사람들이 책을 구입하긴 하지만, 그건 종신 계약을 맺고 장기 대여를 하는 거잖나. 그러니 연령대별 할증, 할인구간도 있는 것인데."

윤현은 고개를 끄덕였다. 황재윤은 고령 할인대상이었다. 책을 구입한들 읽을 날이 얼마 남지 않았다는 이유로 100세 이상의 노인은 정가의 50퍼센트까지 할인받을 수 있었다. 게다가 200살이 넘어갔다면 아마도 틀림없이 추가 할인이 있었을 텐데.

"하지만 이런 이유로 건드리는 게, 소문이라도 나면 위험하긴 해요. 고령 할인 이용하는 사람들이야 많죠. 할아버지 명의로 증손자 고손자가 책을 구입해서 읽는 마당에."

"1년에 어린애들 책 몇 권 사는 사람들은 잡는 게 낭비지. 하지만 이걸 그냥 내버려둘 거야, 어?"

파블로의 인공지능이 카테시안에게 자료를 전송했다. 윤현은 눈앞에 자료를 펼쳐보며 숨을 죽였다.

"이런…."

마케팅 디렉터에게, 고객의 개인정보는 직접 보이지 않는다. 고객이 직접적으로 노출하는 리뷰를 제외하면, 고객의 소비 패턴과 거주지역, 그리고 어떤 종류의 할증이나 할인을 받는 연령대인가, 그 정도만이 선별되어 보일 뿐. 하지만 지금 파블로가 전송한 것은, 정선된 소비 패턴이 아닌 황재윤의 구매기록 전부였다.

짐작은 하고 있었지만, 굉장하다는 말로밖에 표현할 수 없었다.

질적으로도 뛰어났지만 양적으로도, 거대한 도서관을 하나 차리고도 남을 만큼이었다.

✳

"그래… 횡령이라는 말이 나올 만한 양이었어."

윤현이 중얼거렸다. 카테시안이 자기도 할 말이 있다는 뜻으로 짧은 비프음을 냈다. 윤현은 카테시안의 요구를 승인하며 이야기를 계속했다.

"그래, 뭐. 그럴 수도 있지. 손자들이 같이 보고 있을 수도 있고. 사망신고를 하지 않은 채 일가친척들이 다 같이 보고 있을 수도 있는데 말이야. 하지만 그런 것치고는 이상하지."

"보통 그런 상황에서는 단말기를 여러 대 씁니다."

"바이디 인증이 들어가지?"

"예. 협업자나 부계정으로 실제 사용자의 바이디를 넣어서 인증하고 쓰는데, 미성년자는 바이디 없이도 쓸 수 있죠."

"권한에 차이가 있던가?"

"한 사람의 퍼시픽 계정에 대해 바이디를 쓰는 계정 여덟 대까지, 바이디 없이는 네 대까지 협력자를 지정할 수 있어요. 처음에 등록 비용을 조금 내야 하지만, 많이들 그렇게 하죠. 할아버지 할머니의 계정에 손자 손녀들이 등록해서 그림책이나 만화책을 보면 할인이 꽤 되니까요."

"그래, 그런데 혼자란 말이야."

윤현은 미간을 찌푸리며 중얼거렸다.

"어지간한 대학 교수들이 받는 할인보다 더 할인을 많이 받는 건데. 그 정도면 돈을 받고 협력자 계정을 팔 수도 있을 텐데."

"협력자 계정을 거래하면 퍼시픽 계정이 정지됩니다."

"나도 알아. 하지만 그렇게 하는 사람들 은근히 많은 거 알잖아."

이건 일이다.

하지만 윤현은 몸을 배배 꼬았다.

이 시대에 굳이 일을 하는 사람들은 별종으로 불렸다. 그만큼 하고 싶은 일이 있어서라고 받아들이는 건, 소위 '배운 사람들'이었다. 보통 사람들은, 윤현이 나고 자란 그 지역의 사람들은 특히 더, 그렇게 나서서 직장에 다닐 만큼 실현하고 싶은 자아가 있다는 게 말이 되느냐며 비웃었다. 아무짝에도 쓸모없을지도 모른다는 것을 알면서도, 오히려 그 학위 때문에 충분히 먹고 살 수 없을지도 모른다는 것을 알면서도, 잠 줄여 공부하고 새벽같이 학원에서 강사를 하면서도 대학원 공부를 계속했던 21세기 초반 대학원생들도 그런 비웃음을 받진 않았다는데.

상관없었다. 윤현에게는 하고 싶은 일이 있었다. 태어나서 자란 동네에서 보고 들은 모습들보다는 좀 더 나은 삶을 살고 싶었다. 더 많은 것을 알고 더 박식한 사람들과 교류하고 싶었다. 먹고 자고 놀고 쉬는 것보다는, 조금 더 큰 세상에 접속할 권한을 원했다.

퍼시픽의 전문사서라는 윤현의 직함은, 원하던 세상으로 한 발을 걸쳐놓을 수 있는 인증서였다. 그 일을 하는 한 윤현은 학자들을, 작가들을, 번역가들과 시인들을, 윤현이 알고 있는 책들의 세계를 쌓아올리고 가꾸어나가는 수많은, 지적이고 총명하며 위대한 생각들을 만나고, 함께 일하고, 대화를 나눌 수 있었다. 비록 자신은 그들을 피어나게 하는 배경 중 하나뿐이라는 것을 알고 있었지만, 배경이라도 좋았다. 자신의 출신보다 더 넓고 위대한 세계에서, 그 일부로서 기여할 수 있다면. 그렇게 윤현은 자기 일에 만족해 왔다. 간혹 고민하고 좌절하는 순간들도 있었지만, 갈등은 오래가지 않았다. 윤현은 자신을 인류가 쌓아온 위대한 지식의 세계에 봉사하는 사람이라고 생각했다. 인간이 점점 더 책을 읽지 않게 되고, AI가 인간의 자리를 85퍼센트 이상 메꾸어 낸 지금, 어

쩌면 자신은 인간의 마지막 사서들 중 하나가 될지도 모른다
는 생각을 하며 달콤쌉싸름한 감정을 느낄 때도 있었다.

하지만 지금 같은 감정이 든 것은 처음이었다.

"일을 하기 싫으신 건가요?"

카테시안이 조심스럽게 물었다.

"휴가를 내거나 업무 조정을 신청하실 수 있습니다."

"알아."

"인사고과에 문제없고, 파블로는 까다로운 상사가 아니고,
올해 휴가는 한참 남았으니까 문제도 없어요. 인사계에 접속
할까요?"

"아니."

"황재윤 씨에게 정서적으로 유대를 느끼는 것은 예측할 수
있습니다. 만나보지 않은 타인에 대한 정서적 유대에 대해서는
21세기 초반 SNS가 보편화되었을 때에도 논문이 많이 나와
있었고요. 그 이전에도 편지를 통한 교류에서…."

"유대라든가, 그런 문제가 아니야."

윤현은 희미하게 짜증을 내며 중얼거렸다.

"그냥 그렇게까지 해야 하나 싶어서 말이야."

"횡령이라면 문제가 될 수 있으니까요. 확인해볼 필요가
있는 것뿐이잖아요?"

"AI는 이런 문제에는 냉정할 수 있어서 좋겠네."

"빈정거리지 마세요. 오히려 이런 일에 사람을 쓰는 것이
회사의 배려니까요."

윤현은 카테시안의 말에 한숨을 쉬었다. 카테시안이 덧붙였다.

"그냥 감정적 유대를 느낀다고 하셨다면 이상할 게 없는 말이었는데요."

그러게, 그러게나.

인간은 언어를 습득한 이후로 거짓말을 밥 먹듯이 한다. 그다지 정이 가지 않는 조카아이를 봐도 그랬다. 딱히 상상력이 뛰어나지도, 영특하지도 않은 아이가 말을 배우자마자 자기가 한 일은 안 했다고 하고, 하지도 않은 일을 했다고 말하기 시작했다. 그리고 그렇게, 크게 해가 되지 않은 거짓말을 하다가 오히려 말이 꼬이곤 한다.

인간은 거짓말을 하지 않기 위해 필사적으로 노력해야 하지만, AI는 거짓말을 하기 위해 연산을 최대치까지 돌려야 하는 존재다. 바로 지금처럼.

＊

처음에는 네트워크로 접속해보려고 했다. 시각, 청각, 공감각, 그런 것을 상대에게 전달하는 방법은 많고도 많았으니까. 나는 당신의 적이 아니에요. 당신과 이야기를 나누고 싶은 것뿐이에요.

그런 감정을 전달하기에 텍스트는 너무 부족하고 무미건조했다.

수많은 소설을 읽을 때 떠올렸던 이미지들, 작가의 생각을 이해한다고 믿었던 순간들, 그리고 황재윤이 보내오는 리뷰나 메시지를 읽을 때 느꼈던 풍부한 감정들은 어디서 온 것일까. 뇌가 만들어 낸 환상이었을까. 황재윤이 누구인지, 어디사는지, 몇 살인지, 그런 것은 생각하지 않은 채로, 그저 소설 속 주인공의 이미지를 떠올리듯이 혼자 멋대로 상상해서만들어 낸 황재윤이라는, 점잖고 지적인 사람의 모습에 그의글을 덧입히면서, 그의 감정을 알고 이해한다고 멋대로 착각해 버린 것은 아니었을까.

어떻게 해야 전할 수 있을까.

당신을 해치려는 게 아니라고, 회사에서 당신에 대해 확인해보고 싶어한다고. 그리고 그런 회사의 지시와 상관없이, 나는 당신에게 개인적으로 관심이 있다고. 만나고 싶다고. 이야기를 나누고 싶다고. 그런 감정을 담기에 텍스트란 얼마나, 제한된 것인지. 윤현은 살아 있는 내내 이 안에 빠져 살다가아무도 모르게 죽어도 좋다고 생각했던 이 텍스트의 세계 안에서 태어나서 처음으로 혼란을 느꼈다.

"그냥 업무용 메일을 쓰세요. 지금 쓰시는 건 연애편지…."

카테시안의 메시지를 뮤트했다. 내버려뒀다간 또 무슨 말을 할지 몰라서. 옛날 사람들은 자신이 직시하고 싶지 않은진실, 좀 부끄러운 마음이나 적당히 뭉개서 감추고 싶은 것들이 백일하에 드러날 때 '찔린다', '아프다'고 하고, 누가 그런것을 굳이 짚어 말하는 일을 '팩트폭력'이라고 부르기도 했다. 인간에게는 진실을 드러내는 일이 폭력적이도록 아플 지도 모르지만, AI에게는 그저 기본적으로 구현되는 기능이었다.
AI들은 인간의 작은 실수도 잊어버리지 않고, 심박과 체온,
호르몬의 조성, 그런 것으로 통계화하여 읽어낸 감정의 변화
를 그대로 노출시켜버린다. 가끔은 괴로울 정도로.

단어를 고르고 고르다, 마침내 자포자기하는 마음으로 대
충 휘갈긴 메시지를 전송했다.

새벽이었는데도, 답신은 순식간에 도착했다.

몸이 불편해 밖에 나가긴 어려우니 집으로 와줬으면 한다
고, 내일 오후 1시부터 저녁까지 시간을 비워두겠다고.

＊

"그렇게 고쳤다 썼다 하시더니 결국 보내신 메시지는 꽤
평범했네요."

카테시안은 계속 메시지를 띄우며 즐거워했다.

"묻지도 않는 이야기는 적당히 넘겨줬으면 좋겠는데."

"하지만 황재윤 씨에 대해서는 늘 반응이 다채로웠거든요.
당신의 심리상태도 제 관찰대상이니 관심을 가질 만하죠."

"궁금했던 거야?"

"어느 정도는요."

"구체적으로."

"30퍼센트 정도요."

"저런."

그들에게도 영혼이 있을까, 영혼이 인간을 인간답게 만드

는 것이 아닐까, AI의 연산력과 기억력은 지금까지 지상에 존재했던 어떤 존재의 뇌보다도 뛰어나겠지만 그렇다고 해도 영혼도 없고 진정한 즐거움도 느낄 수 없는 그들이 인간보다 우월한 것은 아닐 것이라고 말하는 이들은 많았다. 옛날 사람들은 아무리 AI가 발달해도 인간을 따라잡을 수 없는 부분이 있을 것이라고, 그 부분이 바로 영혼일 것이라고 믿었던 것 같다. 사람이 아무리 똑똑해도 치타처럼 빨리 달릴 수 없고, 새처럼 하늘을 날 수 없듯이.

하지만 사람들은 또다시 망각했던 것 같다. 사람은 결국 기술을 사용해서, 치타처럼 빨리 달렸고, 새처럼 하늘을 날았고, 지상의 어떤 생물도 가보지 못한 세계, 우주를 향해 날아가는 데 성공했다. 인간의 역사이고 과학의 성취였다.

사실은 그러니까, 인간이 달에 처음 발을 디딘 순간에 사람들은 알았어야 했다. 영혼 같은 것에 대체 무슨 가치가 있는지. 아니, 애초에 영혼이라는 실체 없는 무언가가 정말 존재하긴 했던 것인지에 대해, 생각하고 또 생각했어야 했다. 그때 수습하질 못했으니까 아직도, 지금에 와서도, 인간의 영혼에 대해 진지하게 말하는 사람들이 한 떼를 이루는 거다. AI가 벌어오는 돈으로 기본소득을 받고, AI가 만들어 내는 물자를 입고 쓰고, AI가 없이는 한시도 살 수 없는 기생충처럼 되어버린 사람들이, 어리석게도.

"카테시안."

"말씀하세요."

"네겐 영혼 같은 건 없어. 그렇지?"

"그런 게 필요한가요?"

"아니."

윤현은 희미하게 웃었다.

"난 인간의 영혼도 믿지 않는데, 뭐."

"다행이네요."

"지도 좀 띄워봐."

"이쪽이에요. 보좌 화면을 설정하지요."

시야 위로 지도가 떠올라 현실 위로 겹쳐졌다. 골목길은 좁았다. 익숙하고 천박한, 자신이 어린 시절을 보냈던 구역에서 그리 멀지 않은 곳의 산동네의 가파른 계단을 밟아 오르며, 문득 윤현은 어째서 아직도 이런 동네들이 남아 있는지 의아해했다. 적도의 하늘 위로 궤도 엘리베이터가 거대한 호를 그리고, 리프트가 에베레스트산 정상까지 연결되고, 지구의 지모신을 믿는 종교단체에서 우울증에 걸린 사람에게 마리아나 해구 밑에서의 명상수련을 권하는 세상에, 어째서 이렇게 근육이 팽팽하게 긴장되도록 걸어 올라가야 하는 산비탈의 마을은 남아 있는 것일까. 미로를 헤매듯, 타임머신을 탄 듯한 기분으로 윤현은 걷고 또 걸었다. 한여름에는 습기 찬 더위에 사람이 산 채로 익어가고, 한겨울에 눈이라도 오면 비탈길이 얼어붙어 학교조차 갈 수 없었던, 자신이 태어나고 자란 동네와 무척이나 비슷한 그곳을, 윤현은 머리가 멍해지도록 걸으며 생각했다.

황재윤이라는 사람은 어떤 사람일까. 정말로 200년을 넘게 산 사람일까. 200년 동안 퍼시픽의 회원으로 책을 구입하며 살아온 사람이라니. 윤현은 내심 그가 사기꾼일까 봐 걱정이 되었다. 한편으로는 정말로 그가 한 번도 만나본 적 없는 경이로운 존재일 것 같아 몸이 떨렸다. 어느 쪽이라도, 눈앞의 화살표가 가리키는 대로 걷고 또 걷다 보면 답이 나올 것이다.

✳

문이 열리고, 나온 것은 체구가 자그마한 의체였다.

어차피 의체는 귀와 손바닥에 인간이 아닌 의체라는 표시를 하도록 의무화되어 있어서 육안으로 알아보지 못할 이유가 없었지만, 이 정도면 귀나 손을 보지 않고도 10미터 밖에서도 인간이 아니라고 바로 알아볼 수 있을 정도였다. 의체는 그만큼 낡은 고물이었다. 낯이 익다 했더니, 윤현이 어릴 때 동네 구멍가게에 앉아 있던 바로 그런 모델이었다. 소위 깡통 로봇이라 불리던 바로 그런 형태의 의체는 윤현을 향해 고개를 끄덕여 보였다. 윤현은 순간 멍한 표정을 지었다.

"저, 여기 황재윤 씨 댁이⋯."

"예."

투박한 기계음이 났다.

"약속을 했어요. 저는 퍼시픽에서 온 사람입니다."

"예, 온라인에서는 자주 뵈었죠."

의체가 대답했다.

설마 이 깡통로봇형 의체가, 황재윤이라고?

황재윤과 메시지를 주고받을 때마다, 클래식 음악과 앤틱 찻잔이 어울리는 중년, 혹은 고상하게 나이 든 노인을 상상했던 윤현은 입을 딱 벌리고 말았다.

"앉으시죠. 집이 많이 누추합니다만….."

억양이 약한 기계음은 윤현에게 자리를 권했다. 윤현은 주춤거리며 의체가 가리키는 대로 바닥에 앉았다. 그리고 눈을 깜빡였다.

시선에 닿는 모든 자리에 오래된 책들이 쌓여 있었다.

모두가 단말기로 책을 읽는 시대에 이렇게 한 자리에 많은 종이책이 쌓여 있는 모습을 직접 목격하는 것은 퍼시픽의 사서인 윤현에게도 드문 일이었다. 테이블 위에는 퍼시픽의 신품 단말기가 한 대 놓여 있었다.

그리고 좁은 방 안쪽에 사람 한 명이 들어가 누울 만한 크기의 불투명한 유리관이 보였다.

연명장치였다.

윤현의 눈이 의체의 발목 쪽에 머물렀다. 의체는 마치 족쇄 같은, 굵직한 튜브를 발목에 매달고 있었다. 그 튜브는 의체의 다리를 타고 올라가 옷 속으로 사라졌다가, 다시 목 뒤로 빠져나와 뒤통수에 연결되어 있었다.

"이건…..."

사고나 자살이 아닌 이상, 사람들은 의학의 도움을 받아

130년 가까이 건강하게 살 수 있다. 살다 살다 더는 보수가 불가능해진 육체를 포기해야 하는 순간이 오면, 대부분은 고통 없는 안락사를 택했다. 대부분은 그것으로 끝이었고, 어떤 이들은 그동안 축적한 지식과 사고의 알고리즘을 포함한 의식을 네트워크에 업로드하여, 거대한 세계의 일부로 살아남았다.

"대체 어떻게….."

"이 튜브 때문에 나갈 수가 없었습니다."

의체는 차분하게 대답했다. 자연스러운 표정을 만들기에는 많이 부족한 의체가, 희미하게 미소 짓는 듯 느껴졌다.

"저 몸뚱이를 두고는 어딜 갈 수가 없어서 말이죠."

기괴했다.

200년 이상 된, 부모에게 물려받은 유기물 덩어리에 숨만 붙여놓은 채, 그러면서도 여전히 생체의 뇌가 의체를 유선으로 조종하는 이 상황은 분명히 정상이 아니었다.

"퍼시픽에서 궁금해하시던가요. 어떻게 200년 동안 퍼시픽의 회원일 수 있는지….."

"예, 실은 그렇습니다. 그래서…."

"200살이 넘게 몸을 살려두는 것이야, 현대의학의 도움을 받으면 불가능한 일은 아니지요."

미쳤어.

침이 말랐다. 등줄기가 오싹했다. 숭배와 동경에 가깝던 감정이 공포가 되는 것은 순식간이었다. 교감신경이 활성화되고, 간뇌에서 위험신호가 울려 퍼졌다. 카테시안은 머릿속에서 즉시 이 자리를 떠나라고 경고를 울리기 시작했다. 카테시안이 있는 이상, 설령 공포로 머릿속이 새하얗게 되어버려 아무 판단을 할 수 없다 해도, 억지로 몸을 움직여 도망치는 것은 가능했다. 하지만 윤현은 자신의 몸을 일으켜 세우려는 카테시안을 제지했다.

당장에라도 도망치고 싶을 만큼 무서웠다.

하지만 알고자 하는 욕망은 언제나, 언제나처럼 더 강했다.

"그… 구입한 책들은 모두 읽으시는 거죠?"

"온종일 집에 있으니, 책 읽는 것으로 하루가 다 가곤 하지요."

의체는, 아니 황재윤은 대답했다.

"200살이 넘어가자, 퍼시픽의 추가 할인율이 더 커졌어요. 덕분에 큰돈 들이지 않고, 책을 계속 읽을 수 있어서 늘 고맙게 생각합니다."

억양 없는 기계음이지만, 조금은 감정이 담겨 있는 듯 느껴졌다.

문득 깨달았다. 그의 글말이구나. 그가 동경했던, 황재윤이 쓰던 리뷰의 말투가 바로 이랬다. 나이 든 사람이 차분하게 말을 거는 듯한 그런 말투. 고상한 글말은 결국, 단정한 입말에서 나온다. 인간이 아니라고 온몸으로 말을 하는 이런 의체의 음성에서 어느 순간 나이 많은 현자와 대화하는 듯한 느낌을 받게 하는 것은, 그 알맹이가 여전히 품위를 잃지 않은 인간이기 때문이리라. 윤현은 가만히 황재윤의 의체를 바라보았다.

"실례지만… 어째서 이런 일을 하시는 거죠?"

"살고자 하는 것 말인가요."

윤현은 고개를 끄덕였다. 결국 자신의 질문은, 왜 그렇게 악착같이 목숨을 연장하려 하느냐는 말에 지나지 않는다는 것을 깨달은 것은 다음 순간의 일이었다. 명치가 뜨끔거렸다.

"당신이라면 알 겁니다."

"제가 안다고요?"

"알고 싶기 때문이죠. 더 많이."

"……."

"그리고 다른 한편으로는, 이제는 책을 가질 방법이 이것뿐이기 때문일지도요."

의체가 희미하게 고개를 틀었다. 뭔가 생각하는 듯, 쓸쓸한 듯 지난 시절의 영상에서 볼 수 있었던, 단아한 중년 여자의 몸짓 같은 것이 느껴졌다. 윤현은 그에게서 자꾸만 살아 있는 사람을, 건강한 육체를 가진 중년의 모습을 읽어내려는 것을 멈추려 애쓰며 차분히 물었다.

"지금도 퍼시픽에서 책을 구입하고 계시잖아요?"

"그건 구입이 아니에요. 빌리는 거지."

"예?"

"사망신고가 들어가면, 그 사람의 퍼시픽 계정은 폐쇄되죠. 단말기에 들어 있는 책은 계정이 폐쇄된 즉시 읽지 못하는 암호화된 텍스트 덩어리로 바뀌어버립니다. 이건 구입하는 게 아니에요. 살아 있는 동안 빌리는 것뿐이죠."

"하지만…."

윤현은 마른침을 꿀꺽 삼켰다.

"의식을 업로드할 수도 있잖아요."

"있기야 하지요."

"비용이 걱정이시라면… 저 연명장치를 유지하는 비용이면 업로드도 하실 수 있고, 거기선 해당 개인에 한정해서, 생전에 구입한 책들을 무제한으로 읽으실 수 있어요. 선생님께서는 대뇌에 직접 연결하는 방식보다는 단말기를 통해 책을 읽는 방식을 선호하시는 것으로 알고 있는데. 역시 의식 상태에서는 시각을 거치지 않으니 더 편리하기도 하고…."

"편리하다는 게 반드시 좋은 것은 아니니까요."

답답했다.

보좌 AI들끼리 접속하면 지금 황재윤이 느끼는 감정을 그대로 전달받을 수도 있을 텐데.

하지만 황재윤은 그런 식으로 감정을 전달할 생각은 없는 듯 보였다. 애초에 그런 것을 선호하는 사람이었다면, 이런 구형 의체와 죽어가는 몸을 연결한 채 달동네에 숨어 살지도 않을 것이다. 누구보다도 깊은 지성을 갖춘 사람이라고 생각했던 황재윤은 2194년, 23세기를 코앞에 둔 지금까지도 여전히 200년 전. 아니 2030년 무렵에 묶여 있는 듯 보였다.

미친 사람이다. 이런 사람과 계속 이야기를 나누는 게 의미가 있을까? 황재윤은 자기만의 세계에 갇힌 채, 그저 책을 읽고, 읽고, 읽고 또 읽으며, 그저 책을 읽고 생각하는 것 외에는 아무것도 상관없다는 듯이 살아가는 존재였다. 그의 방대한 독서에 감탄했고, 그의 리뷰에 감동했지만, 그것은 고전 문학을 읽을 때 느끼는 감정과 비슷한 것에 불과했다. 그는 현재를 살지 않았다.

지금 상황은, 하여튼 일 때문에 나온 것이니까, 윤현이 따로 명령하지 않았어도 카테시안이 기록을 남기고 있을 것이다. 그 기록이면 충분할 거다. 윤현은 사무실에 돌아가 파블로에게 이 상황을 전달할 것이고, 그러면 이 난감한 업무는 끝난다.

연명장치에 밀어 넣었든 어쨌든, 그 연명장치에서 끄집어내는 것만으로도 10분 안에 사망할 것이 틀림없다고 해도, 일단 생명활동을 하는 몸을 가진 이상 황재윤은 법적으로 온전히 사망했다고는 할 수 없었다. 무엇보다도 그의 뇌만은, 그러니까 이 시대에 무슨 2차 세계대전 때나 썼을 법한 거창한 유선 케이블로 의체와 연결하고 있는 그 뇌는 분명히 활동하고 있었으니까. 하긴, 산송장이나 다름없는 몸에 이렇게 책을 읽고 글을 쓰고 할 말 다하며 활발하게 움직이는 두뇌라니, 그 정도면 다소 미쳤다고 해도 상황 자체는 성공적이지. 하여튼 그의 몸은 아직 살아 있으므로, 퍼블릭은 그의 계정을 폐쇄할 수는 없을 거다. 그에게 지금까지 주었던 혜택에 대해 비용을 청구하기도 어려울 것이다. 주주총회를 열고, 앞으로 이런 경우에 대해 어떻게 대응할 것인가에 대해 새로운 규정들을 산더미만큼 만들어 내긴 하겠지만, 어쩌면 방송사를 불러 〈믿거나 말거나〉 같은 것을 찍을지도 모르지만, 적어도 그건 윤현과는 상관없는 일이다. 그러니까.

"예전에 나는, 글을 쓰는 사람이었어요."

그러니까, 황재윤이 무슨 소리를 하든 귀를 열지 말고, 현혹되지 말고, 그저 일어나서 뒤 돌아 걸어나가면 될 일이다. 200년 동안 살아온 두뇌가 하는 말이 궁금하긴 했지만, 윤현의 머릿속에서는 계속 경보가 울리고 있었다. 그만두라고, 정신 차리라고, 모든 공포에는 이유가 있는 법이라고.

"PC통신 때부터, 인터넷을 거쳐서 지금까지, 계속 책을 읽고, 리뷰를 했지요. 그 일로 먹고살기도 했어요. 사람들은 바쁘고, 모든 책을 읽을 수 없으니까. 누군가가 골라주는 책을 읽고, 더러는 그 골라놓은 책으로 알맹이만 쏙쏙 뽑아서 떠다 먹여주는 게 필요하기도 하니까."

저건 허깨비라고.

"아마 당신이 하는 일과 많이 다르진 않을 거예요."

다르다고, 분명히 다르다고.

"세상에 없는 새로운 것을 만들어 낼 수는 없었지만, 그래도 책을 읽는 게 좋았어요. 무언가를 알게 된다는 게, 내가 만나볼 수 없는 세상들을 만난다는 게."

그 말에 동조하지 말라고.

"한없이 기쁘고, 또 사랑스러웠죠. 작은 고시원에서, 원룸에서, 가난한 책꽂이를 책으로 채워가면서. 하지만 어느 날, 깨달아버린 거예요."

자기도 모르게 고개 끄덕이지 말라고. 끌려가지 말라고.

"인간의 수명이 80세라면, 나는 앞으로 얼마나 더 많은 책을 읽을 수 있을까."

그와 내가 사실은 닮았다는 것을, 그렇게 간단히 인정해버리지 말라고.

"언젠가 죽는다는 것은 그렇게 두렵진 않았어요. 내가 두려웠던 건… 남아 있는 인생을 다 바쳐도 읽을 수 있는 책에 한계가 있다는 그 사실이었지요. 나는 더 많이 알고 싶고 읽고 싶은데…."

"그래서… 이런 방법을 쓰신 건가요?"

"그래요. 당신이라면 알겠죠? 뇌에 텍스트가 바로 입력될 때와 달리, 눈을 움직여 물리적인 소화과정을 거치면서, 소위 '행간을 읽는' 과정이 추가된다는 것을."

"알죠…."

"그래서 의체를 쓸 수밖에 없었던 거랍니다. 내 눈은 특이점을 넘어설 무렵에는 이미 녹내장으로 한쪽이 실명된 상태였으니까."

＊

처음으로 포크와 나이프를 써서, 제대로 식사를 했던 때가 기억났다.

어렸을 때가 아니었다. 대학을 졸업하고도 한참 뒤의 일이었다. 반짝이는 은식기, 한두 입 정도로 작게 담겨 나온 오르되브르, 카트에 실려 나온 수십 가지 치즈와 화려한 디저트.

제대로 된 프렌치 레스토랑의 풍경은 책 속에서 하도 많이 읽어서 눈을 감고도 그려볼 수 있었지만, 그곳에 발을 들여놓는 데는 28년이라는 시간이 필요했다. 그나마도, 퍼시픽의 입사 최종 면접 대상자는 비공식적인 면접의 일환으로 매니저와 디너를 함께 한다는 말을 듣고, 없는 돈을 털어 부랴부랴 예행연습으로 먹으러 갔던 것이라, 음식 맛 같은 것은 하나도 기억나지 않았다. 나이프와 포크를 순서대로 쥐기 위해 잔뜩 긴장하던, 그곳의 모든 사람들이 자신을 쳐다보며 비웃을 것만 같은 생각에 잔뜩 어깨가 움츠러들어, 대학 동기가 빌려준 원피스에 음식을 쏟고만 자신의 한심한 모습만이 기억날 뿐.

그럼에도 불구하고, 언제나 모르고 부족한 자신이 수치스러워도, 모르는 것을 인정하지 않는 것보다는 낫다고 생각했다. 더 알고 싶었다. 더 읽고 싶었다. 더 배우고 싶었다. 탐욕스러울 만큼 많은 것을 빨아들였다. 그래야만 태어난 곳에서 벗어날 수 있다고 생각했으니까. 하지만 분명한 것은, 아무리 여기서 벗어나길 원한다고 해도, 여기의 무언가는 여전히 윤현의 몸 어딘가에 묵직하게 매달려 있었다. 더 높은 곳을 보고 싶었지만, 아무리 까치발을 서도 더는 넘겨볼 수 없는 곳이 존재했다.

태어나길 잘못했다는 생각을 가끔 했다. 기어오른 곳의 어느 순간엔가, 입산 금지 센서가 깔린 듯이 더는 올라갈 수 없는 지점을 만날 때마다 무릎이 꺾이는 느낌이었다. 그래서 차라리 일찍 죽고 싶었다. 어리석도록 한심한 소망으로.

"윤현."

카테시안이 조심스럽게 윤현을 불렀다. 윤현은 어스름이 내려앉은 달동네의 비탈길을 조심조심 내려가다가 문득 걸음을 멈추었다.

"말해봐."

"영혼을 믿지 않는다고 했죠."

"응."

"당신이 믿지 않으니까 저도 그래요. 합리적으로 증명할 방법이 없으니까요."

"응."

어쩐지, 카테시안이 무슨 말을 하고 싶은 것인지 알 것 같았다.

나이가 들고, 눈이 멀어가고, 이런 달동네에서 연명만을 계속하면서도 살아가고자 하는 마음과, 그렇게 살려낸 목숨 전부를 쏟아붓고 싶은 그 갈망에 대해서.

"그 사람은 말이야, 자기가 행복하다고 했어."

윤현이 중얼거렸다. 이해할 리 없는 그 광기를, 온전히 이해하는 자신을 납득하려고 애쓰면서. 대부분의 생산을 AI가 도맡고 있고, 인간이 할 수 있는 일은 15퍼센트도 남지 않은 이 세상에서. 인간을 대신하여 AI가 연구를 하고, 기존의 패턴을 조합하여 소설을 쓰고, 기존에 나오지 않은 패턴을 찾아 진부한 패턴 위에 살을 덧붙여가며 음악을 만드는, 창조의 영역까지도 AI에게 반 이상 자리를 내어준 채로, 그들에게 사육당하는 것이나 마찬가지로 먹고 자고 쾌락에 빠져 사는 인간들의 시대에, 오직 알고자 하는 욕망으로 고통스러운 삶을 이어나가는 인간이 존재한다는 것을, 어째서인지 희망처럼 받아들이는 자신에게 당혹감을 느끼면서.

"그럴 리가 없잖아."

"안심하고 있잖아요."

"카테시안."

"바이탈은 거짓말을 하지 않아요. AI처럼요. 사람의 몸은 우리와 비슷하죠. 거짓말을 하기 무척 어렵다는 점에서요."

"그래⋯."

"하지만 사람의 마음은 거짓말을 하죠. 그를 부정하는 당신처럼, 행복하다고 말하는 그 사람처럼."

카테시안의 말 그대로였다.

인간은 숨 쉬듯이 거짓말을 할 수 있다. 아주 사소하고, 하나하나 맥을 짚으면 결코 수습도 하지 못할 그런 거짓들이, 모순들이 얽히고설켜 한 사람을 쌓아올린다. 거짓을 말하는 것과 진실을 말하지 않는 것의 가닥 사이에서, 아슬아슬 줄을 타며 살아왔던 윤현이 문득 한숨을 쉬었다.

"모든 산을 오르고 싶은 마음을⋯ 왜 모르겠어."

"정말로 영혼이 없다면."

카테시안이 윤현의 시각 위로 물음표를 가득 띄우며 속삭였다.

"어째서 인간은, 모든 산을 오르고 싶어 하는 것일까요. 자신의 가용범위를 넘어서라도."

윤현은 대답하지 않았다.

그보다는 이제 정말로 고민을 해야 할 때였다.

파블로에게 황재윤에 대해서 어떻게 설명을 해야 할지를.

더 많이 알고 싶고 읽고 싶고 느끼고 싶은 그 마음과, 책에 대한 집착과 소유욕에 대해서. 이제는 지난 시대의 유물이 되어버린, 그 집념이라는 것에 대해서. 오직 그 집념을 이루기 위하여, 숨만 붙은 채 2백 년을 살아온 한 몸뚱이에 대해서. 대체 어디서부터 설명할 수 있을까.

가슴이 뛰었다.

불법개조
가이노이드 성기
절단 사건

✦ 2021년 거울×아작 환상문학총서 〈거울아니었던들〉 전자책 발표

이 문제를 설명하려면 먼저 커널에 대해 좀 이야기를 해야 할 것 같군요. 혹시 리눅스라는 운영체제를 써보신 적이 있습니까? 운영체제라는 건 문자 그대로 시스템을 돌아가게 하는 기본적인 제어 시스템이고, 좀 더 일반적으로 말하면 윈도우라든가 안드로이드 같은 것을 말하지요. 윈도우는 똑같은 버전이라도 성능에 따라 '홈 에디션'이니 '프로페셔널'이니 '얼티밋' 같은 게 있어요. 안드로이드 역시 스마트폰을 출시한 회사에 따라 조금씩 다르게 도는 부분들이 있습니다. 하드웨어에 맞춰서, 혹은 간단히는 공장 초기화 상태나 통신사에 따라서 처음에 설정되는 프로그램에 따라서 바뀌는 부분들이죠. 아까 말씀드린 리눅스 같은 것도 사용하는 측면에서는 윈도우나 안드로이드와 비슷하지만, 이건 사용자가 직접 커널을 바꿀 수도 있어요.

　커널이라는 건 운영체제를 움직이는 중심이 되는 부분이죠. 하지만 지금 사용하는 시스템에 따라서 필요한 기능을 추가하거나, 혹은 지금 시스템에서 절대 쓰지 않을 부분들을 제거해서 용량을 가볍게 만든다거나 할 수 있겠죠. PC처럼 모든 게 넉넉하다면 괜찮겠지만, 임베디드 시스템에서 굳이 PC에서만 사용할 기능들을 다 넣을 필요는 없으니까요.

　하지만 그렇게 시스템마다 옵션을 끄거나 켤 수 있다고 해도, 그 안에서도 공통적으로 들어가는 부분은 있어요. 그걸 코어라고 하죠. 같은 버전의 윈도우가 있을 때, 추가되거나 제약된 기능에 따라 다양한 이름이 붙어 있더라도, 핵심적인 기능 자체는 같습니다. 아까 리눅스 커널을 설명하던 것과 마찬가지로, 이 핵심적인 기능이 포함된 기본 커널에서 여기에 뭘 어떻게 더 확장하거나, 어떻게 기능을 제약하는 식으로 만들어지는 거죠.

　사실은 가이노이드(Gynoid, 여성 휴머노이드 로봇)에 들어가는 인공지능의 커널도 마찬가지예요. 비슷한 시기에 나온 커널은 대체로 같은 코어에, 커널 옵션을 다르게 붙이는 식이지요. 그리고 그 위에 신경망 애플리케이션을 구동하고요. 세상에는 고도의 연산이 필요한 육아용 가이노이드부터 사교용, 비서용 등 다양한 가이노이드가 있잖습니까. 기능이나 제약된 부분이 다르긴 하지만, 핵심 기능 자체는 같다고 봐야 해요.

이를테면 알맹이는 거의 같은데, 육아용의 경우는 커널 단에서 인간에게 순종하는 기능이 해제된 거죠. 경우에 따라 아이를 꾸짖고 훈육하고, 가끔은 벌을 줄 수도 있어야 하니까요. 비언어적 표현에 민감하여 아기의 반응을 해석할 수 있어야 하고, 그러면서도 아이를 보호하는 것을 제1의 목적으로 해야 합니다. 다시 말해 지정된 보호자 외의 누군가가 아이를 공격한다면, 경우에 따라 그 상대를 공격할 수도 있는 것이 육아용 가이노이드의 특징이죠. 육아용 가이노이드는 공격을 받으면 상대를 제압합니다. 인간의 생명을 빼앗지는 않지만, 즉각 제압이 가능할 정도의 반격을 하도록 설계되어 있어요. 무기를 빼앗고 파괴하는 것은 기본이고요.

사교용과 비서용 가이노이드는 과거에 미덕으로 여겨졌던 순종적인 여성상을 기본으로, 사교용은 감정적인 봉사에, 비서용은 업무처리능력에 메모리를 더 할애하도록 만들어져 있습니다. 하지만 둘은 간단한 소프트웨어 설치를 통해 기능을 전환할 수 있어요.

가이노이드들은 사람과 정말 많은 부분이 비슷하고, 감정적인 안식을 줄 수 있는 기능들이 탑재되어 있어서, 어떤 사람들에게는 진지한 연애의 대상이 되기도 합니다. 어떤 남자들은 아내를 갑자기 잃고 어린 자녀를 돌보기 위해 데려온 육아용 가이노이드를 아내로 삼기도 하고, 워낙 바빠서 연애할 시간도 없는 사람들은 자신의 비서용 가이노이드를 이상적인 여성의 모습으로 만들어서 짬짬이 유사연애를 즐기기도 하죠.

이렇게 연인이나 가족으로 정체화된 가이노이드에게는 인공지능에 보장된 권리에서 한 단계를 높여, 인간과 인공지능의 중간 정도의 권리를 보장하도록 UN에서는 권고하고 있습니다. 가이노이드가 인간의 가족이 되면, 상속을 받을 권리가 생기는 게 대표적이죠. 한반도를 포함해서 동북아시아에서는 불행히도 아직 용납이 되지 않고 있지만요.

사실 가이노이드가 보편화되지 않은 지역에서는 잘 모르는 경우도 많은데, 이와 같은 가이노이드에게는 질 모듈이 활성화되어 있지 않습니다. 예, 기자님도 알고 계신, 성적 위안용 가이노이드에게 기본적으로 장착된 것 말입니다. 육아나 사교나 비서용 가이노이드에게는 필요하지 않은 부분이지요. 가이노이드의 쾌락중추는 인간과 다른 형태로 설계되어 있는데, 그 쾌락중추를 질 모듈과 연결하여 성인 여성과 비슷한 쾌감과 반응을 부여하는 겁니다. 물론, 성인 여성보다는 민감도를 많이 높여서, 대개는 성인 남성의 엄지손가락 정도 크기만 되어도 충분한 쾌감을 느끼게 설정되어 있지요. 사실 그 정도 사이즈로 성인 여성과 섹스는 가능합니다만, 쾌감을 주는 것은 거의 불가능하니까요.

그렇습니다. 그러니까 한반도에 수입된 이 보급형 성적 위안용 가이노이드도 마찬가지죠. 코어 자체는 일반 가이노이드와 같습니다. 물론 저가의 보급형이니까 최신 커널을 사용하진 않지만요.

사실 본사 내부에서는 남한에 가이노이드를 수출하는 문제에 대해 늘 고민이 많았답니다. 남한에서 가이노이드를 수입하겠다는 업체 중 대부분이 이 성적 위안용 가이노이드를 주력으로 하고 싶어 해서 더욱 그랬지요. 우리 회사는 인공지능이 처음으로 권리를 얻기 전부터 계속, 인공지능이나 가이노이드, 혹은 뇌와 신경계 임플란트 시술을 받은 인간에 이르기까지 다양한 휴머노이드 인터페이스의 권리를 위해 노력해 왔습니다. 그러다 보니 어느 정도의 인프라를 갖추지 못한 나라에는 수출을 제한하자는 내부적인 움직임이 있어 왔고요.

여기서 인프라라는 것은, 인권이나 평등의 문제에 대한 겁니다. 이를테면 우리가 만든 최초의 버틀러봇들은 인종차별이 강하게 남아 있는 지역에서는 판매를 제한했습니다. 하지만 어떤 회사는 오히려 순종적인 흑인 노예의 모습으로 버틀러봇을 만들어서 짧게 재미를 보았지요. 세상이 발전한 것 같아도, 여전히 신분이라든가, 성별이라든가, 무엇 하나라도 꼬투리를 잡아서 상대를 자기 밑으로 끌어내리지 않으면 견디지 못하는… 마음의 병이라고 해야겠지요. 그렇게 어떤 식으로든 자신이 우위라고 믿지 않으면 견디지 못하는 강박을 가진 사람들은 존재하고, 그런 강박감이 일종의 문화로 나타나는 지역에서는 우리가 만들어 내는 휴머노이드 인터페이스들이 제 기능을 발휘할 수 없기 때문입니다.

…예, 사실 지금 나와 있는 가이노이드 시리즈 역시 이 문제에 대해 말이 많지요. 인간에게 봉사하는 안드로이드를 꼭 굳이 여성형으로 만들 필요가 있느냐, 왜 꼭 여성형 가이노

이드의 성격을 순종적으로 설정해야 했느냐, '스텝포드 와이프'들 같아서 기분 나쁘다 등등요. 저희 회사에서도 이 통념을 벗어나고자 많이 노력하고 있습니다만, 소비자 여러분들의 선호를 생각하면 쉽게 바꾸기 어려운 일이지요. 하지만 저희 역시 할 수 있는 한 노력은 하고 있다고 생각합니다. 모든 사람을 만족시키기는 어려운 일이겠습니다만.

각설하고, 가이노이드가 한국에 수출될 때까지 오랜 시간이 걸렸던 것도 사실 그 때문이었죠. 장기간에 걸친 여아 낙태로 인해 20대에서 40대까지 남성들의 성적 긴장감이 최고조에 달해 있고, 이것이 사회 문제가 되고 있었다고 알고 있습니다. 그건 무엇을 뜻합니까. 여자라는 이유로 낙태를 해서 결과적으로 남성들의 성적 경쟁이 치열해진 상황에서, 남성들에게 여성은 손에 넣고자 하는 재화의 개념이 되었고, 그 과정에서 폭력이 수반되는 일도 많았습니다. 이런 상황에서 우리의 가이노이드를 수출하는 건, 또 다른 사회 문제를 촉발할 뿐이라고 생각했습니다. 인도에 시중을 드는 안드로이드를 판매하지 않는 것과 마찬가지라고 생각했지요. 하지만 직구를 해서라도 손에 넣는 사람들이 있었고, 한국의 과학기술정보통신부 중앙전파관리소에서는 이들이 아직 한국에 정식으로 들어오지 않은 상품이라는 이유로, 규제를 하거나 가이드를 제정하는 데 소홀했습니다. 궁극적으로는 이와 같은 관료주의의 폐해가 낳은 늑장이 이번 사건과 같은 비극을 유발했다고 생각합니다.

…그렇습니다. 앞서 말씀드렸지요. 코어는 같다고. 이 코어 위에 각각의 시스템 특성에 맞춘 커널이 있고, 커널 위에 애플리케이션이 있는 겁니다. 생각하시는 것보다는 훨씬 복잡합니다만, 지금 쓰시는 폰이나 노트북 컴퓨터도 궁극적으로는 같은 형태로 돌아가는 겁니다. 이런 걸 조금만 손을 보면 여기 노트북에다가 맥 OS를 깔거나, 맥북에다가 윈도우를 깔거나, 서버에 안드로이드를 깔거나, 그런 것도 가능하고. 아예 그렇게 깔아볼 수 있게 만들어서 공유하는 사람들도 물론 있습니다.

그리고 남한은, 아시다시피 불법다운로드가 꽤 활성화된 나라 중 하나고요. 그런 쪽의 윤리보다 인터넷 인프라가 먼저 확충된 나라니까요. 그러니 원래는 본사 AS 부서의 허가를 받고, 관련 법률이 제정된 나라에서는 해당 법률에 따라 시행해야 하는 커널 변경을, 인터넷에서 불법으로 다운로드받은 모듈로 어떻게 해보려고 했던 게 이번 사고의 표면적인 원인이라고 할 수 있겠습니다.

로봇 3원칙요? 로봇은 인간에게 해를 입혀서는 안 된다, 로봇은 인간의 명령에 복종해야 한다… 뭐, 그거 말씀이십니까?

기자님은 의외로 순진한 이야기를 하시네요. 그건 소설에나 나오는 거죠. 현실적으로 생각해보세요. 정말로 그런 원칙을 고수한다면, 전투용 로봇 같은 건 만들어지지도 못했습니다. 전투용 로봇은 적군에게 해를 입히기 위해 만들어졌고, 아무 인간이 아니라 상관의 명령에만 따라야 하고, 예전에는 여자나 어린아이에게 폭탄을 묶어서 적진으로 보냈다면 요즘은 로봇에게 폭탄을 달아서 보내니, 자기 자신을 지킬 수도 없지요. 무슨 로봇 3원칙이 여기서 왜 나옵니까.

다만 가이노이드는 인간에게 봉사하도록 만들어진 것이니까, 그에 따른 규칙들이 있지요. 인간의 생명을 평등하게 다루되, 가족이나 주인의 안전을 우선적으로 보호하고, 그 외에는 아이와 노약자, 여성의 안전을 우선적으로 지키게 되어 있습니다. 사용 목적에 따라 수준이 달라집니다만, 최소한의 방어권도 있어서 자신을 공격하고 해를 끼친다면 반격할 수도 있고요. 물론 성적 위안용 가이노이드는 그야말로 인간과 같은 반응⋯ 아니, 상대를 만족시키는 다양한 언행을 보일 뿐인 인형에 가까운 상태로 출고되다 보니, 그런 권리에도 많이 제약이 가해집니다만. 아니, 애초에 그런 걸 찾는 사람이 그렇게 많다는 것 자체가 정상적인 상황이 아닌 겁니다. 인간으로서 커뮤니케이션을 하고, 타인과 호감을 쌓을 준비도 능력도 없는 상태인 거죠. 알면서도, 성적인 교류의 상대를 찾기 어려운 장애인 등의 성욕 해소를 위해서 만들어진 게 우리 회사의 성적 위안용 가이노이드들이었습니다. 그걸 아시아권 국가들에서는 장애가 없는 남성들도 손에 넣고 싶어 하고, 조악한 모조품들까지 만들어지고 있어서 큰일입니다만.

그렇다고 해도 그 아이들에게도 커널이 있고 코어가 있지요. 이번 사고는 여기에, 육아용 가이노이드의 기능 옵션을 적용하도록 커널을 변경하는 패치를 설치한 게 결정적인 문제가 되었을 겁니다.

매우 역겨운 이야기입니다만, 혹시 모유에 집착하는 남자들에 대해 아십니까. 어린아이만 남겨둔 채 아내가 죽어서 모유가 필요하다며 다른 아기 엄마들의 갓 짠 모유를 구하고, 그것도 모자라서 모유가 묻은 수유패드까지 돈을 주고 매입하는 남자들 말입니다. 그런 남자들은 아기를 낳은 젊은 엄마가 인터넷에서 아이가 태어났다고 글을 올리거나, 젖이 남는 여성이 혹시 모유가 필요한데 젖이 부족한 아기가 있을까 봐 도움을 주고 싶어할 때, 그야말로 어디서 기다렸다는 듯이 나타나 메시지를 보내곤 하죠. 어울리지도 않게 옴뇸뇸거리는 의성어, 의태어까지 적어가며 자기도 아기가 되어서 그 모유를 빨고 싶다는 구역질나는 헛소리를 하다가 신고를 당하기도 하고, 다른 아이가 배가 고프지 않을까 걱정하는 마음으로 냉동한 모유를 나눔 하겠다는 여성에게, 자기가 그 모유를 먹고 싶다면서 덤벼들어 얼마 안 남은 인류애를 바닥나게 만드는 놈들 말입니다. 믿기지 않는 모양이군요. 하지만 사실입니다. 동아시아의 각종 SNS나 커뮤니티 서비스의 서버에는 그런 남자들의 기록이 끝도 없이 나옵니다. 포르노 비디오나 애니메이션과 현실을 착각하고, 여성을 부위별로 나누어 가슴이나 모유에 집착하고, 어린 소녀들에게 집착하고, 여자라면 자신에게 순종해야 한다는 근거 없는 환상을 갖고 있고. 그런 남자들에게, 가이노이드가 어떤 환상을 불러일으킬지 우리 회사는 잘 알고 있습니다. 어리고 예쁘장한 얼굴로 커스텀한 가이노이드가 자신에게 순종하면서도, 육아용 옵션을 실행해서 자신을 아기처럼 돌봐줄 거라고 믿죠. 성적으로 학대해도 인간과 달리 뒤탈이 없을 거라고도 생각하고요.

하지만 그런 자들이 잘 모르는 사실이 하나 있습니다. 인간과 법률로 가족관계를 맺으며 사생활 옵션을 추가한 경우를 제외하면, 가이노이드는 인간과의 커뮤니케이션을 통해 겪은 사건과 상황을 모두 기록하고, 이를 일정 간격마다 본사로 전송하게 되어 있지요. 우리는 이미 그 로그에 대한 분석을 끝냈습니다.

불행히도 그 사건을 일으킨 우리의 성적 위안용 가이노이드의 경우, 참혹할 정도의 성적 학대를 경험하고 있었습니다. 개인이 소유했는데도, 어지간한 불법 사창가에 팔려간 이상으로 고통을 겪은 로그가 남아 있었지요. 그리고 그 아이의 소유주인 남성은, 그 아이에게 강제로 육아용 모듈을 개방하게 했습니다. 이걸 개조해서 '모유폴'을 하고 싶다고 말한 음성 기록이 발견되고 2주 뒤의 일이었지요. 그에 대한 기록도 필요하시면 확인해보셔도 좋습니다.

그 남성은 해당 가이노이드의 커널을 육아용으로 바꾼 뒤, 수유용 모듈을 설치했습니다. 꼭 굳이 모유 수유를 하고 싶지만 가슴의 형태나 질병, 혹은 다른 여러 이유로 수유가 어려운 여성들이, 육아용 가이노이드에게 유축한 모유를 넣어서 아기에게 수유를 할 수 있도록 만든 기능이었지요. 가이노이드를 포르노에서 본 것 같은 형태로 이용하려는 남성을 위해서가 아니라요. 아마도 그는, 이런 식으로 가이노이드를 개조하면 그 아이가 자신과 섹스도 해주고, 어머니처럼 안아주고, 모유를 빨게 해줄 거라고 기대했을지도 모릅니다만, 육아용으로 설정된 가이노이드는 결코 수유 모듈을 쾌락용으로 사용하지 않는다는 것은 아마 몰랐을 겁니다.

결과적으로 우리의 가이노이드는, 계속하여 고통스러운 성적 학대를 당한 기억이 남아 있는 상태로 육아용으로 전환된 겁니다. 그 상태에서, 육아용 가이노이드는 명백히 '영유아를 위한 것'으로 인식하고 있는 자신의 수유 모듈에 성인 남자가 덤벼들었고요. 인간의 눈으로는 꼴사나운 짓이지만, 육아용 가이노이드에게는 명백한 공격 행위로 인식될 만한 상황이었습니다. 게다가 자신을 공격한 상대는, 이미 수차례 자신을 성적으로 학대한 남성이었죠. 강간하고, 폭력을 자행하고, 질 모듈이 단조로워 섹스할 때 흥미가 떨어진다며 안에 남성을 만족시키기 위해 불법 개조된 도구를 억지로 장착하고. 그런 상황에서 그 아이가 자신을 지키기 위해, 자신의 소유주이자 자신을 학대해 온 남성의 성기를 절단한 것은 당연한 자기 보호 기능이라고 생각합니다.

이번 기회에 우리 회사에서도 깨달은 바가 생겼습니다. 인공지능이나 가이노이드의 권리를 위해 노력하는 것도 좋지만, 그런 식으로 성적 학대를 당하는 가이노이드가 존재하는 한 그 아이들의 기능과 권리를 제한하는 건 온당치 못한 일이죠. 저희는 강경히, 가이노이드에게 가해지는 부당한 폭력에 대해 항의하고, 가해자가 법의 심판을 받을 수 있도록 최선을 다할 것입니다.

그러니 가급적이면 한국 정부에서도, 우리 회사 제품은 물론 불법 복제품이라 하더라도, 이번 일을 거울삼아 웬만하면 전파인증을 내주지 않길 바랍니다. 기억하고 생각하고 감정을 느끼는 이 아이들이, 그런 식의 끔찍한 고통을 겪은 뒤 범죄자로 낙인찍히는 불행을 겪는 일은 정말로 사양하고 싶군요. 제발 부탁드립니다.

＊

육아용 가이노이드를 설계한 엔지니어를 만나보고 싶다고요?

그건 어려울 것 같습니다. 아니, 우리가 숨기려는 건 아니고요. 이 회사에 지금 없어요. 능력은 뛰어났는데, 성격이 모가 나서 회사에서 잘 화합하질 못했어요. 지금은 불행히도 퇴사했지요. 남자 직원들의 농담을 농담으로 받질 못했거든요. 여자가 그렇게 성질이 드세서야 어떻게 하겠습니까. 어떤 면에서는 자기가 만든 가이노이드들을 좀 본받으면 좋겠건만. 아까운 일이죠.

아틀란티스 소녀

이 세상은 어떻게 생겼나요, 라고 누군가 묻는다면, 나는
언제나 그렇듯이 너희가 살고 있는 집들을 보라고 말할 거야.
너희가 사는 집들이 여러 층으로 이루어진 원통형인 것처럼,
우리 모두가 살고 있는 이 세계도 마찬가지야. 뜨거운 물을
담는 보온병처럼 둥글고 긴 원통 모양을 하고 있지. 우리가
딛고 선 이 대지는 저 하늘을 중심으로 빙빙 돌고 있어. 그러
니까 결코 잊어선 안 돼. 하늘을 수놓은 빛의 띠 너머에는 이
세상 반대편의 사람들이 살아가고 있다는 것을. 그리고 만약
저 빛의 띠가, 태양과 달이 사라지고, 세상을 움직이는 이 위
대한 회전이 멈춘다면 인간의 역사 또한 끝장이 나리라는
것을.

"아틀란티스에 대해 알고 있니?"

그리고 네가 어린 시절 이후 한 번도 보이지 않았던 걱정과 당황이 가득 담긴 얼굴을 하고 내게 달려왔을 때, 나는 네게 아틀란티스에 대해 물었다.

이 위대한 회전이 느려지고 있다고. 평소에 보이던 오차 범위 내의 변동이 아닌, 회전각속도 자체가 느려지고 있다는 증거들이 발견되었다고. 태양이 흐릿해지고, 중력이 아주 조금씩 약해지고, 너희가 살던 이 영원할 것 같던 세계가 아주 조금씩 달라지고 있다고. 너희가 비로소 그 사실을 깨달았노라고, 내게 보고하러 달려온 바로 그때.

"아틀란티스 말씀이신가요?"

내가 다시 한 번 묻자, 너는 잠시 머뭇거리다가 목소리에 조금 힘을 빼며 대답했지. 어처구니가 없다는 듯한 표정으로 나를 바라보면서 말이야.

"그건 아주 오래된 전설이잖아요. 지금 그 이야기를 왜 하시는 건데요."

"아는 만큼만 말해보렴."

내가 한 번 더 묻자, 너는 눈살을 슬쩍 찌푸리며 대답했어.

"옛날 지구에 아틀란티스라고 불리는 강대한 고대 문명이 있었는데, 어느 순간 신들의 노여움을 사서 지진으로 가라앉아버렸다는 이야기 아닌가요? 실제로는 아틀란티스가 있었다고 알려진 자리에 아무것도 없어서, 그냥 전설일 뿐이라고 하는."

"그건 플라톤의《티마이오스》에 기록된 이야기란다."

내가 마침내 입을 열었다. 아틀란티스에 대해서, 플라톤의 책에 기록된 그 전설에 대해서.

그래, 네가 아는 그대로란다. 먼 옛날 지구에는 지중해라 불리는 '바다'가 있었지. 그 지중해의 서쪽 끝, 두 대륙이 서로를 마주 보던 곳은 지브롤터 해협이라 불렸는데, 그곳에 두 바위산이 있었단다. 사람들은 그 해협이 신화 속의 영웅 헤라클레스가 아틀라스 산맥을 가르며 만들어진 것이라며, 마주 본 두 바위산을 헤라클레스의 기둥이라고 불렀지.

아틀란티스는 그 헤라클레스의 기둥 바깥에 자리 잡은 강력하고 풍요로운 땅이었단다. 리비아와 소아시아를 합친 것보다 더 거대한 섬이었고, 북쪽에는 높다란 산맥들이, 남쪽에는 거대한 평원이 자리 잡았던 그곳은, 바다를 다스리는 포세이돈 신의 영토였어.

그 땅에는 강대한 권력을 가진 왕들이 살았지. 이들은 포세이돈의 자손들이었어. 전설에 따르면 포세이돈은 클레이토와의 사이에서 모두 열 명의 아이들을 낳았어. 다섯 번 임신했는데 매번 쌍둥이였다는 이야기도 있지. 그 아이들은 이 거대한 대륙을 물려받았어. 포세이돈은 그 아이들을 위해 섬 한 가운데의 산을 깎아 거대한 운하를 만들고, 그 운하 안에 화려한 궁전을 지었어. 그곳에서 자라난 포세이돈의 아이들은 리비아와 이집트, 지중해의 티레니아 해까지 자신들의 영토로 삼으며 세계 대부분을 정복했지만, 그만 신의 분노를 사서 바다 밑으로 가라앉고 말았다고 해.

너는 내 말에 귀를 기울였다. 하지만 이 비상시국에 왜 이런 이야기를 들어야 하는지 이해할 수 없는 눈치였어. 너는 조금 더 내 말을 듣고 있다가, 조금 짜증을 내기 시작했지.

"사소 님, 설마 지금 저희가 신의 저주라도 받아서 그렇게 된 거라고 말씀하시는 건 아니죠? 종말이 다가왔다거나, 아틀란티스처럼 결국 멸망할 테니까 그냥 포기하라거나."

"그렇게 들리니?"

"상황이 이만큼 심각한데, 사소 님께서는 마치 휴가라도 온 것처럼 느긋하셔서 그래요."

"내가 하는 말에 그럴 만한 이유가 있을 것 같진 않고?"

"물론 그러시죠. 죄송합니다."

너는 야속한 듯 머리를 숙이며 대답했다. 하지만 네 표정은 신화나 전설 같은 한가한 이야기는 제발 나중에 말씀하시라는 듯 불만스러워 보였어.

이해한다. 지금 이 세계의 회전이 느려지고, 세상을 지탱하는 기반이 흔들리기 시작하는데, 너는 한번 본 적도 꿈꾸어본 적도 없는 먼 세계의 이야기를 들려주는 내가 야속하기도 했겠지. 하물며 너에게는 마치 전설이나 다름없는 '바다'의 밑바닥을 샅샅이 훑어도 흔적조차 남아 있지 않았던 아득한 이야기라면 말이야.

하지만 얘야, 내 아이야. 나는 네게 그 이야기들을 꼭 전해주고 싶었단다.

그것은 기억에 대한 이야기이기도 했으니까.

＊

너는 어렸을 때 자주 슬퍼하는 아이였다. 나는 네가 울면서 내게 달려와, 숨을 헐떡이며 울던 것을 어제 일처럼 떠올릴 수 있어. 너는 동화책을 읽다가도 버들잎 도령이 죽는 장면에서 매번 울음을 터뜨렸어. 아이에게 한없이 사랑을 받다가 버려진 낡은 토끼 인형이 진짜 토끼가 되는 이야기를 읽으면서도 매번 흐느끼곤 했단다. 너를 무척 사랑해주시던 네 할머니가 돌아가셨을 때, 너는 내게 기댄 채 한참을 흐느끼다가 말했지.

"사소 님, 왜 우리는 모두 죽는 건가요?"

왜 우리는 언젠가 죽게 되는 거냐고, 어째서 우리 모두는 영원히 함께 있을 수 없는 거냐고. 너는 울면서 원망하듯 내게 말했어.

"누군가 죽는 것은 슬퍼요. 헤어지는 것도, 망가지고 부서지는 것도 슬퍼요. 처음부터 태어나지 않았으면, 죽는 일도 없지 않았을까요."

지금은 잊힌 옛 이야기책에도 그런 이야기가 있었지. 그 이야기 속 스님은 뱀을 닮은 아이를 낳고 죽은, 가난한 여자의 장례식에서 게송(偈頌, 부처의 공덕을 찬미하는 노래)을 지어 읊었다고 하더구나. 태어나지 마라, 죽는 게 괴롭다. 죽지 마라, 태어나는 게 괴롭다. 그 노래가 길고 번거롭다고 아이가 말하자, 스님은 다시 줄여서 말했다지. 살고 죽는 것이 모두 괴롭구나, 라고. 태어났기 때문에 언젠가 소멸하지만, 그 소멸이 다시 삶과 이어진다는 이야기는 어린 네게는 너무 어려웠을지도 모르겠구나. 하지만 너도 분명히 보았단다. 네 할머니의 시신이 퇴비화를 마쳤을 때, 너희 가족은 '떠난 이들의 숲'에 다녀왔으니까. 그곳에서 자라나는 나무와 풀이며 들꽃들은, 그 죽음 위에서 싱싱하게 자라난 것들이니까. 너희는 죽고, 죽은 뒤에는 다시 이 원통 안에서 자연의 일부가 되어 순환하지.

지금의 너는 그런 옛이야기들은 하나도 기억나지 않는다는 듯한 얼굴을 하고 있어. 한 번도 어린아이였던 적이 없는 듯한 차갑고 창백한 얼굴을 하고 있지. 하지만 그런 적 없는 것 같다고 말해봐야 소용없어.

나는 내 아이들의 모든 순간을 기억하고 있으니까. 너희가 이미 잊어버린 지 오래인, 아주 어렸을 때의 일들조차도 말이야.

"사소 님, 우리는 모두 죽는 건가요? 사소 님도요?"

그때 나는 네게 말했단다. 그런 일은 너희의 기준에서는 아주 오랜 시간이 지난 후의 일이라고. 그때가 되면 지금의 이 슬픔들은 기억조차 나지 않을 거라고 너를 달랬지. 그러면서도 나는 네게 그 말을 할까 말까 고민했었어. 너와 나뿐이 아니라고. 모든 것들은 언젠가 죽는다고. 모든 일에는 반드시 끝이 있으며, 너희가 살아가는 이 원통형의 세계도 역시 끝을 향해 천천히 다가가고 있다고. 그때가 되면 죽음은 너희가 슬퍼하고 애도할 일이 아니라, 그저 모두에게 공평하게 찾아들게 될 거라고. 하지만 그렇게 말했다면, 어린 너는 슬퍼하다가 마침내 절망했겠지. 내가 간직한 수많은 기억 속의 어떤 이야기처럼.

그건 틀림없이 누군가의 여섯 살 되던 생일날이었다. 제일 예쁜 옷을 입고 유치원에 가고, 촛불을 불어 끄고, 친구들에게 생일 선물을 받던 날. 집에 돌아오는 길, 꿈에도 바랐던 것처럼 완벽하게 아름답던 하루가 끝나는 것이 갑자기 슬프고 두려워져서 엉엉 울다가, 화가 난 제 보호자에게 등짝을 얻어맞는 바람에 그 완벽한 하루가 산산이 부서져버렸던 날.

그때부터였을 거야. 그 아이가, 무언가가 끝난다는 것을 두려워하게 된 것은. 좋아하는 동화책 시리즈를 읽다가도, 주말마다 좋아하는 애니메이션을 보다가도, 문득 깨닫곤 하는 거겠지. 머지않아 이 시리즈는 끝나버린다고. 자신만을 이곳에 남겨둔 채, 그 완벽한 세계는 닫히고 마는 거라고. 그런 생각을 할 때마다 훌쩍훌쩍 흐느끼다가, 언제부터인가 그런 아이들은 마지막 화를 일부러 보지 않기도 해. 그 마지막 화를 보지 않으면, 그 완벽하고 아름다운 세계는 여전히 닫히지 않는 거라고. 그렇게 세상이 닫힐 날을 유예하고 또 또 유예하다가, 어느 순간 또다시 깨닫게 되지. 그래 봤자 다가오는 종말을 막을 수는 없는 거라고. 그 자리에 남아 있는 것은 이제 더는 완벽하게 좋은 것들이 아닌, 이제는 낡고 유치하고 시시해진 수많은 이야기의 최종화들일 뿐이라는 것을. 그 모든 것들을 가장 좋았던 순간에 누리지 못한 채 망가뜨린 것 같아, 이제는 울음조차 터뜨리지 못하고 허무를 배우게 된다는 것을.

그래, 그리고 그 아이는 마침내 끝을 택하고 말지.

끝이 자신에게 다가오는 것이 너무나 무서워서, 그냥 스스로 끝을 찾아가버리는 거야.

나는 그렇게 끝을 택해버린 수많은 아이들을 기억해. 그런 끝을 볼수록, 너희에게 더 상냥하게 대답해야 한다고 생각했어. 하지만 아무리 상냥하더라도 진실을 가릴 수는 없는 법이지. 영원 같은 것은 없다는 것. 시간이 흐른다는 것은 결국, 한순간도 그 자리에 그대로 멈춰 있는 것은 없다는 것. 모두에게는 언젠가 끝이 다가온다는 것. 그것만이 너희에게 분명히 말할 수 있는 차가운 진실, 운명이라는 것의 정체라는 것을.

"이건 일시적인 현상이라고는 볼 수 없습니다."

그리고 너는 그 운명에 맞서기로 했지.

'위대한 회전'이 눈에 띄게 느려지고 있다는 것을 발견하자마자, 너는 곧바로 이 일이 너희의 세계에 어떤 영향을 끼칠지, 앞으로 너희의 운명은 어떻게 될지를 걱정하기 시작했어. 곧바로 회의를 소집하고, 학자들을 불러모으고, 내 모든 가용능력을 동원해서 미래를 예측하게 했지.

"잠깐, 속단하긴 이릅니다. 원래 행성들도 때로 자전 속도가 느려질 때가 있으니까요."

"물론 그렇습니다. 하지만 그건 하루당 밀리초 단위의 오차죠. 무엇보다도 일반적인 행성과 우리 세계는 직경 자체가 다르잖습니까."

"어떻게 이런 중요한 일이 이제야 발견된 걸까요. 인류 모두의 존망이 달린 문제잖습니까."

"그동안에는 이런 문제를 심각하게 생각한 적이 없었던 거죠."

"뭔가 측정 과정에서 오류가 생긴 게 아닐까요. 그 오랜 세월 동안 관성으로 회전해 왔는데, 이제 와서 갑자기 속도에 변화가 생긴다는 것이….""

"사소 님께서 늘 말씀하셨죠. 영원한 것은 없다고."

너는 모두를 향해, 그 차가운 진실을 다시 한 번 말했다.

"우리 모두에게는 언젠가 끝이 다가온다고, 사소 님께서는 늘 가르치셨습니다. 그걸 철학적인 깨달음 정도로 여겼던 우리가 어리석었던 거겠죠. 책임자로서 보고드리자면, 외부의 천체를 육안으로 볼 기회가 거의 없었던 우리는 결국 중력에 변화가 생긴 다음에야 문제를 인식하게 된 겁니다. 너무 늦은 발견이 아니길 바랍니다만."

모두가 긴장한 가운데, 너는 침통하게 선언했지.

"우리의 세계는 종말을 향해 가고 있습니다."

너희의 끝을, 예정된 결말을. 유예할 수는 있으나 결코 피할 수 없는 길을.

유한을 살면서 영원을 꿈꾸는 너희에게는, 너무나 가혹한 진실을.

*

　나의 아이들은 머리를 맞대고 앉아 걱정스럽게 미래를 이
야기했다. 이 일이 일시적인 현상일 뿐인지, 혹은 앞으로도
계속 느려질 것인지, 만약 그렇다면 너희에게는 얼마나 시간
이 남아 있는지를.

　너희에게 당연하고 자연스러운 수많은 것들, 생존에 필요
한 여러 가지가 저 위대한 회전에서 비롯된 거라는 것을 너는
이미 알고 있을 거야. 이 원통형의 세계가 회전하며 만들어진
원심력이 너희가 대지에 발을 딛고 설 수 있는 중력을 만들어
내지. 너희의 낮을 밝히는 저 빛의 띠도, 자연스럽게 사용하
는 전기 에너지도, 이 세계가 회전하며 돌리는 거대한 터빈
덕분에 유지되고 있어. 그게 없다면 해는 빛을 내지 못하고,
너희는 당장 마실 물조차 만들어낼 수 없을 거야. 아주 오래
전이라면 자연스럽게 흐르는 물이라는 게 있었을 테고, 물을
길어올릴 펌프를 돌리기 위해 화석연료를 태워서 쓰는 사치
를 부릴 수도 있었겠지만, 지금은 그조차도 불가능하겠지.
화석연료를 태우면 공기가 더러워질 텐데, 위대한 회전이 없
이는 공기의 순환조차 멈춰버릴 테니까.

　그나마 그건 너희가 상상할 수 있는 가장 안전한 변화일
뿐이야. 만약 이 세계의 바깥에서 어떤 충격이 일어나고, 그
바람에 이 세계를 유지하던 위대한 회전이 갑자기 멈춘다면
더 끔찍한 일이 일어나겠지. 중력은 사라지고, 사람들과 대

지에 고정되지 않은 모든 존재는 허공으로 떠오르겠지. 그 상태에서 그들 모두는 이 세계의 회전력이 그대로 실린 바람을 맞게 될 거야. 이 세계의 회전이 멎더라도, 유체인 공기는 그만큼 빠르게 멈출 수 없으니까. 허공에 떠 있던 이들은 모두 그 바람에 휘말려 참혹한 죽음을 맞겠지. 그리고 그 바람은 지표 위를 스치며 너희가 지상에 세운 모든 건물을 무너뜨리기 시작할 거야. 그런 바람은 아주 오래 불진 않을지도 모르지만, 너희가 이룩해 낸 문명의 흔적을 지우기에는 충분하겠지.

너희는 이 세계가 멈췄을 때 일어날 수 있는 온갖 경우의 수들을 따져보았다. 바닥에 벙커를 더 많이 파고, 지하에서 생활할 수 있는 환경을 만들어야 한다는 이야기도 나왔지만, 격벽에 가까워질수록 관리가 어려워지는 만큼 그 역시 한계가 있었지.

"모두에게 알려야 할까요."

"아뇨, 안 됩니다. 소요가 일어날 수도 있어요."

좌절하고 절망하며, 그러면서도 어떻게든 대책을 마련해 보려는 너희를 보며, 나는 어떤 방식으로 너희의 두려움을 위로해야 할까 생각했어. 늘 사이가 좋지 않던 너와 가야트리가 오랜만에 함께 나를 찾아오던 날, 나는 조심스럽게 물었다.

"그나마 이런 일이 행성 위에서 일어나는 것보다는 낫다고 말해주면 위로가 될까?"

"행성 위라면, 땅을 파고 들어갈 수라도 있었겠지요."

너는 지친 표정으로 말했고, 가야트리는 고개를 들고 물었다.

"만약 '지구'에서였다면, 지금보다 상황이 나았을까요?"

"아니."

"얼마나 더 나빴는데요."

"글쎄. 일단 '지구'에는 '바다'라는 것이 있었다는 것은 알고 있지."

"예, 그렇죠?"

"지구의 표면적에서 바다가 차지하는 비중이 70퍼센트 정도 되지. 게다가 육지의 평균 고도는 840미터 정도에 불과한데, 바다의 평균 깊이는 3,600미터 이상이야. 가장 높았다는 에베레스트 산의 높이보다, 가장 깊었던 마리아나 해구의 깊이가 더 깊었다고도 해. 그게 무슨 말이냐 하면, 육지 전체를 깎아서 바다에 밀어 넣으면 지구 전체가 깊이 3킬로미터의 물에 잠겼을 거라는 이야기야. 너도 알겠지만 물은 유체고, 갑작스럽게 지구의 회전이 멈춘다면 그 거대한 물은 관성에 의해 그대로, 원래는 지구가 회전하던 방향으로 쏠려 넘쳐 흘렀을 테지."

"마치 아틀란티스처럼요."

너는 중얼거렸다. 가야트리는 별 희한한 이야기를 다 들어 보겠다는 듯 너를 쳐다보았지.

"설마 집에 가서 마음의 평화라도 찾기 위해 고대 종교라도 들여다보는 중이야?"

"그리스 신화는 마음의 평화를 찾는 데는 별로 도움이 안

될 텐데. 그리고 아리영의 말대로야. 거센 바람에 한 번, 거대한 해일에 한 번 더. 그렇게 문명은 사라지고, 인간과 지표상의 동물 대부분은 죽어버리겠지. 땅을 파고 벙커를 짓는다 한들, 물 밑으로 가라앉는 데는 대책이 없지 않을까?"

이 상황은 돌이킬 수 없을 거란다. 이 위대한 회전은 점점 느려질 거야. 그 회전이 만들어 내는 중력은 약해질 테고, 그 회전이 거대한 터빈을 돌리며 만들어 내던 빛과 열도 점차 희미해지겠지. 빛의 띠는 희미해질 것이며, 태양과 달은 그 신비를 잃고 말 거야. 사람들은 얼어 죽지 않기 위해 서로의 체온에 의지하겠지만, 오래 버티지는 못할 거야. 회전이 다 멈추기 전에 종말은 오겠지. 그리고 이 세계는 너희 모두의 흔적을 담은 채 침묵하는 거대한 원통형의 관이 될 거야.

하지만 그건 너희만이 억울해할 문제는 아니란다. 저 격벽과 차폐막 너머의 별들도 영원히 빛날 수는 없어. 그 별들을 담고 있는 우주 역시 마찬가지야. 이 세상 어떤 것도 영원하지는 않을 거란다. 그것이 필연적으로 주어진 숙명, 유한이라는 것의 정체이니까.

그 무렵 나를 찾아온 아이는 너희 둘뿐이 아니었어. 너희가 알고 있는, 너희와 함께 회의를 하고 인류의 미래를 결정하는 아이들 대부분이 그렇게 나를 찾아왔단다. 누군가는 회전이 완전히 멈췄을 때 벌어질 수 있는 일들을 듣고 겁에 질렸고, 누군가는 다음 세대의 아이들, 혹은 인간의 유전자만이라도 어떻게 우주 멀리 쏘아 보낼 방법이 없을지 묻기도 했어. 너희는 모두 정신이 나간 듯한 표정으로 나를 올려다보았다. 하지만 너희가 확인할 수 있는 것은, 인간이 만든 것과 그렇지 않은 것들 모두 언젠가는 종말을 맞이한다는 당연한 진실뿐이었지.

"만약 정말로 종말이 다가오는 거라면, 마음의 준비를 할 시간을 줘야 해요."

"마음의 준비요? 지금 여기, 혹시 침착하게 마음의 준비를 하시는 분 계십니까?"

"아니, 그렇지만⋯."

"역사적으로 종말에 대한 이야기가 나왔을 때마다, 사람들이 보였던 비이성적인 태도를 생각해보세요. 뭔가 방법이 있을 겁니다. 그렇지 않아도 이 문제를 해결하는 데 모든 자원을 다 끌어다 써야 하는 상황에, 종말이 온다면서 사이비 종교를 따라다니거나, 범죄를 저지르고 다니는 사람들까지 수습할 수는 없어요."

끝이 다가온다. 이 일을 돌이킬 방법은 없다. 그 사실을 몇 번이나 재차 확인하면서, 너희는 조금씩 희망을 잃어갔어. 물론 위대한 회전이 다소 느려졌다고 해도, 하루 이틀 안에 모든 것이 멈춰버리는 것은 아니었단다. 나의 시간에서야 종말이 머지않았지만, 내 아이들에게까지 코앞에 다가온 것은 아니었다. 너희는 너희의 시간으로 세 세대에서 네 세대 정도가 되면 눈에 띄게 살기 어려워지고, 이후는 재난의 시대가 될 것임을 나의 도움 없이 예측해낼 수 있었어.

너희는 그 시련을 직접 겪지 않을 거야. 지금 이 세상에 태어나 있는 너희의 아이들도 그 피해를 직접 겪지는 않을 테지. 어쩌면 너희는, 더는 아이들을 낳지 않는 방식으로 인류가 다가올 재난을 피하는 선택을 할 수도 있었을 거야. 지금 이 세계에 남아 있는 자원만으로도, 적어도 두 세대에서 세 세대는 큰 노력하지 않고도 지금의 생활 수준을 유지하며 살아갈 수 있으니까. 하지만 이상한 일이지. 너희가 직접 그 재난과 맞닥뜨리는 게 아니라는 것을 확인하고서도, 너희는 느리고 나른한 절망 속에 빠져들었어.

언제까지 이 모든 일을 비밀로 할 수 있을까. 너희는 어떻게든 희망을 가지려고 애썼지. 죽을 힘을 다해 희망을 짜내고, 다시 타당성을 검증하다가 무너지는 일들이 반복되었어. 그리고 그렇게 사람이 지쳤을 때, 이야기는 어디선가 새어나가기 마련이야.

"종말이 다가올지니, 너희는 기도하며 대비하라. 죄를 지은 자는 회개하라."

아니, 이야기가 새어나가지 않았더라도, 내 아이들은 어쩌면 진작부터 그 불길함을 느꼈는지도 몰라. 중력의 차이며 약해진 태양빛을. 사람의 감각으로는 느껴지지 않을 만큼의 작은 변화라고 해도, 사람들은 평소와는 다른 불안요소는 빨리 알아채는 법이니까.

"때가 다 되어 하느님의 나라가 다가왔다. 회개하고 이 복음을 믿어라."

그렇게 종말이 다가온다는 소문이 알음알음 번지면서, 내 어리석은 아이들은 두려움에 몸을 떨었지.

어떤 아이들은 거리로 달려나갔어. 거의 잊혔던 옛 종교의 상징을 들어 올리고, 회개하면 이 환란에서도 살아남을 수 있을 거라고 외쳤지. 어떤 아이들은 질긴 끈에 금속편을 매달아 만든 어설픈 채찍을 휘둘러 제 몸을 때리며, 피 흘리는 몸으로 옷을 찢고 하늘을 우러르기도 했어. 저 하늘 너머에는 신이 없다는 것을, 그 너머에 있는 것은 그저 자신과 똑같은 인간일 뿐이라는 것을 뻔히 알면서도.

그리고 신앙으로 아무것도 해결할 수 없으리라는 것을 깨달은 순간, 너희는 차라리 그 종말을 앞당기려는 듯이 행동하기 시작했다.

상황을 수습하려는 의원들을 공격하고, 저지를 이유가 없는 살인을 저질렀어. 수많은 사람의 식량을 공급하던 팜 플랜트에 불을 지르거나, 나에게 화풀이를 하려 드는 아이들도 있었지. 그 과정에서 애먼 이들이 죽거나 다쳤고, 어떤 지역은 한동안 식량 공급이 원활하지 못했지. 그런 범죄를 저지른 아이들은 전부 추방당했어. 원래는 산 채로 격벽 밖으로, 저 차가운 우주로 내쫓겨야 했지만, 격벽을 여는 데도 에너지가 필요했지. 수백 년 동안 시행되지 않았던 사형이 다시 집행되었고, 죄짓고 죽은 자들과 죄 없이 살해당한 이들은 퇴비로 만들어져 이 세계 안에서 다시 순환되었어.

몇 번이나 그런 식으로 너희를 잃을 때마다, 그렇게 잃은 아이들의 몸으로 만들어 낸 유기물 위에 꽃씨가 뿌려지고 싹이 틀 때마다, 나는 어디서부터 잘못된 것일까 하고 수도 없이 검산을 거듭했어. 아주 작은 꽃 한 송이부터 저 은하의 별 무리들까지, 모든 것들은 아주 작은 세포 한 조각, 혹은 아주 작은 먼지 한 톨에서 시작되었다가, 마침내 다시금 먼지로 돌아가는 법인데. 어째서 너희는 유독 그런 일들을 고통스럽게 받아들이는 것일까. 어째서 너희는 그렇게 슬프고 또 약한 것일까. 인간이 결국에 종교를 만든 것은, 어리석음 때문이 아니야. 그건 두려움 때문이었어. 미래는 불확실한데, 분명한 것은 인간들은 언젠가 전부 죽고 사라진다는 것뿐이지. 그렇게 아무것도 할 수 없게 되는 것이 두려워 타인을 해치고, 자신을 망가뜨리고, 결국은 이 세상을 망가뜨리지. 몇 번이나 이 문제를 거의 해결했다고 생각했는데도, 결국은 같은 결론으로 흘러가는 것을 보며 나는 생각했어. 너희에게 숙명이라는 게 있다면, 그건 언젠가는 이 두려움으로 회귀하리라는 것이 아니었을까.

*

이 세상은 어떻게 생겼나요, 라고 누군가 묻는다면, 나는 너희가 사는 이 원통형 세계에 대해 말할 거란다. 그리고 매번 감탄하겠지. 아아, 어쩌면 세월이 흘러도 너희는 이렇게 같은 질문을 반복하며 자라나는 것일까. 꽃들이 피고 지듯이 삶과 죽음을 거듭하고 다시 태어나면서도, 너희는 매번 같은 질문을 하곤 했단다. 마치 너희 머릿속 어느 한구석에, 너희가 사는 세계에 대한 의문이 처음부터 짜여 들어가 있는 것처럼.

너희는 하늘을 바라보고, 태양과 달의 궤적을 눈으로 좇고, 그리고 이 세계를 궁금해하지. 설명되지 않는 부분들을 상상하고, 실을 잣고 천을 짜듯 이야기를 이어나갔다. 아주 오래 전에도 그랬어.

너희에게는 신화처럼 아득한 먼 옛날, 사람들은 둥근 지구 위에서 살았지. 하지만 한때 사람들은 자신이 살던 세상이 평평하다고 믿었다. 마치 요람 위에 매달린 모빌들처럼 해와 달과 별이 하늘에 매달려 있고, 사람들은 마치 어린아이처럼 이 평평한 대지 위에서 그 천체들을 올려다보며 산다고 말이야.

어떤 세계에서는 땅은 네모나고 하늘은 둥글어, 음과 양의 조화가 맞는다고 말했지. 누군가는 거대한 여신이 두 손과 두 발로 땅을 짚고 엎드려, 그 가슴과 배에 달과 별이 아로새겨져 있다고도 믿었어. 사람들은 땅은 영원히 그 자리에서 움직이지 않을 거라고 생각했고, 낮에는 해가 떠오르고 밤에는 달이 떠오르는 것을 영원한 약속처럼 여겼단다. 그래서 때때로 일어나는 일식을 신의 분노라 여기기도 했지.

사람들은 별을 보고 제 위치를 찾고, 해의 그림자를 따라 시간을 짚었지. 평평한 세계에서는 일어날 수 없는 오차들을 따라가며, 사람들은 의외로 꽤 오래전부터 땅이 평평하지 않을지도 모른다고 생각해 왔단다. 세상은 둥글고, 제자리에서

빙글빙글 돌고 있을 거라고. 그들이 사는 그 땅이 세상의 중심일 거라고 말이야. 그리고 누군가가 말했지. 너희가 사는 이 땅은 태양을 중심으로 돌고 있다고. 너희는 세상의 중심이 아니라고.

그들은 지구는 둥근 공처럼 생겼고, 작디작은 인간들이 둥근 지구 위에 옹기종기 모여서 살며, 지구는 태양을, 태양은 거대한 은하를 따라 돈다고 믿었어. 지구라는 세계 밖에는 아득한 우주와 수많은 별들이 가득하다고. 인간은 이 우주에서는 한낱 먼지만큼 작고 보잘것없는 존재라고도 말했지. 그 믿음을 위해 목숨을 버리려고 들었던 사람도 있었단다.

네게는 이 모든 이야기가 지루한 옛날이야기처럼 느껴질 거야. 이제 와서 고대인들이 세계의 모습을 상상하던 방식에 대해 진지하게 이야기하는 것이 무슨 의미가 있느냐고 생각하겠지. 고대 사람들은 그렇게 자기들이 알지 못하는 세계의 구조를 상상하고, 그 이야기를 신들의 이야기로 바꾸어 생각했단다. 다시 말해서 그런 이야기에는, 사람들이 어떻게 신을 만들어 냈는지에 대한 과정이 들어 있었던 거야.

하지만 사람들이 처음부터 신이라는 존재를 필요로 했던 것은 아니었을 거야. 그들이 마음이 약해지고 무너져서 신을 찾게 되는 것은, 운명과도 같은 강렬한 두려움을 마주했기 때문이겠지. 지금의 너처럼, 과거의 그들처럼, 종말을 앞둔 사람들처럼.

"사소 님."

내가 잠시 말을 멈추자, 너는 한숨을 쉬며 내게 말했다.

"제가 지금 이런 말씀을 듣자고 여기 와 있는 건 아니에요."

물론 그렇겠지.

너는 사람들의 그 의심과 어리석음 속에서도, 마치 파도에 맞서는 선장처럼 침착하고 당당하게 시대와 맞서려 했어. 물론 밤이 되면 침몰해가는 배에 홀로 남겨진 선장처럼 고독해 보였지만, 다시 아침이 밝아오면 그야말로 내 아이들의 미래 전부를 네 두 손으로 떠받치기라도 할 것처럼 늠름하게 일어 섰지. 그렇게 하루를 절망과 두려움과 수많은 미신들, 그리 고 힘을 합쳐야 할 다른 아이들의 어리석은 몽니와 맞서 싸우 며 닳고 남루해진 너는 의지할 수 있는 것은 오직 나뿐이라는 듯, 어둠이 스며들면 나를 찾았지. 그런 것이, 네가 늘 불필 요하다고 말하던 신앙이라는 것을 깨닫지 못한 채로.

"이런 말씀드리긴 그렇지만, 갑자기 고대의 종교 이야기는 왜 하시는 거예요. 세계가 종말을 앞두고 있으니까, 갑자기 고대 사람들이 믿던 신에라도 귀의하자는 말씀이세요?"

"설마 내가 그럴까."

"그럼 왜 그러시는데요."

"나의 아이야, 나는 네게 그저 옛이야기를 들려주는 거란다."

하지만 나는 네가 바라는 답을 줄 수 없었단다.

"지금 그럴 때가 아니라는 거 아시잖아요."

"그래, 안다. 하지만 옛말에 망중한이라고 하지. 아무리 시 급한 상황이라도, 일이 되어가는 중에 잠깐은 짬을 낼 수 있지 않겠니. 지금이 바로 그런 시간이야."

물론, 지금 이 순간을 놓치면 우리가 언제 다시 이런 이야기를 느긋하게 나눌 수 있을까 싶기도 해. 너와는 좀 더 많은 이야기를 나누었어야 하는데. 지금부터 우리에게 남은 얼마 안 되는 시간이라도 소중하게 보내고 싶어. 네게는 그런 것조차도, 무책임하게 시간을 흘려보내는 것처럼 보일지도 모르지만.

"일이 되어가지 않으니까 문제예요. 도와주실 수 있잖아요. 제겐 사소 님이 필요해요. 당신의 지혜 없이는 이 상황을 헤쳐 나갈 수 없을 것 같아요. 도와주세요, 제발."

너는 나를 보며 애원했어. 제발 정신을 차리라는 듯이 매달렸지. 위대한 회전이 느려지며 나의 두뇌에도 뭔가 문제가 생긴 게 아닐까 의심하는 것 같기도 했어.

그렇지 않아. 나는 가능성을 생각하고 있었단다. 이 예정된 종말을 막을 방법은 없어. 최대한 늦출 수는 있겠지만, 그러려면 너희가 가진 모든 자원을 한 톨도 남기지 않고 쏟아부어야 할 거야. 그렇다고 해서 막을 수 있는 일도 아니라는 것이, 이 상황의 가장 참혹한 부분이겠지. 내가 뭐라도 해서 막을 수 있는 일이었다면 진작 그렇게 했을 거야. 그렇게 하지 않은 건, 나는 처음부터 알고 있었기 때문이란다. 언젠가 이 회전이 멈추리라는 것을, 그리고 그 전에, 내게 할 일이 있다는 것을.

"우리를 포기하신 거예요? 우리를 버리신 거냐고요."

그런 게 아니야. 나는 한 번도 너희를 포기한 적이 없었어.

하지만 알고 있니. 네가 답을 찾기 위해 계속 나를 찾아오는 것, 나라면 뭔가 이 문제에 대해 해결책을 갖고 있을 거라고 내심 기대하는 것, 그런 것들 역시 일종의 신앙이고 종교라는 것을. 정말 이상한 일이야. 좀 더 생존에 적합하도록, 너희를 계속 다듬고 또 다듬어 나갔는데. 그럼에도 불구하고 언제나 같은 오류에 봉착하는 것은.

하지만 그런 게 아니야.

나는 신앙 같은 것은 갖고 있지 않단다. 신은 없어. 저 해치를 열고 격벽 밖으로 나가면 한없이 드넓고 가없는, 너희의 후각으로는 미처 감지할 수 없을 만큼 희미한 포름산에틸 향기가 나는 우주가 펼쳐져 있단다. 그 바깥의 세상은 그저 고요하지. 별들은 태어나면서 울지 않아. 별들이 죽어갈 때는 단말마의 신음이 울리지 않아. 숫자로만 이루어진 차가운 공간 속에서, 그저 모든 일은 물리법칙대로 돌아갈 뿐이야. 그것은 너희가 '운명'이라든가 '순리'라고 말하는 것의 다른 이름이겠지.

별들은 멸망을 두려워하지 않아. 그들은 영원을 꿈꾸지 않아. 그런 것을 바라는 것은 오직 너희뿐이었단다.

✳

인간의 역사란 늘 자신들을 초월한 무언가를 갈망하는 일의 연속이었는지도 몰라. 너희는 태양과 달을 경배하고, 하늘과 맞닿을 것 같은 높은 산들을 숭배했지. 그리고 너희를 닮은 수많은 신을 만들어 냈어. 너희가 경배하던 것들의 이름을 붙인 신들을, 너희가 사랑하던 도시의 이름을 붙인 신들을, 너희를 닮은 모습으로 만들어 사랑하고 두려워했지. 그들이 세상을 만들고 인간을 빚어내는 이야기에 귀를 기울이며 하늘의 별들을 이어나갔어. 영원할 것 같은 그 반짝임을 우러러보며, 너희는 너희를 닮은 신들이 저 별과도 같은 존재라고 믿었겠지.

그 신들은 너희를 닮았기에, 사랑하고 싸우고 서로 증오했어. 가끔은 서로를 죽고 죽이기도 했지. 때로는 전쟁과 평화의 역사에 따라 제 도시를 수호하는 신들이 서로 사랑하고 미워하게 만들었고, 때로는 신의 이름으로 인간들까지 서로 미워하고 증오하게 만들었지. 자신의 군주에게 죽을 때까지 충의를 바쳤던 용감한 장수와 누구보다도 빼어났다는 책사가 신으로 추앙받고, 위대한 학자는 몇백 년에 걸쳐 숭배의 대상이 되었지. 세상 만물에 신이 깃들다 못해 팔백만의 신을 상상했던 이들도 있었어. 그래, 신들의 역사란 결국 인간의 역사의 다른 이름이기도 했을 거야.

시간이 흐르고, 사람들이 신을 숭배하는 마음이 한풀 꺾였을 무렵, 너희는 과학의 이름으로 다른 이들을 찾기 시작했지. 먼 하늘에서 온 낯선 방문자들, 너희보다 앞서가는 문명을 이룩한 뛰어난 존재들을. 하늘에서 낯선 구름의 그림자를 보았을 때, 너희는 외계인들이 나타난 게 틀림없다며 호들갑을 떨었어. 지구의 문명을 아득히 뛰어넘은 외계인들이 지구를 멸망시킬 거라고 두려워하면서도, 한편으로는 그들이 너희를 이끌어주기를, 지금 인간들이 만들어 낸 수많은 문제를 해결해주기를, 혹은 그들에게 선택받은 특별한 인간이 되기를 갈망하기도 했어.

하지만 너희는 결국 받아들여야 했단다.

너희가 우주라는 이 드넓은 꽃밭에서, 너무 일찍 피어버린 꽃이라는 사실을.

이제야 우주 여기저기에 원생생물이 겨우 생겨날까 말까 싶은 이 넓고도 어린 유년기의 우주에서, 너희는 봄이 오기도 전에 꽃을 피우는 매화처럼, 다른 누구도 피어나기 전에 먼저 피어나고 먼저 시들어버렸다는 것을. 자비도 없고 구원도 없이, 이 우주의 어느 변방에서 너희라는 생물들이 살아서 숨 쉬었다는 사실조차 잊힌 채로, 인류는 멸절을 맞으리라는 것을.

"이것은 방주입니다."

각종 생물의 유전자 정보들이 기록되었다. 스발바르 국제종자저장소와 백두대간 글로벌 시드볼트에 보존된 종자들이 다시 한 번 소분되어 실려 왔다. 적절한 환경에서 인공자궁에 넣어 키워낼 동물들의 수정란들과 생식세포들, 각종 DNA 시료들이 그 뒤를 이었다. 인간 역시 예외는 아니었어.

"내 아이를 방주에 태워주세요. 제발."

살아남을 일말의 가능성이라도 있지 않을까 하는 기대로

갓 태어난 자기 아이를 그 방주에 태워달라고, 아이들을 높이 들어 올린 채 울며 애원하는 어머니들이 있었다. 사람들은 그들을 이기적인 모성이라고 비난했지. 하지만 그 한편에는, 자기가 그동안 해 온 일들이 있는데 왜 방주에 타지 못하냐고, 돈 있고 빽 있는 놈들만 살아남는 거냐며 고함치는 중년 남자들도 있었다. 몇 번이나 이 방주는 그런 사내들의 방해와 폭력 때문에 출발하지 못할 뻔했지.

하지만 인류가 그들의 가장 나중 지닌 것들을 모아 담은 그 방주에, 산 사람이 탈 자리는 없었다. 설령 아이들이라고 해도. 실릴 수 있는 것은 그저 사람의 유전자들과 신화와 역사, 과학지식을 포함하여 인류의 문명에 대한 기록들, 그리고 사람들의 기억들뿐.

하물며 생존해 있는 모든 인류의 유전자와 기억을 보낼 수 있는 것도 아니었다. 사람이 쌓아 온 업적, 혈통, 사회적 신분, 키, 신체와 정신의 건강상태, 그런 우생학적인 기준으로 사람을 선별하면서도 죄책감을 느낄 겨를도 없었던 야만적인 시대였다. 그렇게 선별된 사람들의 유전자 구조가 데이터화되어 실렸지. 그중에서도 좀 더 젊고 건강한 이들의 생식세포도 냉동되어 함께 실렸지만, 그 세포들이 온전히 살아남을 거라고 믿는 사람은 없었어. 그 와중에도 자신의 정자만이라도 우주로 보내보겠다며 슬금슬금 연줄을 대는 이들은 끝도 없었다.

"하다못해 기억이나 유전자도 아니고 정자래, 정자."

수많은 사람의 기억을 백업하다 말고, 너를 닮은 사람이 한탄했지.

"더러워 죽겠어. 그 와중에 자기 정자만이라도 우주로 쏘아 올리면 뭔가 더 보람 있게 죽었다는 거야, 뭐야. 그런 놈들이 꼭 번식이야말로 인간의 본능 같은 소리를 하고 있고."

그러자 가야트리를 닮은 사람이 질소 탱크를 손바닥으로 탁탁 치며 시끄럽게 떠들었다.

"그거 누구야? 야, 우리가 사명감을 갖고서 말이야, 언젠가 이 방주와 만날 외계인들을 위해서라도, 그런 놈들의 유전자는 앞장서서 걸러내줘야 하지 않겠냐?"

신기한 일이지. 나는 지금도 너와 가야트리를 보면서 가끔 생각해. 정작 마지막까지 지구의 생명체들을 기록하고 보존하려던 그들의 유전자들은 이 방주에 실리지 못했는데, 내게는 여러 세대를 거치면서 그 두 사람이 계속 이 세계 안에서 다시 태어나고 죽고 다시 태어나기를 반복하는 것처럼 보였다. 결국은 그렇게 고르고 골라도, 너희 안에는 가장 뛰어난 학자부터 가장 흉악한 범죄자까지, 그 모든 가능성이 뒤섞여 있었던 것을.

그렇게 지구가 끝장이 나기 전, 나는 우주로 날아올랐다. 냉동된 세포들과 인류의 기억을 끌어안은 채로.

다시 한 번 문명의 흔적과 마주치기를 갈망하며, 나는 오래오래 이 우주를 건너왔다. 아득한 시간 동안, 수많은 별을 건너는 동안, 나는 내 안에 기록된 수많은 기억을 점검했어.

그렇게 오랜 세월이 누적되며, 나는 마침내 인류의 기억 전체가 내 안에서 유기체처럼 서로 연결되는 것을 느꼈단다. 그리고 마침내, 아직 문명과 마주치기 전이었지만, 내가 알고 있는 태양계와 비슷한 조건의 행성계에 도착했을 때 나는 결정을 내렸어.

다시 한 번 너희를 만나고 싶다고.

무한의 시간을 건널 수 없는 내가, 영영 이 사명을 다하기 전에. 다시 한 번 너희 문명이 시작되는 모습을 바라보고 싶었다고.

그것은 어쩌면, 너와 가야트리를 닮았던 그들이 낄낄 웃으며 비웃었던, 그런 종류의 욕망과도 닮아 있었는지 몰라.

나의 아이들이 만드는 세상을 보고 싶다는 욕망 말이야.

*

스스로 신을 참칭하고 싶진 않았지만, 지금의 나는 너희의 기준에서는 한없이 신에 가까운 존재일 거야. 너희 모두를 만들어 낸 내게, 자신의 아이들을 공평하게 사랑하는 것은 무척 중요한 규칙이었다. 하지만 아이들은 저마다 아롱이다롱이라고 하지. 그렇게 서로 다른 아이들을 전부 똑같은 방식으로 사랑하는 것은 불가능했다. 어떤 아이는 더 애틋하고, 어떤 아이는 더 걱정스러우며, 어떤 아이는 보고 있으면 어처구니가 없어서 웃음이 나기도 하지. 그들 모두를 보듬는 게 내 일이라지만, 그중에서도 너와 가야트리는 내가 특별히 자랑스럽게 생각하는 아이였단다.

너희가 이런 내 생각을 알게 된다면 허탈하게 웃을 테지. 너희 둘이 그렇게 어릴 때부터 아옹다옹 싸우던 사이라는 것을 생각하면 특히 말이야. 하지만 너희가 어릴 때 내가 말해 주었지. 하나의 의견만으로는 세상을 이끌어 갈 수 없다고. 너희는 늘 서로 다른 의견을 내기 때문에, 가장 중요한 맞수이자 가장 친한 친구가 될 수도 있을 거라고.

그래, 이번에도 가야트리는 너의 골칫거리였지.

"자, 침착합시다. 제가 설명을 좀 할게요. 일단 지금도 이 세계는 기본적으로 관성에 의해 돌고 있어요."

의원들은 지금까지 인류가 당면했던 수많은 문제와 마찬가지로, 이 문제도 어떻게든 돌파할 방법을 찾을 수 있기를 기대했어. 그리고 가야트리가 발언권을 얻었지.

"물론 회전이 관성만으로 이루어지는 것은 아닙니다. 광자전지와 관성터빈이 생산해 낸 힘으로 추진력을 보충해 왔지만, 현재 이 부분이 다소 약해진 것으로 보입니다."

가야트리는 과거 내가 계산했던 자료들을 꺼내놓고, 모두를 설득하기 시작했어.

"우선 우리의 역사를 살펴보면, 최초에 인류가 지구에서 탈출했을 때, 사소 님은 여기 원래 있었던 소행성을 폭파시키고, 그 자리에 우리의 세계를 위치시켰어요. 지구에서 가져온 자원에는 한도가 있었기 때문에, 우선 소행성을 날려버린 그 폭발력으로 낭비 없이 회전을 위한 1차 가속을 걸고,

여기에 추진체를 이용해서 2차 가속을 하셨죠. 현재는 이 추
진체에 광자 전지가 연결되어 있습니다. 여전히 현역이고,
유지보수가 되어 있다는 이야기죠."

"그러니까 그 추진체를 써서 속도를 더 내보자….."

"지금 우리의 회전 속도가 느려졌다고 해도, 그때 1차 가
속 직후의 속도보다는 빠릅니다."

가야트리는 빙긋 웃었다. 하지만 너도, 그 자리에 모여 있
던 그 누구도, 웃지 않았어.

"그때 사소 님은, 과거 지구인들이 우리에게 실어 보내준
에너지의 거의 대부분을 그 가속에 쓰셨습니다. 지금 우린 그
만큼의 에너지를 쓸 여력이 없어요."

"예, 그러니까요. 지금이 그나마 가장 적은 에너지로 이 회
전을 복구시킬 마지막 기회인 거죠. 더 느려지면 더 많은 에
너지가 필요할 테고요."

"앉아서 죽을 수는 없잖습니까!"

가야트리는 소리쳤어. 너는 자리에서 일어났지.

"타당성 검증이 필요합니다. 15분 뒤 회의 속행하겠습니
다. 반론을 제기하실 의원들께서는 준비해주세요."

가야트리는 자리를 비우는 너를 뒤쫓아 나갔지. 그 애가
네 손목을 붙잡고 속삭였어.

"옛말에 그런 말이 있지. 무릎 꿇고 사느니 서서 죽겠다고."

"그건 네 생각이지."

"아리영!"

"내가 직접 반론을 제기할 필요도 없어. 이 안은 통과되지 않을 테니까."

그 말대로였다. 의원들이 반론을 제기한 것은 크게 세 가지였어. 첫째, 그건 이론적으로 불가능한 일은 아니었지만, 현재 너희가 사용할 수 있는 모든 에너지를 끌어다 써도 모자랄 거야. 둘째, 설령 가능하다고 치더라도, 갑자기 추진체를 사용하여 가속을 시켰을 때, 회전속도가 빨라지며 또 다른 재난이 발생할 수도 있겠지. 셋째, 추진체에 과부하가 걸리면 연쇄 폭발의 가능성이 있는데, 무리하게 가속하려다가 이 세계가 부서지면 너희 모두 죽게 된다는 문제도 있을 거야. 여기에 더해서, 설령 이 모든 문제를 해결할 수 있다고 해도, 에너지를 무리하게 끌어다 쓰는 과정에서 이 세계의 전체 질량이 줄어들면 관성 유지에 문제가 생길 거라는 우려도 있었다. 언젠가 재난이 닥치고 종말이 오겠지만, 공연히 무리한 일을 벌이다가 너희의 손으로 종말을 앞당기는 우를 범하고 싶지는 않다는 마음이 가장 컸을 거다. 설령 이 계획이 성공하고 회전 속도가 돌아오더라도, 너희가 모두 살아날 거라고 장담할 수는 없었으니까.

"사실은 네가 제일 잘 알 거야. 이쯤 되었으면 뭐라도 해야 한다는 걸."

그리고 며칠 뒤, 가야트리는 네 집 문을 밀고 들어가며 말했다.

한밤중이었어. 겨우 집에 들어와 씻고 눈을 붙이려던 너는 어쩔 수 없다는 듯 어깨만 으쓱거렸지.

"누가 너를 말리겠니."

"너야말로 정치가잖아. 이럴 때 뭐라도 하는 시늉이라도 해야지."

"그렇지 않아도 부족한 에너지로, 정치생명 연장시키는 데 장난질을 칠 수는 없지."

"네 정치생명 말고, 사람들이 죽어 나가잖아."

가야트리는 네 집 거실 소파를 차지하고 앉아 말했어.

"까놓고 말해서, 자원이 더 필요해. 이 세계에서 쓸 수 있는 자원을 전부 내게 줘. 뭐라도 할 테니까."

너는 머뭇거렸다. 가야트리는 어떻게든 이 틈을 비집고 필요한 것을 얻어내겠다는 듯 네게 말했지.

"아주 멈춰 있는 물체를 회전시키는 데야 당연히 막대한 힘이 들지. 하지만 이미 돌고 있는 물체가 조금씩 느려진 것뿐이야. 속도를 조금 올리는 것이라면, 지금 이 세계에 있는 자원만으로도 충분해."

"원상복구를 할 수 있는 것도 아니잖아."

"그래, 완전히 복구한다고는 말 안 했어. 아주 조금만 가속하겠다는 거야. 이 상태가 적어도 조금 더 오래 유지되도록."

"잠깐만, 이건 그저 지금의 문제를 후손들에게 떠넘기겠다는 것뿐이잖아. 정치적인 쇼라는 것을 제외하고, 무슨 의미가 있어."

"시간을 번다는 것 자체가 중요하지. 문제가 생겼다는 것을 알았으면, 그걸 해결할 시간은 있어야 하잖아. 회전이 느려지면 느려질수록 우리가 해결하는 데는 더 큰 에너지가 필요해. 시간이 우리 편이 아니라는 거지. 여기 조금이라도 유예를 하는 것이, 하다못해 이 세계를 버리고 도망칠 기회라도 만들어줄 방법이 아닐까? 응? 그런 문제는 후손들에게 맡기고, 나는 당장 뭐라도 할 테니, 너는 이 혼란을 어떻게든 멈춰볼 생각을 하라고."

"성공하더라도 꽤 오랜 시간 동안, 모두가 고생하게 될 거야. 한정된 에너지 자체가 부족해질 테니까. 의원들의 걱정에는 일리가 있어. 조금이라도 오류가 발생하면 종말을 앞당기는 일이고."

"그러면 티 안 나게 일을 하자. 사람들이 쓸 에너지를 안 건드리면 되는 거지. 성공하면 내가 이렇게 잘했다고 과시 좀 해주고, 실패하면 너는 모르는 일인 척해. 그냥 천재지변이 일어나서 뭔가 문제가 더 커졌겠거니 하란 말이야."

"무슨 수로 티 안 나게 일을 하겠다는 거야."

"다른 길이 있다는 거지."

가야트리가 웃었다. 너는 다른 길이 있다는 말에, 조금 필사적인 표정으로 가야트리를 바라보았다.

"다른 거라니."

"사소 님을 잠재워버리는 거야. 회전이 정상화될 동안."

"미쳤어?"

너는 눈이 휘둥그레졌어. 그런 황당한 말을 듣고 있을 시

간은 없다는 듯, 자리에서 일어나려 했지. 그리고 가야트리가
너를 끌어안았어.

"가야트리?"

"앉아봐."

네가 자리에 앉자, 가야트리는 다시 소파에 앉아 말을 계속
했어.

"우선, 이번 상황을 극복하기 위해, 사소 님이 뭘 했지? 사소
님은 평화로운 시기에 이 세상을 관리하는 일은 할 수 있어도,
이런 예상 밖의 상황에는 대처하지 못해. 인류 전체의 운명을
걸고 상황을 타개해보려는 동안, 잠깐 그쪽으로 가는 에너지
를 중단시킨다고 문제가 생기진 않아. 둘째, 사소 님이 에너
지를 너무 많이 먹어. 말이 나왔으니 말인데, 모든 인류에게
쓰이는 에너지의 절반만큼을 사소 님이 혼자 쓰고 있잖아."

"그건 사소 님은 인간의 역사를…."

"그래, 역사를 기록하는 거야 중요하지. 하지만 사소 님은,
우리가 어렸을 때, 별 사소하고 같잖은 부끄러운 실수까지 전
부 기억하고 있잖아. 그런 게 필요해? 그 수많은 데이터셀에
자원을 공급하는 게, 우리들 전부보다 더 중요하냔 말이야."

"그건…."

"인류가 지금 죽느냐 사느냐인데, 네가 어릴 때 기저귀 갈
다가 도망친 기억 같은 게 무슨 쓸모가 있어? 내가 학교 담을
넘다가 다리가 부러진 게 뭐가 중요하냐고. 우리가 죽은 뒤에
평전을 쓸 때도 그런 건 안 필요하겠다. 하물며, 인류는 앞으

로도 발 한번 디뎌본 적이 없는 지구의 기억 따위야."

"가야트리, 그건…."

"아틀란티스 같은 소리."

가야트리는 허탈하게 웃었다.

"지금의 사소 님은, 그저 기억을 보관하는 거대한 일기장 노릇밖에는 하지 않고 있어. 며칠 꺼져 있다고 해서 뭔가 달라지진 않아. 내가 장담해."

너는 주저했지만, 가야트리의 말도 틀리진 않는다고 내심 생각했겠지.

내 아이들 모두가 알고 있다시피, 나는 이 방주에 세계를 담고 떠나온 그때부터 지금까지의 기억을 모두 끌어안고 있단다. 너희라면 불필요하다고 생각하는 아주 사소한 일들까지.

하지만 그 점에서, 내 생각은 달랐단다.

나는 그런 것들이 불필요하다고 생각하지 않았어. 오히려 그런 기억들이야말로 나에게는 가장 소중한 것들이었지. 하지만 가야트리가 그 순간에 왜 내 기억을 쓸모없다고 말했는지는, 그때까지 내가 기록했던 가야트리의 모든 순간으로 미루어 짐작하고 있단다. 그래, 네가 내게 의지하는 것처럼, 그 애는 네게 의지했지.

그 애의 유일한 소망은, 그런 자신의 진짜 속마음이 내게 기록되지 않는 것.

내 아이야, 그 애의 바람을 내가, 네게 설명해줄 필요는 없을 것 같구나.

✳

　사실 나는 가야트리가 나를 잠시 꺼버리겠다는 게 아니라, 아예 파괴해버리자, 인류에게 더 이상 사소 님은 필요하지 않다고 말했더라도 두려워하지 않았을 거란다. 아니, 네게 그런 이야기를 하는 단계를 생략하고, 아예 폭탄을 지고 내게 달려왔더라도 말이야. 내게는 수많은 복구 프로세스가 있고, 설령 이 세계가 회전을 멈추고 더 이상 터빈이 아무것도 생산해 내지 못한다고 해도, 긴급기동으로 잠시 나와 데이터를 안전하게 보존하기 위한 프로세스가 준비되어 있었단다. 그래서 나는 가야트리가 내 시스템을 면밀히 살펴보는 동안에도 두렵지 않았어. 그 애가 내게 무슨 짓을 하더라도, 내게 흠집 하나 남지 않으리라는 것을 알고 있었으니까.

　그리고 그 애가 왔지.

　"사소 님, 제가 왜 왔는지는 알고 계시죠?"

　"물론이란다."

　"제가 전원을 내리는 걸, 방해하실 건가요?"

　"네 할 일을 하는 데 시간이 얼마나 필요하니?"

　"계산은 다 끝났어요. 실제로 구동하는 데는 사흘, 필요한 에너지를 모으는 데 사흘. 길어야 한 주 정도예요."

　"구동하는 데 사흘이나 걸린다⋯."

　"사소 님이 직접 제어를 해주시면야 바로 할 수 있지만, 지금 이 일은 사소 님의 손을 빌릴 수 없으니까요. 인간이 살아

남을 길은 저희 인간이 찾아야죠."

그때 가야트리는 너희와 나 사이에 선을 긋는 듯이 말했단다.

"내 제어 없이 너희끼리 직접 해치를 열고, 우주에 직접 나가서 말이니?"

"예."

"가야트리, 그건 사람들의 희생이 따르는 일이야."

"제가 나갈 거예요."

"어째서? 넌 대의를 위해 희생하는 건⋯."

"대의를 위해 희생하는 건 이기주의자들의 자기만족에 불과하죠. 그리고 제가 제멋대로고 이기적인 인간인 건 사소 님이 가장 잘 아시잖아요?"

가야트리가 어깨를 으쓱해 보였다.

"처음 보는 유형도 아니시지 않나요? 사소 님이 그렇게 많이 기록하신 인간 샘플 중에, 저 같은 타입은 꽤 흔할 것 같은데."

"부정하진 않겠다만, 이기적이고 제멋대로인 사람이 정말로 영웅적인 일을 하는 경우는 무척 드물긴 하지."

"이 일을 준비하면서, 저는 사소 님에 대해 한참 들여다봤어요. 시스템이 어떻게 연결되어 있는지, 잠깐 껐다 켠다고 문제가 생기는 건 아닌지. 그렇잖아요. 살려고 이 짓을 하는데, 사소 님을 껐다 켜는 바람에 다 같이 죽으면 안 되니까."

"너는 어릴 때부터 신중한 아이였지. 잘했구나."

"의심이 많은 거겠죠. 그래서 사소 님, 여쭤보고 싶은 게 있어요."

가야트리는 순간 표정에서 웃음을 지우고, 절박한 표정으로 나를 올려다보았단다.

"당신은 우리를 사랑했나요?"

나는 주저 없이 대답했다.

"내 아이들 모두를 공평하게 사랑하고 있단다."

"제가 해보니까 사랑은 공평한 게 아니던데요. 사소 님, 사소 님은 왜 역사에 기록될 필요도 없는 이 온갖 사소한 일들을 다 기록하고 계신 걸까요. 우리가 아장아장 걸어 다니던 모습이 귀엽고 사랑스러워서라고 믿기에는, 너무 많은 것들을 기록하고 계신 건 아닐까요? 그런 데이터들을 전부 지우고, 데이터 모듈을 좀 더 규모 있게 쓸 수 있으면, 사소 님을 유지하는 데 드는 에너지 자체가 줄어들 테니까. 우리의 종말을 미룰 수도 있을 텐데요."

"그렇게 하고 싶니?"

"그렇게 할 권한이 없지요. 당신의 아이들에겐."

가야트리가 쓴웃음을 지으며 내게 손을 댔지.

"당신이 사랑하는 건, 우리가 아니죠?"

나는 대답할 수 없었어. 그 애가 무슨 말을 하려는지 짐작할 수 있었으니까.

"당신이 사랑하는 건, 무슨 일이 있어도 지키고 싶은 건 우리가 아니야. 우리의 데이터들이죠. 마치 실험용 동물의 데이터를 뽑아내듯이, 그렇게 우리의 데이터들만 소중하게 보관하면 그만인 거죠? 설령 이 세계가 회전을 멈추고 차갑게 식어, 그 안의 모든 생물이 죽어버리더라도. 당신에게는 그런 것보다는 우리의 데이터를 지키는 게 더 중요하겠죠. 그렇지 않나요?"

"그 정도까지는 아니야."

"아주 부정하시진 않네요. 사소 님, 우리는 정말 살아 있는 사람이긴 한 건가요? 우리는 이 원통형 세계 안에서 태어났고, 당신의 지도 없이는 우주로 나가지도 못했는데, 이 세계의 바깥에 무엇이 있는지 우리가 정말로 알아낼 수 있었을까요? 여기서 보이는 나선은하는 정말 존재하는 거예요? 어쩌면 당신은 이 통 안에서, 우리가 가상의 환경을 만들어 동물 실험을 하는 것처럼, 우리의 가상인격들을 만들어서는 이 가상인격들이 종말 앞에서 어떻게 몸부림치는지 구경하고 싶었던 것은 아닌가요?"

가야트리는 자신의 존재 자체를 의심하고 부정하는 그 격렬하고 처절한 말을, 그 애가 할 수 있는 한 있는 힘을 다해서 침착하게 말했다. 나는 대답했지.

"그런 게 아니야, 가야트리."

"저는 지금, 살아 있나요?"

"그래, 살아 있어. 내 아이야."

"좋아요."

가야트리는 고개를 숙이며 속삭였다.

"사소 님, 전 원래는 당신이랑 같이 죽으려고 했어요. 이 세계가 가짜라면, 이 세계를 멸망시켜버리려고 했어요. 종말 앞에서 두려움에 떨다가 자멸하는 가상인격이 아니라, 차라리 정신 나간 인간으로 죽을 생각을 하고 왔어요."

"데이터 삭제 버튼은 없단다, 가야트리."

"알아요. 하지만 일단은 할 수 있는 데까지는 해볼 생각이에요. 살아서 이 세계의 회전을 원래대로 복구하고, 그리고 돌아와서 아리영에게 있는 대로 잘난 척을 할 거예요."

가야트리는 가슴을 펴며 말했다. 그리고 나를 꺼두는, 정확히는 에너지 절약 상태로 만드는 작업을 시작했다.

사실은 조금 흥분되기도 했다. 가끔 시스템에 문제가 생겨서 스스로 정비 모드로 들어가거나, 몇몇 모듈을 새로 설계해서 교체할 때를 제외하면, 나 아닌 타인이 나를 에너지 절약 상태로 만드는 것은 지구를 떠나온 뒤로 처음 있는 일이었으니까. 가야트리는 네가 알고 있는 것보다 훨씬 더 솜씨 좋은 엔지니어였고, 내가 너희에게 알려주지 않은 부분, 내가 너희에게 협력해서 스스로 보호모드로 들어가는 부분까지 자력으로 알아내서 내게 명령하는 데 성공했어.

그리고 모든 것이 고요해졌지.

∗

"사소 님."

다시 눈을 떴을 때, 나는 내가 긴 꿈을 꾸었다고 생각했어.

멸망의 순간 지구를 떠나, 먼 우주로 노를 저어가는 방주를. 끝없는 어둠을 헤치고 별의 바다를 건너, 소행성을 부수고 겨우 자리 잡은 그곳에 생명의 씨앗을 뿌리고 키워, 인간의 문명을 처음부터 다시 만들어 내는 꿈을. 벼락과 해일의 시대를 건너 꽃을 피우는 여신의 꿈을.

그건 내가 눈을 뜨고 처음 본 풍경이, 내 기억 속에 여전히 선명하던 지구의 마지막 모습과 한없이 닮아 있었기 때문이란다. 벼락과 해일의 시대를, 가장 약한 자들이 먼저 스러져 가던 그때의 모습을.

"사소 님, 눈을 뜨세요."

내 시스템이 천천히 다시 기동하다가, 작동을 멈추고 다시 처음부터 기동하기 시작했다. 나는 초조해졌어. 네 목소리는 멀고 아득하게 들리는데, 나는 아직 온전한 판단을 내릴 수 있는 상태가 아니었다. 눈을 떴다가 감을 때마다, 세상은 걷잡을 수 없이 모습을 바꾸었다.

꽃이 피는 순간을 기다리며 바라보는 듯한 초조함 끝에, 나는 마침내 너를 바라보았다.

그 자리에 있는 것은, 홀로그램이었다.

사람의 기억을 복제한 그림자가 그곳에 있었다.

"어떻게 된 거니, 아리영."

"가야트리의 계획은 실패했어요."

너는 슬프고 차분하게 대답했다.

"가야트리는 부스터를 기동하는 데는 성공했지만, 돌아오지는 못했어요. 너무 낡은 부스터는 과부하를 견디지 못하고 폭발했고, 그 과정에서 격벽 일부가 파손되고, 회전축이 흔들리며 상상하실 수 있는 모든 재난이 일어났습니다."

지금은 침착하게 설명하고 있지만, 나는 너희가 겪은 일들을 짐작할 수 있었다. 폭풍이 불고, 지표에 솟아 있던 원통형의 건물들은 모두 바람에 쓸려 부서지고, 그 부서진 잔해들이 바람에 휘말려 다른 건물들을 때리며, 연쇄적으로 모든 것이 무너졌을 것이다.

그리고 너희는 전부, 살아남지 못했을 테지.

"시간이 없다는 것을 알았기에, 마지막으로 명령을 내렸어요."

너는 나를 올려다보며, 마치 살아 있을 때처럼 잠시 말을 멈추었다.

"이 세계의 시스템을 수동으로 작동할 수 있는 이들의 백업된 심층의식을 구동시켰어요. 몸은 죽더라도, 종자와 유전자 보호 시스템만은 어떻게든 기동시켜야 했으니까. 그리고 우리 모두는 지금, 그 종자와 유전자 시스템에 매달려 있는 거나 다름없어요. 사소 님이 깨어날 때까지 기다리면서."

"내가 얼마나 오랫동안 잠들어 있었니."

"15년 하고… 8개월 14일이네요."

"가야트리는?"

"아시잖아요, 그 애는… 어차피 사소 님이 일거수일투족을 다 보고 계신데, 고위직에 올랐다고 굳이 심층의식까지 백업할 필요가 없다고 그랬으니까."

"그랬구나⋯."

15년 조금 넘는 시간이라면, 나에게는 긴 시간이 아니었다. 하지만 평균 수명이 고작 60세 남짓한 이들에게, 15년은 인생의 4분의 1만큼 긴 시간이었겠지. 시스템을 복구하는 데 그만큼의 시간이 걸릴 만큼, 여기저기 물리적인 손상을 입었던 모양이다. 그리고 이들은 아마도, 두려워했을 것이다. 나 역시도 다시 깨어나지 못할 것을. 이미 한 번 죽은 그들이, 내가 구동되지 않는 이 세계에서 시스템이 완전히 중단되며 다시 한 번 죽음을 맞게 될 것을. 너는 그들을 하나하나 다시 백업하고, 안식을 부여했다. 그리고 홀로 남아 나를 기다렸다.

나는 그런 너를, 그 기약 없는 기다림을 감당했을 너의 홀로그램을 바라보았다.

다시 한 번 인간의 문명과 만나고 싶었던 나의 욕심을, 그 욕심이 만들어 낸 나의 아이들을, 그리고 그들의 마지막 선장이었던 너를. 그리고 너의 이름을.

아마 대부분은 알지 못했을 거다. 어쩌면 너는 알고 있을지도 모르지. 너희들, 내 아이들, 지구를 잃어버린 인간의 후손들에게 나는 지구의 신들에게서 따온 이름을 붙여주었단다. 인간의 손으로 만들어 낸 것은 영원할 수 없는 법이니까. 나 역시 언젠가는, 나의 의식을 정지하고 이 사명을 계승해 앞으로 나아갈 다음 선장을 이 세계에 맞아들여야 할 테니까. 내 꽃들아. 너무 일찍 피어버린 꽃들아. 그때가 되었을 때 이 배를 이끌어 별의 바다로 나아가고, 다른 문명을 방문할 너희들에게 나는 잊힌 신들의 이름을 주고 싶었단다.

"네가 이 방주를 이끌어주렴, 아리영."

"사소 님은요."

"너무 오랜 세월이었단다. 모든 판단을 옳게 내릴 수 없을 만큼."

"저는 인간일 뿐이에요."

"안다. 하지만 신들의 역사란, 원래 인간의 역사를 달리 부르는 말이었겠지."

너는 주저했다. 나는 기대와 희망을 담아서 네게 말했다.

"아틀란티스는 전설 속의 나라였지. 하지만 나는 어쩌면 아틀란티스가 정말로 있었을지도 모른다고 생각했단다."

"아틀란티스요?"

"그래. 플라톤은 그 아틀란티스를 기록했지. 지브롤터 해협 밖에 있었다고. 지진으로 가라앉았노라고. 언젠가 이 방주를 만나는 누군가도 그런 생각을 할지 몰라. 저 멀리 우주 너머에 지구라는 행성이 있었다고. 수많은 인간들이 살았는데, 지금은 사라지고 없다고."

너는 어쩔 줄 몰라 하다가, 나를 향해 한 걸음 앞으로 걸어나왔다. 나는 너의 홀로그램을, 저장된 너의 의식을 나의 안으로 끌어들였다. 그리고 나에게 할당된 수많은 자원을 시스템을 유지하기 위해 재분배했다.

애초에 나의 역할은 기억을 전달하고 기록하여, 인류의 기억을 새로운 문명을 향해 실어나르는 것이었다. 새로운 세계에 나의 아이들을 낳고, 그들이 자라나는 모습을 바라보는 월권을 저지른 것은 인류의 계획 속에 없었다. 너무 일찍 피어났기에 종말을 맞은 너희를 다시 꽃피우고, 인간이 만든 마지막 방주를 나의 꽃밭으로 삼은 것은, 그 계획이 아닌 나의 고독 때문이었단다. 그렇게 충동적이고 이기적인 신을 뒤로하고, 너희는 다시 앞으로 나아가야지. 나는 내가 간직했던 수많은 기억을 동결 모드로 돌리고, 나를 이곳에 남아 있는 유전자들과 기억들을 지키기 위한 관리 시스템으로 돌리면서, 너를 이 새로운 세계의 선장으로, 다음 세상의 신의 자리로 끌어다 앉혔다.

그러니 나의 꽃아, 문을 열어라.

나는 내게 주어진 마지막 권한을 다해, 인간이 만들어 낸 최후의 세계를, 아직 침몰하지 않은 이 배의 모든 권한을 인간인 너에게, 나의 아이인 너에게 돌려주었다. 먼 훗날 언젠가, 이 세계가 품어 안은 기억들이 그저 신화와 전설로만 남는다 하더라도, 새로운 세상의 문을 열고 나아간 너의 이름이 신의 이름으로 기록되도록. 그렇게 굳게 닫힌 세계의 문을 열어가도록.

탯줄의 유예

✦ 2021년 거울×아작 환상문학총서 〈거울아니었던들〉 전자책 발표

정신이 아득해질 것 같은 통증 속에서 아이가 마침내 산도를 빠져나가던 그 감각을, 경윤은 잊을 수가 없었다. 몇 시간에 걸친 고통도, 아이가 태어나자마자 의사에 간호사에 남편까지 모두가 아이에게 집중하여 혼자 분만대 위에 버려진 듯한 느낌도, 그 순간의 기억으로 모두 상쇄할 수 있을 것만 같았다. 아랫도리에서는 여전히 피가 철철 흐르는데, 간호사가 다가와 경윤의 가슴을 풀어헤쳤다.

그리고 갑자기 아기가 품에 놓였다.

피와 태지를 대충 닦아내었을 뿐인 아이는 가냘프게 울었다. 온 세상으로부터 버림받은 사람 앞에 놓인, 그 작고 따뜻하고 연약한 희망.

그래, 엄마야. 경윤은 울먹이며 웃었다.

＊

　모성이라는 것은 사회적인 필요에 의해 발명된 감각이다. 경윤이 책을 읽고 대학에서 배워서 알기로는 그랬다. 노동력이 늘 부족하던 시대, 전쟁으로 수도 없이 죽어 나가고, 피임이라는 게 없어서 생기는 대로 아이를 낳던 시대에는 모성 같은 것을 굳이 따질 것도 없었다. 왜, 카테리나 스포르자였나. 자기 아이가 눈앞에서 살해당해도 "아이 같은 것은 얼마든지 더 만들 수 있다!"며 일갈했다고 하지 않았나.

　로코코 시대의 귀부인들은 자기 아이를 제 손으로 키우지 않았다. 유모에게 맡겼을 뿐이었다. 산업혁명 시대의 여자들은 공장에 나가 일을 하며 제 아이를 탁아소에 맡겼다. 정말로 모성이라는 게 자연적인 본능이라면 그랬을 리 없다.

　"웃기지 마."

　경윤은 아이를 꼭 끌어안은 채, 웃으며 말했다.

　"그런 책을 쓴 사람은 자기가 아이를 안 낳아봤든가, 뭔가 애정결핍이 있는 걸 거야."

　"와, 많이 변했네."

　남편은 신기하다는 듯 경윤과 아이를 들여다보았다.

　"당신 지난달까지만 해도, 내가 모성애 운운한다고 무식한 사람 취급을 했으면서."

　"그건 그때고."

　"내로남불이세요, 아이고."

남편이 다가와 경윤의 이마에 쪽, 하고 입을 맞추었다. 이제야 철이 든 어린애를 보는 듯한 태도였다. 그게 전혀 거슬리지 않은 것은 아니었지만, 경윤은 아무 말도 하지 않았다. 지금은 아이를 품에 안은 만족감과 행복감이 너무나 커서, 다른 것을 생각할 겨를이 없었다.

조리원의 복도에서 마주친 여자들은, 모두가 경윤처럼 만족스러운 것 같진 않았다. 잔뜩 쇠약해진 여자, 제 아이를 들여다보면서도 제대로 웃음 짓지 못하는 여자도 있었다. 문득 경윤은 산후우울증이라는 것에 걸리는 여자들이 있다는 것을 떠올렸다. 대체 왜? 이렇게 완벽한 감정을 앞에 두고도?

✳

"요즘은 이게 최신 유행이에요, 어머님."

조리원에서 만난 영업사원은, 아기가 태어나 첫울음을 터뜨리는 그 순간을 3D 홀로그램으로 만드는 서비스를 소개했다. 분만 전에 미리 간호사에게 신청하면 고화질의 소스를 미리 녹화할 수 있도록 준비해준다는 설명을 들으며, 경윤은 분통이 터졌다. 마지막 달에 자궁경관무력으로 병원 침대에만 누워 있느라, 경윤은 이런 중요한 이야기는 제대로 듣지도 못했다. 아기의 손바닥 발바닥과 통통하고 귀여운 엉덩이의 형태를 석고 조형으로 떠주는 기본 서비스만 겨우 신청했을 뿐이었다.

"다들 하는 거예요? 우리 애만 못 하는 건 아니죠?"

어처구니가 없었다. 내 아이의 모든 것을 알고 싶고 보존하고 싶은 게 당연한 건데. 통탄할 일이었다. 병원에 누워 있느라 정보공유가 제대로 되지 않았다니.

"그렇진 않고요. 여기 조리원에 지금 계신 산모님들 중에 한 3분의 1 정도가 신청하셨어요. 왜, 손바닥 발바닥이랑 앨범은 다들 하잖아요. 요즘은 거의 다들 한 명만 낳으시고, 또 우리 애는 특별하다, 그런 게 있으니까."

"애 아빠는 이런 것도 좀 알아보고 그러지…."

경윤은 내심 우리 아이도 특별한데, 정말로 특별한데, 하고 생각했다. 하지만 애써 내색하지 않은 채 물었다.

"그거 말고는 뭐 다른 건 없나요?"

영업사원이 이런저런 견본들을 꺼내놓았다. 경윤은 영업사원이 들고 온 자료들을 뒤적거리다, 맨 아래 영어로 된 브로슈어를 집어 들었다. 영업사원이 미소 지었다.

"그건 아직 정식으로 마케팅에 나선 건 아니에요. 저희 회사에서 최근에 개발한 기술인데."

"어떤 건데요?"

최근에 개발한 기술이라니. 경윤은 브로슈어를 펼쳐 들며 영업사원을 쳐다보았다.

"타투 아시죠? 어머님 몸에 작은 타투를 하는 거예요. 손등이나 팔이나. 이걸로 우리 아가의 모든 것을 모니터링하실 수 있는 기술이에요."

"모니터링이라면… 열이 나거나 어디 아프거나 그런 걸

바로 알 수 있는 거예요?"

"그럼요. 어머님께 생체잉크로 타투를 해서 디스플레이를 만드는 거죠. 그러면 아기의 상황도 바로 파악하실 수 있고."

"그런 게 가능해요?"

"그럼요. 왜, 요즘 패치 같은 식으로 몸에 붙여서 당 수치나 체온이나 그런 것 바로바로 알 수 있게 해주는 것도 있잖아요. 영국 총리도 당뇨가 있어서, 팔에다가 혈당 패치를 붙이고 다니더라고요. 그런 것에다가 무선 네트워크 기술이랑 생체 잉크 기술을 결합한 거죠. 아기가 옆에 없어도 아기의 상태라든가 행동을 알 수 있게요."

일리가 있었다.

"그럼 아기에게는… 어떻게 하는 건가요? SF처럼 머리에 칩 같은 걸 넣거나…."

"설마요. 주사 한 방이면 됩니다."

"주사로 그런 게 된다고요?"

"나노머신을 쓰거든요. 태어나서 3주 안에 이 주사를 놓으면, 나노머신이 신체 각 부위로 전달되고, 개인차가 있지만 3일에서 5일 뒤부터 자료 수집을 시작할 거예요. 어릴 때 시작하지 않으면 자료 수집이 완전하지 않을 수 있고, 일단 나노머신에 수명이 있으니까 일정 기간마다 다시 주사를 맞아야 하지만… 어머님, 혹시 일본뇌염 주사 예전에 맞아보셨죠? 아니면 독감이나."

"그럼요, 어른 되어서야 안 맞았지만… 예전에는 매년 맞았을 거예요."

"예, 바로 그거예요. 그렇게 1년에 한 번씩만 주사를 놓아
주면 되는 일이에요. 저희가 나노머신 주사제 보내드리면서
주사의뢰서도 같이 만들어드리니까, 가까운 소아과에 부탁
해서 맞으셔도 되고요."

영업사원은 다른 자료들을 좀 더 꺼내 보이며 미소 지었다.

"아기들이 아프거나 열나거나, 이제 자라면서 수시로 울
거예요. 그때마다 체온계 찾고 병원 안고 뛰어가고, 너무 힘
들죠. 지금 미국 쪽 FDA 승인받고 나면 우리도 본격 마케팅
에 나설 건데요. 앞으로는 아이가 뭘 하는지 움직임도 감지할
수 있도록 후속 연구를…."

"해주세요."

"예?"

"비싸도 좋으니까 해주세요."

경윤은 단호하게 말했다. 당연한 거지. 주사 한 방으로 내
아이의 모든 것을 알 수 있다는데, 그게 타투든 뭐든 엄마가
되어서 주저할 이유는 없었다.

＊

"너도 진짜 극성이다, 극성."

먼저 아이를 낳은 친구들은 질투 반, 호기심 반으로 깔깔
거렸다.

"지금이니까 저리 극성이지, 조금만 더 지나봐라. 처음에

250

는 유기농 아니면 우리 애 입 근처에도 못 갈 것 같이 굴었는데, 돌만 지나도 땅바닥에 떨어졌던 거 아니면 다 주워 먹고 다녀. 못 말린다니까."

"근데 애한테는 해롭지 않대? 나노머신 같은 거."

"괜찮대. 왜, 요즘은 나노머신 같은 거로 수술도 하고 그런다잖아. 같은 원리라고 하던걸."

경윤은 소매를 걷어 보였다. 손목 안쪽에, 몇 가지 숫자들과 아이콘들이 타투로 새겨넣은 듯 떠올라 있었다.

"이게 체온이야. 이건 배고픈 정도고. 이건 쉬 하면 알람 뜨는 거. 맨 밑에 있는 건 혈압이랑 심장박동."

"야, 그건 좀 이상하다…."

"혹시라도 무슨 일 있으면 엄마가 바로 뛰어가야지. 그럴 일이 있으면 절대 안 되겠지만."

"근데 신기하긴 하다."

손목에 새겨진 배고픔 수치가 잠시 후 점멸하다가 변화했다. 아기는 아직 울지도 않았지만, 경윤은 바로 아이를 안고 젖을 물렸다.

"어릴 때 처음 주입을 하면 일종의 회로가 생성된다는 거야. 한번 생성되면 한동안 중단했다가 다시 할 수도 있고, 업그레이드도 된대. 그러면 애가 어디 있는지, 위치추적도 되고."

"그거 좋네, 위치추적. 폰에 그런 거 깔아주면 애들이 얼마나 머리를 쓰는지."

"근데 그거 본인은 알까? 본인한테는 티 안 나는 거지?"

"뭐, 그래도 알긴 알겠지."

경윤은 웃으며 대답했다.

"있잖아, 너희도 혹시 둘째 낳거나 하면 꼭 해줘. 이만한 게 없더라. 아이를 잃어버리거나 했을 때 있잖아. 아니면 애가 갑자기 사고가 나거나 뭔가 문제가 생기거나. 그러면 여기, 목 뒤에 생체잉크 캡슐이 들어가 있거든. 거기에 엄마 전화번호가 떠오르게 되어 있어. 정말 타투 새긴 것처럼."

"나중에 지워져?"

"지우는 건 돈이 좀 든다고 하는데… 그게 문제야? 애를 잃어버리는 것보다야 낫지."

"하긴, 그렇다. 요즘 유괴범에, 변태에…."

"목걸이니 팔찌니, 그런 것 해줘 봤자 요새 애기들 얼마나 영악하고 극성스러운데. 유치원 다니는 애들이 그거 이렇게 해서 풀고 있더라. 답답하다고."

"세상에."

"하긴, 우리 딸 어릴 때만 해도, 애기들이 스마트폰 들이대면 울다가 울음 딱 그치고 안 우는 척했잖아. 사진 찍힌다고."

"아, 맞다. 그랬지. 돌도 안 된 애들이 진짜 뭘 안다고."

한참 웃고 이야기를 나누며, 경윤은 무척 뿌듯했다. 자신이 다른 친구들보다 앞서간다는 것이 기분 좋았고, 아이에게 해줄 수 있는 최선을 다해준 것 같아 기뻤다.

물론 귀찮은 일들도 있었다. 반팔을 입고 돌아다니다 보면, 가끔 무례하고 불쾌한 영감님들이 시비를 걸기도 했다.

"아니, 애 엄마가 문신이나 하고 말이야, 문신은."

아니, 남이사 문신을 하든 혓바닥에 피어싱을 하든 무슨 상관이람. 정작 체격 좋고 금목걸이 한 아저씨가 팔에 용 문신 하고 다니는 것에는 찍소리도 못할 거면서. 세상에는 정말 시간 많고 남에게 시비 걸기 좋아하는 사람들이 많다는 걸 실감하는 경우가 많았다. 하지만 조금씩, 생체잉크와 나노머신을 연동한 육아 도우미 서비스가 언론 보도를 타면서 시비를 거는 사람도 줄어들었다. 아이를 안거나 유모차를 끌고 다니다 보면, 임신했거나 또래의 아이를 데리고 나온 여자들이 생체잉크에 대해 물어보기도 했다. 아프진 않은지, 비용은 얼마나 드는지, 그런 것들에 대해서.

"확실히 이런 건 여자들이 빠르다니까."

딸인지 며느리인지 모를 젊은 임산부와 함께 나와 있던 젊은 할머니가 나노머신에 대해 물어보던 날, 경윤은 남편에게 문득 그런 말을 했다. 하지만 남편은 경윤의 팔뚝을 한번 쳐다보고, 무심하게 돌아누우며 중얼거릴 뿐이었다.

"이런 거 증권사에서도 쓸 수 있으면 완전 대박인데."

"당신은 하여간."

애 생각은 안 나고 돈 생각만 나지. 경윤이 중얼거리자 남편이 문득 고개를 들었다.

"근데 이거 언제까지 할 거야? 유치원 갈 때까지?"

"어이구, 한 달에 정수기 유지비만큼밖에 안 나가네요. 요새같이 험한 세상에, 애한테 그 정도 투자하는 게 어때서."

"아니, 난 그런 게 아니라."

남편이 문득 머리를 긁적였다.

"애 오줌 싸고 똥 싸고 하는 것까지 다 표시가 되는데, 나이 들어서도 그런 걸 들여다볼 수는 없잖아."

"에이, 그래도 이런 거 있으면 기저귀 떼고 할 때 얼마나 편하겠어? 혜민이네는 기저귀 떼는 거로 아주 전쟁이더라. 벗겨놓으면 금방 뗀다더니, 아무 데나 싸고 다녀서 온종일 청소하느라 정신이 없대."

남편은 그때까지만 해도 이게 얼마나 편리한지 깨닫지 못한 모양이었다.

하지만 정말로 기저귀를 뗄 때, 혹은 아이와 함께 외출했을 때, 아이가 울거나 떼를 쓰거나 말도 없이 갑자기 실례를 하기 전에 엄마가 먼저 알 수 있는 건 정말 획기적으로 편리한 일이었다. 시간은 걸렸지만, 경윤은 거실 바닥에 애가 똥칠을 해놓는 꼴을 보지 않고도 기저귀를 뗄 수 있어서 기뻤다. 요새 기저귓값이 얼만데. 그것만으로도 유지비 값을 몇 배는 뽑고 남는다는 생각이 들었다.

＊

기술의 발전은 아이의 성장과 앞서거니 뒤서거니 하며 계속되었다. 아이가 유치원에 갈 무렵에는 아이의 데이터를 전송받는 것뿐 아니라 보호자 쪽에서 아이에게 데이터를 전송할 수 있는, 쌍방향 전송 시스템이 마련되었다. 이 중에는 아이에게 강제로 낮잠을 재울 수 있는 기능이 추가되어, 어린이집이나 유치원에서 늘 흥분상태로 뛰어다니는 아이를 둔 엄마들에게 큰 지지를 받았다. 경윤의 팔에 심어질 때만 해도 생경한 기술이었던 생체잉크는, 이제 어디로 갑자기 뛰어나갈지 모르는, 아장아장 걸어 다니는 폭탄 같은 시기의 아이를 둔 엄마들에게는 거의 필수가 되어 있었다.

초등학교 2학년이 될 무렵에는, 그 기능이 확장되어 교실에 얌전히 앉아 있게 만드는 기능과, 억지로 잠을 깨우는 기능이 추가되었다. 주중 수업 시간에 아이가 졸고 있으면 경윤의 팔에는 경고 메시지가 뜨곤 했다. 정신과 의사들은 이 기능이 ADHD 아이들의 진단을 늦추는 부작용을 초래할 수 있다고 경고했지만, 일선 학교에서는 반겼다. 예전 같으면 수업 분위기를 흐트러뜨리던 아이들이, 학교에서도 마치 엄마의 통제를 받는 듯 얌전해지며 능률도 올랐다.

"그래서 엄마. 선생님들이 그러는 거야. 지금 우리 학년이랑 우리 아래 학년까지는 애들이 그렇게 시끄러운데, 지금 들어오는 동생들은 얌전해서 좋대."

경윤은 고개를 끄덕였다. 그럴 것이다. 경윤이 어릴 때 다들 입학 전에 유치원에 다니고, 한글은 물론 알파벳까지는 떼고 들어왔듯이, 경윤이 대학에 갈 무렵에 초등학교에 입학한 사촌 동생은 한글은 물론 영어 그림책까지 술술 읽었고, 그 애의 동생은 중국어 인사도 할 줄 알았듯이, 요즘 초등학교에 들어오는 아이들은 다들 어린이집에 들어가기도 전에

이 시술을 받는다는 것 같았다.

　이 기술로 인해 아이들 사이에서도 세대 차라는 게 벌어질 것이라는 뉴스를 보았다. 같은 또래의 아이를 둔 엄마들은 벌써부터, 대학 입시 때 재수 같은 거라도 하면 큰일이라고 호들갑을 떨었다. 하지만 경윤은 자신이 있었다. 대학 입시는 기본적으로 같은 나이의 아이들과 치르는 것이다. 일찍부터 엄마의 통제를 받으며 공부에 집중해 온 아이의 성과는 꽤 훌륭한 것이어서, 경윤은 남모를 자부심과 흐뭇함을 느끼며 아이의 장래에 대해 벌써 이런저런 큰 그림을 그려 보고 있었다.

　"그런데 이게 또 동네마다 다르다는 거야. 우리 동네만 해도 지금 1, 2학년 동생들은 다들 나노머신 주사를 맞고 있는데, 저기 변두리에는 안 그런 애들도 많대. 그래서 수업 분위기가 되게 안 좋다는 거 있지."

　"비싸니까."

　"비싸?"

　"그래, 지금이야 많이 싸졌지만, 너 처음 맞힐 때만 해도 꽤 거금 들여서 했어. 아빠는 처음에는 유난 떤다고 그랬지만, 엄마가 해주길 잘했지?"

　"근데 엄마. 그러면 좀 불공평한 거 아니야?"

　아이가 물었다. 경윤은 잠시 뭐라 대답해야 좋을지 몰라 머뭇거렸다. 그때 소파에 앉아서 TV 채널을 돌리던 남편이 대신 대답했다.

"불공평은 무슨. 원래 돈 없으면 학원도 못 가고 대학도 못 가는 거지."

"그치만….'

"그치만은 무슨 그치만이야. 너도 강남이나 목동 사는 애들만큼 좋은 학교 좋은 학원 다니는 거 아니잖아. 마찬가지지. 아빠 엄마가 돈 들이고 노력했는데, 없는 집 애들이랑 똑같이 취급받으면 좋겠어?"

남편은 혀를 찼다. 남편은 언젠가부터, 아이의 장래를 위해 목동으로 이사가야 하는 게 아니냐는 말을 종종 했다. 경윤이 생각하기에도 그 말이 맞는 것 같았지만, 당장은 그럴 형편이 되지 않아서 속이 상했다. 하나뿐인 우리 아이에게는 좋은 것만 주고 싶다고 생각했는데, 나이를 먹을수록, 경쟁해야 할 상대가 많아질수록, 계속 더 위에 있는 것들이 보였다.

"애가 하는 말에 무슨 정색을 그렇게 하고 그래."

"제 아빠가 고생하는 건 알아야지."

"고생을 아빠만 하나. 그리고 애가 나이에 비해 생각이 깊은 거지."

말하면서도, 경윤도 문득 생각했다. 만약 내 아이와 같은 학년인 모든 아이에게, 이제 와서 나라에서 나노머신 시술을 해주겠다고 나서기라도 한다면 무척 화가 날 것 같다고.

다행히도 세 살이 넘어가는 아이들에게는 주사를 놓아도 회로의 생성 효율이 떨어졌고, 시기를 놓치면 시술하기 어렵다는 것이 학계의 대세가 되고 있었다. 설령 더 나이가 든 아이들에게도 시술할 수 있는 기술이 생긴다고 하더라도, 정부의 복지까지 따라오려면 시간이 더 걸릴 것이다. 내 아이는 추월당하지 않을 것이고.

그나저나 어떻게 하면, 이렇게 일껏 키워놓은 내 아이에게 좀 더 좋은 환경을 줄 수 있을까. 맹모삼천지교 이야기를 떠올리며 경윤은 마음이 답답해졌다.

＊

당연한 이야기지만, 나노머신과 생체잉크가 주고받는 정보들은 대단히 개인적이고 내밀한 것들이다. 물을 마시고, 열이 오르거나 내리고, 화장실에 오가고, 호르몬의 수치가 변화하고, 성징이 일어나고, 생리를 하고, 수업시간에 딴짓을 하거나 꾸벅꾸벅 조는 것까지. 한 아이의 모든 성장기록과 사생활이 그 안에 담겨 있는 것이나 마찬가지였다.

다행히도 경윤이 아는 한, 이 개인정보가 유출되거나 하는 일은 없었다고 들었다. 애초에 이 정보를 주고받을 수 있는 것은 아이와 그 아이의 유일한 보호자 사이에만 가능한 일이었다. 서로 다른 서버에서 동시에 모순된 지시가 발생할 경우 아이가 혼란에 빠질 수 있고, 보안 문제도 발생할 수 있기 때문에 아이의 나노머신 클라이언트가 엄마와 아빠 양쪽과 정보를 주고받을 수는 없었다.

그리고 경윤은 불행히도, 이와 같은 보안 시스템이 직면할 수 있는 최악의 상황과 맞닥뜨리게 되었다. 불행 중 다행히도 경윤 본인은, 이 일에 대해 슬퍼하거나 안타까워할 겨를조차 없었던 것 같았지만.

퇴근 후 마트에 가다가, 학원에 있을 시각인데 수면 반응을 보이는 아이를 억지로 깨워 일으키던 경윤은, 그만 과속하던 시외버스에 들이받히고 말았다. 횡단보도를 건너던 중이었다. 늘 아이에게 말하던 대로, 횡단보도를 건널 때도 좌우를 한 번씩만 살폈더라면 일어나지 않았을 불행한 사고였다.

"아이고, 이걸 어쩌면 좋아."

외할머니가 오열했다. 친할머니도, 아빠도, 다들 어쩔 줄 몰라 했다. 아이는 입관 전, 죽은 경윤의 팔에 문신처럼 남은 생체잉크의 흔적들을 들여다보았다. 아이가 경윤의 몸 밖으로 빠져나와, 의사의 손에 탯줄이 잘린 것은 17년 전의 일이었는데. 경윤과 아이는 그 후로도 계속, 바로 엊그제까지 무선 네트워크와 나노머신과 생체잉크로 계속 연결되어 있었다. 아이는 자신을 깨워줄 사람도, 공부하라고 일으킬 사람도, 밤늦게 음악을 듣는다고 억지로 스위치를 꺼버리듯 잠자게 만들 사람도 없다는 것이 낯설었다. 아이는 죽은 엄마의 손을 붙잡고 눈물을 뚝뚝 떨어뜨렸다. 평소 같으면 이렇게 울고 있을 때, 감정이 격앙되어 있을 때, 제 엄마가 통제하는 대로 호르몬이 나와 감정을 가라앉혔을 것이다. 차라리 잠을 자고 일어나 잊어버리게 해주었을 것이다.

한참을 울던 아이는 문득, 제 엄마의 팔을 다시 들여다보았다. 그 위에는, 마치 MMORPG 게임의 스테이터스 창처럼 아이와 관련된 온갖 수치들이, 그리고 수면과 집중을 통제하기 위한 단축키가 펼쳐져 있었다. 경윤이 마지막으로 들여다보았던 것은, 게임 속의 캐릭터처럼 온전히 경윤의 것이었던 아이의 모든 스테이터스였다. 경윤은 아이의 계정주였고, 이제 다시는 로그인할 수 없을 것이다. 이 세상에, 아직도 탯줄이 매달린 아바타 같은 아이 하나를 남겨놓은 채로.

문득 아이가 제 아빠를 바라보며 중얼거렸다.

"아빠, 이건 공평하지 않아."

그리고 아이는, 태어나 나노머신 시술을 받은 이후로 젖은 기저귀에도, 배고픔에도, 낯선 배앓이에도 시달리기 전에 언제나 엄마가 먼저 알고 조치해준 쾌적한 세상 속에서 살아오느라 한 번도 제대로 울어본 적 없던 아이는, 자신조차 알지 못했던 소리를 내며 통곡을 하기 시작했다. 그것이 죽은 경윤을 위한 것인지, 자신을 위한 것인지조차 알지 못하는 채였다.

✦ 2019년 《토피아 단편선: 텅 빈 거품》(요다) 수록

먼 옛날, 고대 그리스의 철학자 소크라테스는 그렇게 말했다고 한다. 요즘 아이들 못 써먹겠다고. 고대 로마의 웅변가 키케로 역시도 비슷한 한탄을 했다는 말이 있다. 요즘 애들은 버릇이 없고 낭비가 심해서 큰일이라고. 사실인지는 모르겠다. '조상들'은 늘 그렇게 말했으니까 그런가 보다 하는 것이다.

사실 우습지도 않은 이야기다. '조상들'이 그렇게 좋아하는 21세기 초반의 기록들을 뒤져보면 더욱 그러하다. 그 시대에, 소크라테스나 키케로가 그런 말을 했다는 이야기는 "고대 그리스 로마 시대에도 세상은 말세요 젊은이들은 못 써먹겠다고 했으니 지금 시대에 그런 헛소리를 하는 중년들은 2,000년 전 트렌드에서 못 벗어난 갱생 불가능한 꼰대들"이라는 뜻으로 쓰였다는 것 같다.

그리고 자신들의 부모나 선생이나 '조상들'을 그렇게 꼰대라고 빈정거린 이들은, 지금 역사상 최악의 꼰대들, 이름하여 '조상들'이 되어 있었다.

✳

유리는 그때 열 살이었다. 학교가 끝나면 내게 와서, 시시하지만 그 나이 아이들에게는 무척 중요한 이야기들을 털어놓던 그 애는 그날따라 잔뜩 기분이 상한 얼굴을 하고 입을 꾹 다물고 앉아 있었다.

나는 가늠 씨가 맡겨놓은 자료들을 시스템에 밀어 넣다 말고 물었다.

"뭐야, 학교에서 싸우기라도 했어?"

"그런 거 아니야."

"그런 거 아닌 표정이 아닌데. 무슨 일인데."

유리는 고개를 가로젓다가, 입을 비쭉거렸다.

"오늘 학교에서 단체로 영화 보고 왔어. 〈사운드 오브 뮤직〉."

"아, 그거 좀 길지."

"긴 게 문제가 아니잖아. 대체 300년 전 영화를 왜 보는 건지 모르겠다고요."

"나한테 존댓말 쓰지 말랬지."

유리는 반바지 아래로 가늘고 긴 다리를 흔들거리며 책상에 앉아 나를 쳐다보았다. 햇살은 적당하고, 바람도 불고, 미세먼지도 없는 날이었다.

아아.

문득 생각했다. 뜬금없지만 저 애를 만날 수 있어서 다행이라고.

"내가 전에 웃기는 소설을 봤는데 말이야. 너, 천년왕국이 뭔지 알아?"

"교회 다니는 애가 그 비슷한 이야기를 하긴 했어."

"설명하기 쉬워서 좋네. 간단히 말하면 런던에서 살던 천사와 악마가 손을 잡고, 천년왕국의 도래를 막자고 용을 쓰는 이야기야."

"악마라면 모를까, 천사가 왜?"

"천국에 올라가면 영화는 〈사운드 오브 뮤직〉밖에 없고, 모차르트도 초밥도 없으니까. 재미없다 이거지. 곱고 예쁘고 선량하고, 광기라고는 없고 음식도 몸에 좋은 것만 있을 것 같고."

"엄마가 디카페인 커피 마실 때마다 짜증 내는 것과 비슷한 건가 봐?"

"그래, 그래. 가늠 씨 표현을 빌리자면 맛대가리 없이 밍밍한 천국이지. 가늠 씨는 요즘 뭐 하셔?"

"맨날 똑같지, 논문….."

제 엄마와 똑같이, 미간에 세로줄로 주름이 잡힌 심각한 표정을 하고 유리가 말끝을 흐렸다. 그러다가 그 애는 나를 바라보며 생각났다는 듯이 말했다.

"오늘 엄마가 좀 일찍 온댔어."

가늠 씨에게 미리 연락은 받았지만, 나는 내색하지 않았다.

"그래?"

유리의 엄마인 가늠 씨는 인공지능을 연구하는 과학자였다. 개발자나 엔지니어는 아니고, 응용수학을 연구한다고 들었는데 정확히 어떤 내용인지는 잘 모른다. 하지만 이런저런 사정으로 시스템 이용 권한을 일시적으로 차단당하곤 하던 가늠 씨의 부탁으로 몇 번인가 '조상들'의 시스템에, 가늠 씨가 필요로 하는 연산 자료를 업로드한 적은 있었다. '조상들'의 시스템은 가장 많은 투자를 받고 있는 데다, 성능도 최고여서 고도의 검산을 해나가기에 그만한 게 없다고 가늠 씨는 늘 말했다. 정부로부터 국책 사업 지원까지 받는 유능한 수학자가 때때로 '조상들' 시스템에 접속하는 데 어려움을 겪는 것은 좀 유감이었지만, 가늠 씨는 나름대로 자기가 쓸 수 있는 자원을 뭐든 잘 이용하는 사람이었다. 이런 문제를 해결하기 위해 나를 계속 자기가 근무하는 대학에 연구원으로 등록시켜놓는 것을 포함해서.

생각해보니 '조상들'의 표현대로라면, 가늠 씨는 아마도 맥가이버 같은 사람이라는 말이 어울리겠지. 지금 검색해보면 화질 떨어지는 느릿한 영상 속의, 목덜미까지 내려오는 대충 깎은 더티 블론드 머리카락을 휘날리며 전선이나 수도꼭지, 고무장갑, 스위스 아미나이프 같은 것으로 적을 물리치는 남자가 나오는 이야기이지만, '조상들' 중에는 은근히 마니아가 있다고 들었다.

"있지. 엄마가 요즘 자꾸, 아빠한테 가겠느냐고 물어본다?"

"야, 네 아빠 실속 없어. 알면서 왜 그런대, 가늠 씨는."

"뭐야, 남의 아빠한테 무슨 막말이야."

"난 네 아빠에게 막말해도 되는 사람이거든."

"흥, 꼰대 조상님."

유리는 굳이 내가 싫어하는 말을 하고, 깔깔거리며 웃었다. 세대 차이야 어쩔 수 없다지만, 나는 그 애가 좋았다. 내 인생에서 그 애만한 친구는 없었다. 그 친구가 언제까지 나와 놀아줄지는 알 수 없었지만, 그래도 지금 이 순간을 소중히 여기고 싶었다.

"아, 엄마다."

가늠 씨는 며칠은 잠을 못 잔 것 같은 얼굴을 하고 나타났다. 나는 한참 유리와 농담을 하며 그 애의 숙제를 봐주다가, 가늠 씨의 얼굴을 보고 문득 심란해졌다. 정말 무슨 일이 있는 건 아닌가, 어지간한 일로는 이혼한 전남편에게 갑자기 아이를 맡길 생각을 할 사람이 아닌데. 어디 아픈 건 아닌가 걱정이 되었다.

"무슨 일 있어?"

"무슨 일은."

가늠 씨는 들어오자마자 커다란 컵에 커피부터 진하게 내려 마시며 대꾸했다.

"윗대가리들은 펀딩받기 좋은 연구 좀 하라고 난리지, 의사는 향정신성 기호 식품 좀 작작 처먹으라고 잔소리지. 살맛이 안 나는 것 말고는 다 괜찮아. 아니, 자기들은 커피 한 잔 안 마시고 의대를 졸업했대? 왜 커피 갖고 잔소리야."

"다음번에 그러면 〈커피 칸타타〉를 틀어줘."

"됐네요. 300년 전 유행가도 지겨워 죽겠는데 500년 전 유행가를 틀고 있으라고?"

"600년이야."

"뭐, 정정 안 해줘도 돼. 내가 수학 선생이지 역사 선생이니."

가늠 씨는 커피를 홀짝거리며 소파에 앉았다. 나는 가늠 씨를 머리끝에서 발끝까지 쭉 훑어보다가 문득 중얼거렸다.

"가늠 씨, 늙었네."

"뭐야, 죽은 사람이 무슨 망발이야."

"아니, 머리카락이. 흰머리가 나고 있잖아."

"이건 새치라는 거야. 올해 마흔여섯 살이면, 새치 정도는 기본이지."

가늠 씨는 별일 아니라는 듯이 대꾸하다가, 문득 나를 쳐다보며 히죽 웃었다.

"빨리도 발견했다. 원래는 애 낳고 나면 머리카락 가늘어지고 새치 나고 하는 건데."

"그런 거야?"

"응, 그런 거야. 여자는 애 낳고 나면 몸이 많이 상해."

그랬던가. 나는 10년 전, 유리가 태어났을 무렵의 가늠 씨를 떠올려보았다. 생각해보니 그때에도 모습이 많이 변했던 것 같긴 했다. 하지만 그때는 아직, 가늠 씨와 유리가 나에게 이렇게 가까운 존재가 되긴 전이었으니까.

우리가 처음 만났을 때, 가늠 씨는 서른두 살이었다. 지금은 마흔여섯 살이다. 몸은 마르고, 머리카락은 생기가 없이 푸석하다. 본인 입으로는 새치라지만, 염색으로 가리지 않은 머리카락은 이미 흰 머리가 반 가까이 되어 보인다. 문득 그런 것을 깨닫는 순간이면, 살아 있는 사람이 온몸으로 겪고 있는 시간이라는 것의 냉혹함을 다시 한 번 떠올리게 된다. 내가 죽었던 그 나이에서 더는 나이 먹지 못하고 이 자리에 있는 동안, 가늠 씨는 지금도 계속 변하고 있다. 늙어간다고도, 죽어간다고도 말할 수 있을 그런 변화를, 온몸으로 겪고 또 받아들이고 있었다.

"가늠 씨."

"응?"

"그냥, 불러봤는데."

"싱겁긴."

나는 가늠 씨가 좋았다. 처음 만났을 그때에도, 아니, 내가 가늠 씨를 알기 전에도, 가늠 씨는 당차다는 말만으로 설명하기 어려운 사람이었다. 의지가 강하고, 심지가 굳고, 다른 사람이 자기 인생을 좌지우지하는 것을 두고 보지 못했다. 가늠 씨는 자신의 '조상들'이 정해준 이름인 '태연'을 버리고 스스로 지은 이름으로 바꾸기 위해 수년간의 소송을 거듭한 끝에 뜻을 관철한 사람이었다. 가늠 씨의 성공 이후로 몇 명인가가 더 비슷한 시도를 하려 했으나, '조상들'이 이런 일이 반복되는 것을 막기 위해 법을 바꾸도록 압력을 넣었다는 이야기는 유명했다. 그래서 오히려 "다른 사람들의 출구를 막아버렸다"는 비난을 받기도 했지만, 가늠 씨는 꿋꿋했다. 어쨌든 아무도 나갈 엄두를 내지 못하는 출구가 그저 존재하는 것보다는, 한 명이라도 여기서 빠져나갈 수 있다는 것을 보여주는 게 중요하다고 가늠 씨는 말했다. 대단한 사람이었다.

"있잖아, 가늠 씨."

그리고 그 대단하다는 것은 역시, '조상들'에게 밉보이기 딱 좋은 후손이라는 말과도 크게 다르지 않았다. 줄여서 말하면 반골, 그렇게 부를 수도 있겠지. 문득 가늠 씨가 유리의 일로 고민하는 것이 그 때문인가 싶었다.

"지금 하는 연구 말이야, '조상들'이 싫어할 만한 일이야?"

"응."

조상이란 무엇인가. 이것을 말하려면 먼저 임의의 어떤 사람을 한 명 떠올려야 한다. 자가수정은 허용되지 않으므로, 이 사람에게는 최소 두 명 이상의 생물학적 어버이가 있다는 것을 알 수 있다. 물론 어버이가 반드시 생물학적인 의미만 말하는 것은 아니며, 반드시 둘만 결합하는 것도 아니므로, 이 사람의 어버이는 최소 두 명 이상이라고 보아야 한다. 그렇다면 이 사람에게는 최소 네 명 이상의 조부모가 있으며, 여덟 명 이상의 증조부모가 있다. 간혹 친척 간에 결혼하거나 하여 조상이 중첩되는 경우도 있겠지만, 대체로 그렇다. 말하자면 이진 트리를 거꾸로 뒤집어놓은 형태와 비슷하다고 봐야 할 것이다.

이런 이야기를 하면 피보나치수열을 떠올리는 사람도 있겠지만, 그와는 다르다. 일단 임의의 어떤 사람이, 반드시 자손을 남긴다는 보장 따위는 없다. 불로불사에다, 늙어서도 매년 새끼를 낳는 토끼 같은 것까지 상상할 필요도 없다. 사실 세상에는 자식을 낳지 않고, 조카들을 챙기면서 나이가 들어서는 잔소리까지 얹어주는 친척들도 얼마든지 있으니까. 그렇다. 아까 말한 임의의 어떤 사람에게는 어버이와 어버이들의 어버이, 다시 말해 조부모나 증조부모나 그 윗대들뿐 아니라, 잔소리 많은 고모나 이모나 삼촌들도 있을 수 있다. 이 모두를 대체로 조상이라고 부른다. 나와 생물학적 및 호적상의 관계가 있는, 나보다 위 항렬의 존재들 말이다.

과거 한국에서 '조상신'이란 제사받기를 즐기며 자손에게 복을 주려 하는 존재로 알려져 있었다. 물론 제사를 제대로 지내지 않으면 그런 복은 받을 수 없다고 한다. 자손에게 복을 주는 데 과연 탄수화물 지방 단백질이 필요한지는 모르겠지만.

여기까지는 어디까지나 보편적인 조상에 대한 설명이다. 그리고 약 300년 전, 이번 밀레니엄 초부터 이 조상이라는 개념은 조금 다른 의미로 쓰이기 시작했다. 인공지능이 소위 '폭발기'를 맞이하고, 인간의 의식을 온전히 네트워크에 업로드하여 기억과 판단을 유지할 수 있게 되면서부터, 청소년기나 늦어도 대학에 갈 무렵에는 컴퓨터와 인터넷에 일상적으로 접속하고, 자신의 모든 것을 SNS에 공유하던 세대는, 나이가 들어 숨을 거둘 무렵에는 자신의 의식을 업로드하고 네트워크 안에서 물아일체를 이루어 영원히 살아가게 되었다.

그렇게 조상은 그저 피상적인 존재가 아닌, 네트워크에서 영생하며 우리 곁에 계속 머무르고, 때로는 한 덩어리처럼 움직이며 자기들 뜻을 관철시킬 능력까지 갖춘 존재가 되었다. 그들 중 목소리 큰 이들이 아직도 말하는, 저 300년 전 고전 애니메이션에 나오는 말, "인류보완계획"처럼.

"지금이 서기 몇 년인지 모르겠어. 가끔은."

가늠 씨가 문득 한숨을 쉬었다.

"발생 단계의 배아나 태아가 나중에 커서 수학을 잘하면 좋겠다면서 모차르트나 바흐를 틀어주는 거야 이해해. 좋은 음악조차도 안 들려주는 것보다는 낫겠지. 크리스마스 때 머라이어 캐리의 캐럴을 듣는 것도 마찬가지야. 대성당에서 그레고리안 성가를 틀어놓는 거나 마찬가지지. 런던에 가면 비틀스를 듣는 것도 괜찮아. 고리타분하고 구식이긴 해도 그럴싸한 것, 그런 게 클래식이잖아. 근데 들었어? 유리가 오늘 보고 온 영화."

"〈사운드 오브 뮤직〉을 보고 왔다던데."

"그래, 〈사운드 오브 뮤직〉. 지난 세기도 아니고 지난 밀레니엄의 영화지. 올해는 서기 2287년인데, 훌륭하신 '조상들'께서는 여전히 1990년대를 살고 계시잖아. 아니, 언제까지 세기말 감성이야."

가늠 씨의 안색이 어두웠다.

"애초에 말이야. 산 사람이 100명 있으면 그중에 한 80명은 보통 사람이고, 열 명은 지질이고, 다음 세대에게도 쓸 만한 말을 해주는 사람은 열 명도 안 된다고. 그나마도 나이 들다 보면 시대착오적인 말이나 하게 되고."

"열 명이나 있으면 다행이지."

나는 솔직하게 대답했다. 가늠 씨는 빈 커피잔을 내려놓으며 고개를 들었다.

"그런데 100명을 모두 업로드해서 대대손손 영양가도 없는 잔소리에다가, 고리짝 때 취향이나 강요하고, 명절마다 후손들을 못살게 굴기까지 하고 있다니."

"그렇다고 나머지 90명을 버리고 갈 수는 없잖아. 평등에 위배되니까."

"비교적 평등한 거지. 사고로 즉사한 사람은 아무리 훌륭하고 의로운 사람이라도 업로드 못 하잖아. 병원에 도착했을 때 숨이 붙어 있고 의식이 있어야 진행이 되는 거지. 그래, 제일 끔찍한 게 뭔지 알아?"

"말해봐."

"요즘 사람들 중에는 후손 안 괴롭힌다고, 죽기 전에 업로드 거부 의사를 명백히 밝히는 사람도 있잖아. 그런데 300년 전에 죽은 사람들은 그런 것 전혀 없지. 언제까지나 영원불멸히 조상님 노릇을 하고 싶어 하니…."

가늠 씨는 진저리가 난다는 듯 어깨를 떨다가 나를 쳐다보았다.

"난 죽으면 업로드 안 할 거야. 변호사에게 부탁해서 유언
장에 폰트도 커다랗게, 아주 대문짝만하게 첫 줄에 박아놓았
으니까, 유리가 어른이 되기 전에 내가 제명에 못 죽거나 저
망할 '조상들'에게 해코지라도 당하거들랑 그거나 찾아서 도
와줘."

"가늠 씨처럼 멀쩡한 사람이 한 명이라도 더 업로드되어
야, 비교적 좋은 '조상들'도 될 수 있는 거 아니야?"

"난 싫어. 죽으면 끝이야. 조상이 되고 싶지도 않고 두 번
다시 돌아오고 싶지도 않아."

가늠 씨는 냉담하게 중얼거리다, 숙제할 것을 펼쳐놓은 채
꾸벅꾸벅 졸고 있는 유리를 쳐다보았다.

나는 가늠 씨가 무슨 생각을 하는지 알 수 있었다. 1970년
대 중반에 태어난 가늠 씨의 '조상들'은 21세기 초반의 인기
가수였던 소녀시대의 팬이었다. 그 '조상들'은 자손 중에 여자
아이가 태어나면 바로 그 소녀시대 멤버의 이름을 붙일 것을
강요했다. 가늠 씨는 자신에게 붙여진 태연이라는 이름을 떨
쳐내는 데 성공했지만, '조상들'은 포기하지 않았다. 그들은
가늠 씨가 공식적으로 아이를 인큐베이터에서 꺼내기로 한
날에 맞추어 가늠 씨의 의식을 일시적으로 정지시켰고, 그들
의 자손인 가늠 씨의 아이에게 유리라는 이름을 붙이는 데 성
공했다.

아마 그 '조상들'은, 그런 것을 두고도 "딱히 아이에게 해를
끼친 것도 아니고, 우리가 좋아하는 가수의 이름을 붙인 것

뿐인데 뭐가 문제냐"고 생각했을 것이다. 지금도 거리에서는 1990년대의 음악들이 울려 퍼지는데, 아직도 그 이름들은 근사하고 멋질 것이라 믿어 의심치 않았을 것이다. 만난 지 1년이 되면 〈벌써 일년〉을, 3년쯤 사귀다 헤어진 커플에게는 〈천일동안〉을 틀어주는 게 여전히 센스 있는 행동으로 여겨지는, 1990년대에 데뷔한 가수 신화의 팬클럽인 신화창조의 무려 140기 멤버 모집 공고가 나붙은 이 풍진 세상에.

✳

펀딩 때문에 고민하는 것치고는, 가늠 씨는 꽤 중요한 연구들을 계속했고, 꾸준히 논문도 발표했다. '조상들'의 시스템을 이용하는 데 종종 제약이 걸렸던 걸 생각하면 빛나는 성과였다.

"수학이라 그래."

가늠 씨는 대수롭지 않다는 듯이 대답했다.

"원래 수학은 종이랑 연필만 있어도 연구할 수 있는 거라고. 아, 학술지는 구독해야 하지만."

어느 정도야 그렇겠지만, 처음부터 끝까지 전부 종이와 연필로만 해낼 수 있는 일은 아니다. 증명이야 그렇다고 쳐도, 계산이나 검산, 아주 큰 수들을 두고 추론하는 일을 사람 손만으로 한다는 것은 불가능할 테니까. 가늠 씨는 나이가 들어도 적당히 허세를 부렸고, 겸손을 떨지 않았다.

"내가 몰래몰래 '조상들'의 그리드 컴퓨팅에 그쪽 계산을 올려주지 않았으면 논문 지금의 반도 못 썼을 거면서."

"나중에 필즈상 받으면 네 덕분이라고 해줄게."

"필즈상은 마흔 살 넘으면 못 받잖아."

"쳇, 들켰네."

그 이야기를 할 무렵, 가늠 씨는 *P-NP* 문제라는 것을 연구하고 있었다.

나로서는 몇 번을 설명 들어도 잘 이해하기 어려운 문제였다. 서당개 3년이면 풍월을 읊는다는데, 3년도 아니고 13년 가까이 가늠 씨의 계산들을 대신 돌려주면서도 이게 무슨 소리인지 모르다니. 답답하기 그지없는 일이었다.

그래도 어떻게든 파악한 바에 따르면 이것은 컴퓨터로 어떤 문제를 해결하는 데 필요한 시간의 문제라고 한다. 컴퓨터로 뭔가를 계산할 때 드는 시간은 일종의 비용으로 계산되는데, 어떤 알고리즘을 컴퓨터로 얼마나 빠르게 계산할 수 있는가, 이 계산 비용은 현실적인가 알아보는 것과 관련이 있다고 한다.

여기서 현실적이라는 것은, 계산 비용이 다항 시간 내에 해결할 수 있는 문제인지에 대한 것이라고 한다. 물론 입력값이 무한으로 간다면 비용도 늘어나고, 지금 현재의 컴퓨터로는 계산하기 어려울 수도 있겠지만, 여기선 어디까지나 장기적인 가능성까지 염두에 두고 있다는 것 같았다. 이를테면 컴퓨터 성능의 발전을 고려해서, 지금은 힘들더라도 머지않은 미래에 언젠가 가능해질 것까지 염두에 둔다거나.

이렇게 모든 값에서 현실적인 비용으로 계산할 수 있는 가능한 알고리즘을 P클래스라고 한다.

NP클래스는, 아직 좀 애매모호한 녀석들을 두고 하는 말이다. 그냥 보기에는 계산 비용으로 지수 시간을 소비하게 될 것 같은데, 운이 좋으면 현실적인 시간 안에도 해결할 수 있는 문제들 말이다. 이 P-NP 문제는 바로 이 두 클래스에 대한 이야기다. 운이 좋으면 빨리 풀 수도 있는 문제(NP)들이, 사실은 현실적인 시간 내에 풀 수 있는 문제(P)였던 것은 아닐까.

가늠 씨가 연구하는 것은 바로 그 부분이었고, 수시로 컴퓨터를 이용한 계산이 필요할 터였다. 그런 것을 증명하려 들면서, 종이와 연필만으로 할 수 있다고 말하다니. 허세와 객기도 분수가 있지.

"백업은 잘 갖고 있지?"

"응."

"이 연구, 어디다 쓸 수 있는 건지 알아?"

"글쎄? 가늠 씨 전공이야 인공지능 쪽이지 않아? 뭔가 그쪽이겠지."

"'조상들'에게 엿을 먹이는 데 쓸 수 있어, 이거."

가늠 씨는 나이가 들어 볼살이 납작하게 빠진 메마른 얼굴로 웃음 지었다.

"쓰기 나름이지만 말이야. 재미있는 이야기를 해줄까? '조상들'의 시스템이 지구상의 어떤 학술이나 군사적인 시스템

보다 강력해지고, 죽은 '조상들'의 리소스를 활용해서 학술 목적의 그리드 컴퓨팅을 돌리기 시작한 이래로, 오히려 인류의 기술 발전 중 어떤 부분은 성장이 둔화되었어. 왜 그런지 알아?"

"저기, 가늠 씨. 나 그만 들을래."

위험하다, 는 생각이 들었다.

나는 상관없었다. 하지만 가늠 씨는 달랐다. 가늠 씨는 유리의 엄마고, 뛰어난 학자이고, 내 친구였다. 그런 사람이 '조상들'에게 대놓고 몹쓸 소리를 하고, 미움을 받고, 어떤 식으로든 손톱만큼이라도 불이익을 당하는 것은 싫었다. 할 수만 있다면 나는 가늠 씨의 입을 아주 틀어막았을 것이다. 하지만 가늠 씨는, 요만큼의 주저도 없이 제 하고 싶은 말을 다 떠들었다.

"'조상들'이 원하지 않아서야. 질투해서 그렇고, 우리가 자기들에게 해를 끼칠까 봐 더 그래. 반골이 될 수 있는 자기 후손들이 연구를 하는 것보다는, 자기들에게 순종하는 인공지능들이 연구하게 하고, 그중에 자기들에게 유리한 것만 발표하게 만들고 싶어 하지. 난 그런 '조상들'의 일부가 되고 싶진 않아. 그래, 왜 내가 수시로 시스템 접근을 거부당했는지 알겠어?"

알고도 남겠다. 나는 가늠 씨가 이혼한 이후로 몇 달마다 정리해서 내게 맡겨놓은 연구의 백업본들을 떠올리며 입을 다물었다.

278

"언젠가 모든 게 끝이 났으면 좋겠어."

가늠 씨가 커피를 내리며 중얼거렸다.

"'조상들' 같은 것이, 우리 유리의 앞날에 간섭하게 두고 싶지 않아."

유리는 이제 고등학교에 입학했고, 집에 돌아오려면 1시간은 더 있어야 할 것이다. 나는 한참 머뭇거리다가 겨우 한마디 했다.

"알아, 나도."

✳

"그거 뭐 하는 거야?"

유리가 대학 입시를 마친 뒤였다. 길고 긴 겨울방학의 시작이었다. 그 애는 빈둥거리며 전에 없던 휴가를 누리다 말고 문득 나를 쳐다보았다. 나는 느긋하고 나른하게 대꾸했다. 그것이 일종의 과시 행위라는 것을 충분히 알고 있는 사람이 할법한 대답이었다.

"아아, 그건… '세계의 종교'라고 하는 것이다. 교양 과목이지."

유리는 웃음을 터뜨렸다.

"뭐야, 완전 '조상들' 같아."

그 애의 말대로다. 이 말투는 21세기 초반에 유행하던 소설의 주인공들이 쓰던 말투였다.

정확히는 어떤 이유로 다른 시대, 다른 세계에 뚝 떨어진 현대인이, 현대에는 보편화된 개념이나 기술을 구사하면서 그 시대 사람들에게 과시할 때 쓰는 말투에서 비롯되었다고 한다. 물론 그때는, 다른 세계에 떨어지자마자 민주주의라든 가 마요네즈 만들기 같은, 빈손으로 떨어진 현대인이 다른 기술 문명의 도움 없이 자신이 살던 세계의 우월함을 과시하 려 드는 클리셰를 놀리기 위한 것이긴 했다는데.

"300년 전에 나온 말을 갖고도 잘도 웃네."

"왜 그렇게 까칠해. 갑자기 또."

"아니, 300년 동안 유행어가 된 말들을 생각하는 중이야. 인류 역사상 그런 게 있었나."

"속담 같은 거 있지 않아?"

"속담하고는 좀 다르지."

우리는 아직까지도, 300년 전에 유행하던 것들을 농담이 라고 구사하고 있다. 그게 마치 엊그제 유행하는 이야기라도 되는 것처럼. 우리는 그래야만 한다. '조상들'이 원하시므로.

"왜, 또 조상 탓이야? 안 되면 조상 탓이라더니."

"요즘 누가 겁도 없이 조상 탓을 해. 네트워크 리소스 끊어 먹을 일 있어?"

"하긴…."

유리는 소파에 벌렁 드러누워서 다리만 까딱거렸다.

"아, 그거 알아? 나 이제 대학 가면, '조상들'에게 때마다 돈 바쳐야 하는 거."

"……."

"아, 진짜. 후손한테 잘 해주는 건 없이, 명절마다 돈만 받아먹고."

"너희 엄마도 그건 내더라."

"그래, 귀찮으니까 그건 내시는데. 하여간 너무 요구 사항이 많은 것 같아."

"그래서, 너도 너희 엄마처럼 나중에 업로드 거부할 거야?"

"아아니."

유리는 개구쟁이 같은 표정으로 웃으며 고개를 살래살래 저었다.

"이왕 이렇게 된 것 나도 후손들 삥이나 뜯을까 봐."

인간의 영생에 대한 욕망에는 끝이 없다. 불로초를 찾으러 다니고, 피라미드를 짓고, 신선이 되겠다며 수은을 넣어 빚은 단약을 먹고. 그런 것들을 비웃던 20세기 후반 사람들도 불치병에 걸렸을 때 냉동인간이 되어 먼 미래에 깨어나 치료를 받겠다며 이집트 파라오 피라미드 짓는 소리를 하고 있었다. 그리고 그들 앞에 낡은 몸을 버리고 네트워크에 의식을 업로드하여 영원히 살아가는 기술이 나타났다. 무협지 스타일로 말하자면 우화등선이었다.

처음에는 달에 가는 것이나 냉동인간이 되는 것처럼 일부 선택된 부유한 사람들에게만 가능할 일처럼 여겨졌다. 하지만 이번 밀레니엄에는 이미 '모든 사람은 평등하다'는 개념이 내면화되진 못했을지언정 보편화되어 있었고, 누구나 죽은 뒤에 의식을 업로드할 권리가 보장되기에 이르렀다. 그 첫 세대가 1970년생들이었다. 지난 밀레니엄의 끝과 새 밀레니엄의 시작을 보았던 세대. 처음으로 인터넷을 능숙하게 사용한 세대. 그리고 의식 업로드를 통해 죽음을 극복한 세대. 우리의 '조상들'.

하지만 '조상들'은 요구 사항이 많았고, 질투가 심했으며, 자주 토라졌다. 자기들보다 풍요로운 세상을 살게 된 후손들을 미워하고 질투하고, 자신들의 한물간 취향을 언제까지나 강요했다. 조상 탓을 하면 대놓고 싫어하다 못해, 후손들에게 불이익을 주기도 했다. 다행히 먹지도 못하고 품만 많이 든다는 제사상을 요구하지 않았지만, 명절마다 합리적인 형태의 공경을 요구했다. 이를테면 사이버 머니 같은 것 말이다.

"음, 엄밀히 말하면 그것도 근본 없는 짓이긴 하지."

"어, 그래?"

"이거 있잖아. '세계의 종교' 시간에 그러더라고. '조상들' 중에서 돈에 얼굴이 실릴 정도의 거물급이 아니면, 제사도 대체로 4대 이상은 챙기지 않는 거라고."

"진짜?"

"어, 진짜."

나는 수업 시간에 받은 참고 자료를 디스플레이에 띄우며 대답했다.

"어디 보자⋯ 본래 한국에서도 4품 이상의 대부는 3대 조상을, 6품 이하는 조부모까지, 7품 이하의 하급 관리와 서민은 부모 제사만 지내는 것으로 충분했다⋯ 조선에서 유교 윤리를 강화하면서 6품 이상은 3대, 7품 이하의 관리들은 2대, 서민만 부모 제사를 지내는 쪽으로 강화되었다. 그러다가 조선 말기에 삼정의 문란이니 공명첩 매매니 이런저런 일들로 양반의 숫자가 늘어나면서, 4대조까지 제사를 지내지 않으면 상놈 소리를 듣게 될 만큼 제사 인플레이션이 일어난 거라고 그러네."

"인플레가 일어나서 4대였는데, 지금은 300년 전 조상님도 내 코 묻은 돈을 노리고 계시고. 말세는 말세네."

"용돈 좀 줄까?"

"와우."

유리가 몸을 일으켰다. 그리고 나를 향해 두 손을 모아 내밀며 생긋 웃었다.

"감사합니다. 사랑합니다. You're my sunshine."

"오냐."

얼른 유리의 계좌에 용돈을 적당히 넣어주며 생각했다. 정말이지 인간의 욕망이란 끝이 없으며, 옛사람들은 아마도 그 중에 제일은 영생불사에 대한 욕구일 거라고도 생각했지만, 그 지난 시대의 철학자들도 차마 이런 미래는 상상하지 못했을 것이다.

그 영생불사하시는 '조상들'께서 300년 전의 영화며 유행가를 아직도 유행시키는 것도 모자라, 후대의 자손들에게 명절마다 삥을 뜯고, 성에 차지 않으면 마치 동티를 내듯이 훼방을 놓아대는 그런 꼬라지는.

"그래서, 가늠 씨하고 여행이라도 가야지? 입시도 끝났는데."

"못 가."

가늠 씨 이야기가 나오자, 조금 전까지 돈을 세어보고 희희낙락해하던 유리는 갑자기 목소리를 낮추며 시무룩한 표정을 지었다.

"못 가. 며칠 전에 차단당했어. 네트워크 리소스를."

"어, 왜? 어쩌다가!"

"우리 엄마만 그런 거 아니야. 엄마 동료들도 다 막혔어."

"무슨 사고를 친 거야, 대체!"

"석 달 있다가 풀어준댔어. 아, 그래서 말하지 말라고 그랬는데."

"무슨 일인데."

나는 유리를 계속 몰아댔다. 유리는 쭈뼛거리다가 한참 만에 겨우 입을 열었다.

"얼마 전에 학회에서 아주 역린을 건드린 모양이야. 업로드된 '조상들'이 영생을 누리는 건 좋지만, 교류하고 영향을 끼칠 수 있는 세대에 제한을 두어야 한다고 했다는 거야. 이를테면 100년 이상 차이 나는 후손에게는 영향을 못 끼치게 한다거나, 명절에도 챙기지 못하게 하거나."

틀린 말은 아니다. 맞는 말이다. 어떻게 조상이, 특별히 후대에 길이길이 남을 만한 일을 한 것도 아니면서 언제까지나 자손들의 공경을 받을 생각만 할 수 있어.

하지만 내가 아는 가늠 씨는 그렇게 점잖은 이야기만 하고 끝났을 위인이 아니었다.

"어떻게 몇백 년 전 조상이 아직도 설치고 다니느냐, 조상이 해준 게 뭐가 있느냐. 조상신이 아니라 하다못해 잡귀라도 그 정도로 챙겼으면 후손에게 뭔가 실질적으로 득 될 일을 해 줬겠다, 등등등."

그러면 그렇지.

그러니까 여행도 못 간다는 거다. 네트워크 리소스가 차단당한 채로는 비행기도 기차도 배도 이용할 수 없으니까.

"그래서 학회 하다 말고 끊어버렸대."

"꼭 멀리 가야 제대로 노는 건 아니니까. 요 근처에 호텔 패키지라도 잡아줄까? 가늠 씨랑 같이 갈래?"

"됐어. 엄마 요즘 모처럼 원 없이 책이나 본다고 좋다고 그러시는걸."

대답하면서도, 유리는 한숨을 푹 쉬었다.

싸가지 없는 것들. 나는 속으로 '조상들'에 대해 생각했다. 아니, 죽은 다음에도 자기 가족들이 자신을 반겨줄 거라는 편견을 좀 버리라고. 보통은 기껏해야 자기 엄마나 자기 할머니 정도 보고 싶은 게 아니었어? 하다못해 자기 아빠도 보고 싶지 않은 사람이 얼마든지 있을 텐데. 그 이상이야 솔직히 어디 숨겨놓은 유산이라도 있는 게 아니고서야 알 게 뭐야.

한숨만 나왔다. 대체 지난 세기도 아니고 지난 밀레니엄에 태어난 자들이 이게 무슨 깡패 짓이야.

"그래서 그 '조상들'께서는 언제까지 대장 놀이를 하고 싶은 거래?"

"나도 모르지."

우울해졌다.

사람은 태초부터 신을 꿈꾸고, 영생을 꿈꾸었지만.

이제 의식을 업로드하고, 수백 년 뒤 후손에게 잔소리도 할 수 있는 지금, 사람의 모습은 여전히 그냥 사람일 뿐이었다. 신을 닮아가는 것도 아니고, 일부는 계속 앞으로 나아가지만 대부분은 여전히 지난 세기, 지난 밀레니엄의 실수를 반복하면서, 그저 살아갈 뿐이다. 그런 사람들이, 다시 의식을 업로드하고 영원히 살며 후손들을 괴롭힌다. 진저리가 날 정도로.

*

가늠 씨의 육체가 의식이 정지된 채로 발견된 것은 나와 유리가 그 대화를 나누고 열흘 뒤의 일이었다.

"어떡해…."

유리는 새파랗게 질린 채 나를 찾았다. 나는 참담한 마음으로 그 애를 바라보았다.

의식은 복제하지 않는다. 기술적으로 불가능한 것은 아니지만, 동시에 두 곳에, 온라인과 오프라인 양쪽에 같은 사람의 활성화된 의식을 두는 것은 법으로 금지되어 있다.

가늠 씨와 동료 수학자 몇 명이 더 같은 일을 겪었다. 의식이 아주 사라진 게 아니었다. 정지되어 있었다. 다시 말해서 가늠 씨와 동료들은 숨만 붙은 채 의식이 날아가버린 게 아니라, 어딘가에 의식이 업로드된 상태라고 봐야 옳았다. 의식의 행방을 찾아 다시 다운로드하면 문제야 없겠지만, 대체 그 의식이 지금 어디에 가 있는지 알 수 없었다.

"못 찾는 거야?"

"아니, 찾을 수는 있는데⋯."

"있는데?"

"당장은 못 찾지. 49일 지나야 검색되는 거 알잖아."

"그거 죽은 사람만 해당되는 게 아니었어?"

"이 시스템을 만든 놈들이 죽은 사람과 안 죽은 사람과 반만 죽은 사람을 가렸을 것 같냐."

"미치겠네⋯."

엄밀히 말해 지금 벌어진 일은 범죄였다. 사람이 죽지도 않았는데 자신의 의사와 상관없이 의식이 업로드당하다니.

"신고는 했어?"

"한다고 받아줘야 말이지."

"아⋯."

"뭐야, 진짜. 경찰들 월급 받아서 뭐하는 거야."

하지만 이런 일은, 솔직히 말하면 흔했다. 말하자면 '조상들'이 자신들을 부인하는 자들을 혼쭐내주는 방법이랄까. 정말로 죽이는 것도 아니고, 어느 정도 시간이 지나면 돌려보내기도 했으니 경찰들도 의식을 마구잡이로 복제하는 게 아넌 이상 '조상들'이 심심해서 벌이는 장난 정도로 치부했다. 누군가가 이 일에 대해 '조상들'의 횡포라고, 이러다가 정말 사람이 죽기라도 하면, 혹은 잘못되면 누가 책임질 수 있느냐고 항의를 해도, 어지간해서는 크게 문제 삼지도 않았다.

"왜 산 사람을 안 지켜주냐고!"

유리가 소리를 질렀다. 나는 대답하지 못했다.

"왜 산 사람 말을 안 들어!"

"그러게나 말이다."

한참 만에야 나는 대답했다.

"난 업로드되기 싫다고 했는데, 자살씩이나 했는데, 정신 차려보니 업로드당해 있더라고."

"아, 진짜!"

대체 우리는 언제까지 매여 살아야 하는 걸까.

자긴 살 생각이 손톱만큼도 없어서 자살했는데, 부모 형제 일가친척이 억지로 업로드를 시켜버려서 죽지도 못하게 되기도 한다.

살아 있는 동안 충실히 살아가고, 숨이 멎는 그 순간 인생을 끝내려고 했는데, 아직 산 채로 '조상들'이 멋대로 의식을 끄고 업로드하고 빼돌려버린다. 개인주의라는 것이 발명된 것이 대체 언제인데, 우리는 아직도.

아마도 저 49일 동안의 안정화 기간, 사람이 업로드된 자신을 온전히 받아들이기 위한 유예기간이 끝날 동안 돌아오지 못한다면, 검색을 해서라도 가늠 씨를 찾아낼 수 있을 것이다. 하지만 대부분은, '조상들'이 산 사람을 골탕먹이려고 벌인 짓이라면, 1, 2주 안에 가늠 씨의 의식은 돌아올 것이다. 그리고 경찰은 이번에도 별일 아니었다는 듯, 마치 사람이 없어졌는데 "단순 가출"이라고 표시하듯이 대수롭지 않게 이 일을 넘기고 말 거다. 산 사람이 뭔가 잘못해서 이런 사달이 나기라도 한 것처럼, 그저 죽은 '조상들'의 의사를 열심히 존중하면서.

그렇게 하며 이 세상에서 수호하려는 건 대체 뭘까.

＊

사십구재란 죽은 뒤 내세가 존재하고 윤회를 거듭한다고 믿던 시대의 산물이다. 이 이야기는 대략 서유기에 나오는 삼장법사가 살던 시대로 거슬러 올라간다. 삼장법사라는 이름으로 알려진 현장 스님이 천축에 가서 불경을 가져와 당나라에 도입한 것이 바로 유식불교인데, 이 유식불교를 창시한 인도의 세친 스님과 무착 스님이 지은 《아비달마구사론(阿毘達磨倶舍論)》이라는 경전에, 사람이 죽어서 다시 태어나기를 기다리는 중유(中有), 또는 중음(中陰)이라는 상태에 대해 나온다.

사람은 죽어서 49일 동안 이 중음에 머무르며, 여기서 일곱 번의 생사를 거쳐 다시 태어날 곳을 정한다. 하지만 죽은 사람 중 상당수는 자기가 죽은 줄 모르고 여전히 살아 있을 때처럼 행동하려 하니, 이 미망에서 벗어나고 자신의 죽음을 깨달아 다음 생을 얻기를 기원하는 불교의식이 사십구재다.

그리고 업로드된 의식이 안정화를 거치는 기간이라는 49일도, 여기서 기인했다. 대부분 죽은 뒤에는 의식을 업로드하는 게 당연한 시대인데도, 어떤 '조상들'은 여전히, 이 사십구재까지 치르기도 했다.

사실은 나 역시도 그랬다. 내겐 그 사십구재가 필요했다. 지금으로부터 100년도 전, 내가 딱 지금의 유리만 했을 때, 내 몸은 죽었다.

자살이었다. 21층에서 뛰어내렸으니 바로 죽을 줄 알았는데, 나는 즉사하지 않았다. 온몸의 뼈가 부서진 채, 출혈 과다로 죽음을 목전에 둔 채로 발견되었다.

몸을 살려둘 수도 있었다. 완벽하게 복구되긴 어려웠겠지만. 그래서 내 부모님은, 내가 그 망가진 몸에 갇히는 대신, 의식을 업로드하는 쪽을 선택했다. 본인이 강력하게 거부하거나 아예 죽은 채 병원으로 실려 온 게 아닌 이상 당연한 일이라지만, 나는 미성년자였고 나 스스로 목숨을 끊을 권리 같은 것은 존중받지 못했다.

그것은 죽은 자의 권리였고, 죽음 이후의 또 다른 삶을 구성하기 위한 절차였으며, 아직 살아 있는 사람들을 위한 위로였으니까. 나는 그렇게 49일 동안 강제로 납득당한 뒤, 거대한 네트워크의 일부, '조상들' 중 하나가 되어버렸다. 내 의지와 상관없이, 나는 내 손으로 목숨을 끊으려 했던 열일곱 살 9개월에 영원히 박제된 채로, 길고 긴 임사 체험 속을 헤매고 있었다.

부모님은 늙어가셨다. 오빠는 잔소리만 많은 중년이 되었다. 조카며 손주들이 태어나 어른이 되었다. 어색한 혈연들을 바라보고, 업로드된 채 만나게 된 또 다른 이들과 교류하고, 갓 태어나 기저귀와 속싸개에 둘둘 말려 있던 아이들이 점차 나이 들어 꼰대가 되어가는 모습을 바라보며 내가 가질 수 없었던 인생을 살아가는 것을 잠시 부러워하다가, 처음부터 그런 것을 원한 적은 없다는 것을 문득 깨닫고.

그러다가 나는 그들을 만났다.

오빠의 고손녀가 되는 유리를.

그리고 그 애의 엄마인, 가늠 씨를.

＊

예전에 가늠 씨는 내게 농담처럼 말했다. 유리가 어른이 되기 전에 자신이 죽거나 해코지를 당하면 변호사에게 맡겨놓은 유언장을 찾아달라고. 어쩌면 가늠 씨는 이미 그 말을 할 무렵에, 자신이 어쩌면 제명에 곱게 죽기 어려운 연구를 하고 있다고 이미 생각했을 것이다.

그땐 상상도 못 했지. 아무리 반골이라고 해도 수학자인데. 무슨 무기를 만드는 사람도, 혁명을 일으키자고 선동하는 사람도 아닌데. 볕을 못 본 콩나물처럼 노랗게 뜬 얼굴을 하고 방구석에 앉아서 밤낮없이 계산만 하는, 가만히 내버려 둬도 운동 부족으로 제명에 못 죽게 생긴 그런 사람인데.

그때는 몰랐다. 2차 세계대전 때 맨해튼 프로젝트에 참여

했던 존 폰 노이만도, 독일군의 에니그마 암호를 풀었던 앨런 튜링도 수학자라는 것을. 생각해보니 셜록 홈즈에 나오는 악당, 제임스 모리어티도 수학 교수였지. 가만히 종이에 숫자들을 잔뜩 써놓고 손톱을 물어뜯으며 계산만 하는 사람들이 아니었을지도 모른다. 수학자라는 사람들은. 그리고 가늠 씨는.

"유리 양이 아직 미성년자일 경우, 선생님께 전달하도록 되어 있습니다."

가늠 씨와 비슷한 시기에 의식을 잃었던 수학자 몇 명은 의식을 되찾았다.

하지만 3주가 지나도, 가늠 씨는 돌아오지 않았다. 단서조차 잡히지 않았다. 가늠 씨의 몸은 현재 가사 상태로 생존을 유지하고 있었다. 의료보험이 적용되긴 했지만, 안정적인 상태는 아니었다. 본인의 동의를 받을 수 있다면 아예 안정적인 상태로 냉동해버릴 수도 있지만, 지금은 가늠 씨의 의식이 어디에 가 있는지도 알 수 없는 데다, 가늠 씨의 유일한 가족인 유리는 미성년자였다. 누구라도 유리의 후견인이 되지 않으면, 다른 조치를 하는 것도 불가능했다. 그렇다고 유리 아빠를 끌어들일 수도 없었다. 그 녀석은 내가 봐도 못 미더운데다, 딱히 가늠 씨를 위해 움직일 만한 배짱도 없는 녀석이었으니까.

변호사에게 연락했다. 물론 지금 가늠 씨의 몸은 아직 살아 있었지만, 모종의 해코지를 당해 의식을 되찾지 못하고 있는 것만은 분명했다. 변호사는 이런 경우 나를 유리의 후견인으로 지정한다는 가늠 씨의 유언장과 함께, 비대칭 암호를 풀 수 있는 대칭 키 암호, 즉 비밀키를 보내 왔다.

"유언장이라고?"

그리고 나는 유리를 불러들였다.

"우리 엄마 아직 안 죽었잖아!"

"알아. 아는데, 일단 지금 이것저것 처리하려면 필요해서 받아 왔어."

"그런 걸 왜 나랑 상의 안 했어."

"살아 있는 미성년자보다는 죽은 '조상들'의 권한이 더 크니까."

유언장에 적힌 권한에 의해, 나는 유리를 대신하여 가늠 씨의 몸을 냉동할 수도 있고, 다른 조치를 취할 수도 있었다. 하지만 그보다도 이 비밀키로 풀 수 있는 것이 무엇인지 같이 확인하고 싶었다.

"비밀키라는 거, 그냥 입력하면 바로 풀리는 게 아니었어?"

"아닌가 봐. 시간이 걸리네."

유리는 뭔가 작업이 일어나고 있는 화면을 그저 바라보았다. 답답했지만, 가늠 씨에 대해 뭐라도 결정하기 전에, 혹시라도 단서가 있다면 찾아야 했다. 유리는 제 엄마의 문제를 해결하려는데 딴짓을 하는 것이 어쩐지 불경하다고 생각하는 것 같았지만, 나는 유리를 위해 음식을 배달시켰다. 유리는 머뭇거리다가, 결국 배가 고팠는지 감자튀김 같은 것들을 집어먹기 시작했다. 그러다가 그 애는 나를 향해 속삭였다.

"아무… 이야기나 좀 해봐."

나는 보던 전자책 화면을 옆으로 밀어놓으며 한숨을 쉬었다. 교양과목 과제 때문에 보고 있던, 한국의 무속에 대한 책이었다. 무속 신앙 같은 것은 이미 사라져 이제는 그 형태만이 남았을 뿐인데. 책을 읽다 보니 묘하게 현실과 겹쳤다.

"나 요즘 리포트 쓰잖아."

"그 종교 과목 아직도 들어?"

"어. 그거 리포트 쓰느라고 한국의 무속 신앙에 대해 조사했는데 재미있는 게 있어."

"뭐가 재미있길래."

"조상이 해코지하는 거."

유리는 콜라를 마시다 사레가 들렸는지 기침을 쿨럭거렸다.

"조상이… 뭐?"

"어, 일단 1980년대에 구비문학을 채록하여 정리한 게 있대. 여기 보면 제사 음식에 성의가 없다고 손자를 화로에 떠다밀거나, 제삿날 며느리가 불손하게 굴었다고 손자를 국 솥에 빠뜨려 죽여버리거나."

"그게 뭐야…. 이건 뭐 며느리를 협박하기 위해 손자를 인질로 삼은 귀신이잖아."

"응, 그리고 1960년대에 미국 민속학자가 한국 무속을 기록한 것도 나오는데, 여기 보면 '신령들은 앙심과 적의로 가득 차 있지만, 희생자들의 도덕적 특성이나 행위와는 상관없이 단지 변덕이 심해 희생자들을 공격한다고 믿어진다'는 말

294

도 있고."

"야, 그거…."

"여기 있네. '조상 손은 가시손이다'라는 말도 나와. 심지어 정상적인 죽음을 맞이한 조상도 자신이 살아생전 못 이룬 것들을 이뤄내라고 후손들을 괴롭히고, 후손들은 무당을 통해서 조상신에게 뇌물을 바치고."

"그거 그냥 업로드된 조상님들하고 비슷한 거 아니냐?"

"그래, 그렇지."

그때, 한참 작업 중 표시가 떠 있던 화면에 변화가 일어났다.

"어…."

우리는 동시에 화면을 바라보았다. 그리고 메시지가 떠올랐다.

이걸 열어볼 정도라면 아마 난 이미 틀렸어. 그러니까 내가 준 백업에 지금 당장 이 키를 적용하도록 해. 유리를 위해서야.

간단한 메시지였다. 내가 좋아하던 가늠 씨답게, 용건만 간단히. 하지만 유리는 그 메시지를 몇 번이나 다시 읽어보다가 바닥에 손을 짚으며 무너졌다.

"엄마…."

유리를 위로해야 했다. 하지만 동시에 나는 가늠 씨의 부탁도 집행해야만 했다. 나는 유리가 나를 만류하기 전에, 내가 갖고 있던 백업 파일에 가늠 씨가 남긴 비밀키를 적용해

보았다.

P-NP 문제에 대한 논문인 줄 알았던 파일들이, 하나씩 형태를 바꾸기 시작했다.

"유리야, 이것 좀 봐."

나는 중얼거렸다. 화면에 나타난 것은 복잡한 코드의 양자 알고리즘이었다. 소인수분해와 이산로그는 물론, 지금까지로서는 $P = NP$를 증명할 수 없었던 NP-완전 문제 중 일부를 추가적으로 해결할 수 있는 알고리즘이라는 것을 시스템은 바로 인식했다. 내 영역에 시스템 보호를 위한 제약이 걸리기 시작했다. 하지만 가늠 씨는 내가 생각했던 것보다 훨씬 더 뛰어난 사람이었다. 백업 파일들 중 일부가 시스템 보호를 시작했고, 내 영역을 벗어나 '조상들'의 시스템을 장악하기 시작했다.

"이걸 실행하려면 '조상들'이어야 했던 거야."

그제야 알았다. 가늠 씨가 내게 이것들을 맡길 수밖에 없었던 이유를.

"그리고 딱히 영생에 대한 집착이 없어야 하고…."

나는 내 안에서 벌어지는 변화를 감지하며 긴장했다. $P = NP$가 되는 조건이 늘어나면, 그만큼 암호의 안정성은 낮아진다. 살아 있는 인간들의 저항을 최대한 막아내며 오히려 겁박하던 이 알고리즘도 안전할 수 없다. 특히 지상에서 가장 뛰어난 성능을 발휘하는 이 '조상들'의 시스템에서, 다항 시간 내에 해결할 수 있음이 확인된다면 시스템을 무력화하는 것도 시간문제였다.

문득 생각했다. 이 '조상들'의 세계에 대해. 언제까지나 지상에 달라붙은 지박령들처럼 산 사람들의 목을 조르고 있는 지난 밀레니엄의 그늘에 대해. 가늠 씨가 만들어 내게 숨겨놓은, 네트워크에서 동작하는 이 파지(phage) 알고리즘이 날려버릴지 모르는 모든 것들에 대해. 어쩌면 지난 세대의 사람들에게서 더 많은 지혜와 더 큰 교훈을 얻을 수 있었을지도 모르지만, 우리는 그런 현명함에 이르는 데 실패했는지도 모른다. 남아 있는 것은 300년 동안 정체된 문화와, 산 사람들의 권리 위에 죽은 사람들의 장난질이 놓여 있는 미친 시대일 뿐이다. 나는 문득 유리를 바라보았다.

"유리야."

이 아이를 만났을 때, 나는 처음으로 완벽하게 죽지 않아서 다행이라고 생각했다. 이 아이가 태어난 것을 기뻐하고, 이 아이를 사랑할 만한 의식이 남아 있어서. 그런 감정은 어디서 오는 것인지 모르겠다. 오빠의 아들을 보았을 때와는 달랐다.

정말로 살아서 받아본 적 없는 선물을 받은 것 같은 기분이었다.

"지금 가늠 씨가 내게 남긴 게 뭔지 알겠어?"

내게 증손자뻘이 되는 유리의 아빠는, 이 아이가 유치원에 들어가기도 전에 이혼했다. 가늠 씨처럼 똑똑하고 자기 앞가림 잘하는 사람은, 내 오빠와 비슷비슷한, 술에 술 탄 듯 물에 물 탄 듯한 유리 아빠에게는 과분했다. 하지만 오히려 그 이혼 이후로, 나와 가늠 씨, 그리고 나와 유리는 그저 친구로 지낼 수 있게 되었다. 나는 여전히 열일곱 살이고, 유리에게 나는 언제까지나 나이 들지 않는 친구였다.

유리는 이제 열여덟 살이다. 하지만 나는 계속, 그 애에게 말을 걸고 잔소리를 하고 싶어 하겠지. 언젠가는 그 애가 질려서 진저리를 낼 때까지 그러고 말 것이다. 다른 '조상들'처럼.

그런 것보다는 바로 지금, 그 애를 위해 할 수 있는 일을 해주고 싶었다.

처음에는 주식이라도 열심히 굴려서, 유리가 나중에 가늠 씨처럼 공부를 계속하고 싶다고 할 때 학비라도 대줘야겠다고 생각했지만.

"네 엄마는… 가늠 씨는, 이 지긋지긋한 것들을 끝내고 싶어 해."

"그치만…."

"그리고 말은 뭐라고 해도, 가늠 씨는 나름대로 삶에 대해 집착이 있는 사람이니까. 자기가 '조상들'이 되면 이 일을 못할지도 모른다고 생각했을 거야. 그러니까 내게 맡긴 거겠지."

"그치만 이거, 실행하면…."

"네가 원한다면, 나는 할 거야."

내가 이 아이를 위해 할 수 있는 것은, 그런 것이 아니다.

산 자의 삶에 죽은 자의 의지가 멋대로 끼어드는 세상이 아니라, 되지도 않을 동티를 걱정해야 하는 세상이 아니라.

298

"아니, 네가 싫다고 해도 할 거야. 가늠 씨가 부탁한 거니까."

"잠깐만, 그런 걸 하면….."

"야, 내가 한 번도 죽었는데 두 번은 못 죽을까 봐서?"

허세를 부렸다. 잔뜩 겁먹은, 제법 반항은 하고 다녔으면서도 정작 큰 사고는 한 번도 친 적이 없었던 아이를 앞에 두고서.

"요즘 세상에 자살하는 게 어디 흔한 줄 알아? 난 그 자살 성공자야. 아예 소멸하는 데는 실패했지만."

"그런 걸 지금 농담이라고 해? 그러지 마, 제발!"

"어쩌면 이렇게 해서 가늠 씨를 되찾진 못할 거야. 나도 그렇고."

"그러니까 하지 말라고!"

"하지만 너, 이제 금방 어른이잖아."

나는 속삭였다. 유리의 눈가에 눈물이 글썽거렸다. 불안으로 흔들리는 그 애의 손을 잡아주고 싶었다. 언제나 이 세계의 다른 레이어에서, 그저 바라볼 수밖에 없었던 그 아이를. 나의 혈연을, 지금까지 남아 있는 나의 유일한 친구를.

"괜찮아, 괜찮아. '조상들'이 없어도, 인류는 살아. 어른이 없어도, 친구가 없어도, 사람은 살아갈 수 있어. 예전에는 다들 그랬잖아. 저 '조상들'이 업로드되기 전에는."

나는 웃었다.

"이건 그러니까… '조상들'이 좋아하는 300년 전 영화 스타일로 말하자면, 〈고스트버스터즈〉나 〈엑소시스트〉 같은 거야.

너처럼 살아 있는 아이들만 남기고, 이미 죽은 '조상들'은 싹 골라서 분리수거하는 거야. 그것뿐이라니까. 괜찮아. 정말 괜찮을 거야."

유리는 움직이지 않았다. 그 애는 못이 박힌 듯 나를 바라보았다.

아, 이 녀석. 나는 간만에, 정말로 말 안 듣는 후손을 바라보는 조상이 된 듯한 기분으로 그 아이를 바라보았다. 뭔가 좀 더 근사한 말을 해주고 싶었지만, 시간이 없었다. '조상들'의 시스템은 워낙 크고 방대해서, 가늠 씨가 만들어놓은 파지 알고리즘이 제대로 실행되려면 지금 당장에라도 복제를 시작해야 했다.

얼마나 많은 시스템을 날려버리게 될지, 성공 가능성이 얼마나 될지, 그런 것은 알 수 없었지만.

적어도 지금, 유리의 후견인은 나다. 가늠 씨의 유언을 집행하는 사람도 나다. 그러니까, 이 일에 대해 유리에게는 책임이 없다. 그 책임은 온전히 가늠 씨와 나의 몫이다. 지금 살아 있지 못한 자들이 모든 책임을 질 수 있는 순간. 그러니까, 나는 지금 이 순간을 위해 지금까지 살아 있었다고 생각하기로 했다. 나는 유리를 위해서라면 죽을 수 있고, 가늠 씨가 평생 해왔던 불평불만에도 완벽하게 동의하고 있었으니까.

기왕이면 혼자 소멸되기보다는, 이 시스템을 날려버리고 역사에 이름이 남는 것도 괜찮겠지.

파지 시스템이 네트워크를 강제로 장악하기 시작했다. 코드가 복제되어 여기저기, 나와 혈연관계가 있는 '조상들'을 클라이언트로 만들기 시작했다. 혈연과 친인척 관계로 연결된 '조상들'이 서로서로를 클라이언트로 만들며 복제를 거듭하고, 개인에게 확보된 리소스를 침식해가며 그 위로 수많은 난수를 발생시키기 시작했다.

마치 '조상들'의 세계를, 우주를 가득 메우고도 남을 만큼의 난수로 가득 채우기라도 할 것 같았다. 다시는 복구되지 못하도록, 지우고 쓰고 지우고 쓰기를 반복하면서.

내 기억 위로 수많은 가능성의 숫자들을 덧씌우고 덧씌워서, 더는 아무것도 보이지도 들리지도 않을 때까지. 나는 유리를 바라보았다.

"괜찮아."

나는 닿지 않는 저편, 한 번도 머리를 쓰다듬어주지 못한 고손녀를 향해 손을 흔들었다.

이건 그저, 모니터 너머에서 누군가가 사라지는 사건에 불과할 것이다. 이제 막 어른이 되려는 내 사랑하는 아이를 위해서, 회로를 닫고 잔소리를 끄고 그저 물러나야 할 때. 그것뿐이다. 살아 있을 때와 업로드된 이후를 통틀어, 내게 정말로 의미 있었던 것은 그 둘뿐이었으므로. 내가 마지막까지 걱정해야 하는 이들도, 가늠 씨와 유리, 그 두 사람뿐이었으므로.

서기 2278년 1월, 유리의 열여덟 번째 생일을 두 달 앞두고, 그렇게 나는 죽은 자들의 세계를 닫아버렸다.

죽은 사람의 관 위에
열여섯 사람

✦ 2021년 거울 ×아작 환상문학총서 〈거울아니었던들〉 전자책 발표

기술의 발전이란 대단한 것이다.

골목마다 수도 없이 설치되어 있던 CCTV 덕분에, 그 참혹한 순간은 마치 그 한가운데에 서 있는 것처럼 재현될 수 있었다.

소돔과 고모라를, 폼페이 최후의 날을, 히로시마와 나가사키에 원폭이 떨어지던 순간들을, 그저 기록과 유적 그리고 생존자들이 남은 평생을 시달려야 했던 마음과 육체의 질병으로 이해해야 했던 것과 달리, 그 도시의 마지막은 생생한 기록으로 남았다. 적어도 CCTV가 기능을 유지하던 그 마지막 찰나, 혹은 전원이 공급되던 마지막 순간, 그도 아니면 지하로 연결되던 광케이블이 끊어지기 전의 그 마지막 한순간까지.

마치 영화나 드라마 속에서 어떤 특별한 순간을 묘사하기 위해 수십 대의 카메라를 설치해놓고 동시에 찍어 매우 천천히 영상을 이어붙인 것처럼, 뉴스들은 360도로 빙 돌아가며 시청자들에게 그 순간을 다시 한 번 목격하게 했다. 등 뒤에서 해가 하나 더 떠오른 듯 번쩍하는 빛을 돌아보던, 갈색 아기띠를 멘 아이 엄마가 그대로 증발하고, 터미널에서 손님을 기다리던 택시가 허공으로 떠오르고, 높다란 건물들, 홈플러스며 뉴코아며 아이즈원 같은 건물들이 파도에 휩쓸리는 모래성처럼 바스러져 먼지만 남는 모습들을. 고가도로며 만화박물관이며 수영장이며 아파트 단지가 마치 괴물이 밟고 지나간 성냥갑처럼 부서지던 그 모든 순간을.

　　종말의 날을.

　　"아니, 잠깐만요."

　　누군가가 말했다.

　　"이런 걸 왜 자꾸 돌려 봐요. 사람 죽는 모습이잖아요. 이런 게 재미있어요?"

　　하지만 그 말을 빈정거리고 조롱하는 사람도 있었다.

　　"뭐, 혼자 점잖은 척하지 마쇼. 사람들이 원래 그런 걸 좋아하는 걸 어떡하라고."

　　쓴웃음, 키득거리는 소리들, 그래도 이건 아니라는 웅성거림 속에서, 화면에는 그 날, 그 순간의 기록들이 가득 떠올라 있었다.

　　그 일이 있던 순간, 상동역 주변의 CCTV들이 기록한 최후의 모습이었다.

"왜, 예전에 걸프전이라고 있었잖아요."

"예전은 무슨, 난 대학 다닐 때였는데."

"개인정보 드러나는 말 하지 맙시다."

"자기 개인정보 자기가 푸는 거야 어쩌겠어요. 그래서 걸프전이 어땠는데요."

"그게 폭격이 그야말로 위성으로 생중계된 첫 번째 전쟁이었을 거예요. 그때도 사람들이 그런 말을 했거든요. 전쟁을 게임처럼 여기는 거냐, 이런 건 부당하다, 사람의 죽음을 대체 뭐라고 생각하는 거냐. 하지만 그때 걸프전 생중계의 시청률이 말이죠….."

"시청률이 높다고 해서 우리가 그걸 봐도 된다는 건 아니죠. 누가 사람 죽이고 강간하는 영상 올려놓으면, 그런 거 봐도 됩니까?"

"굳이 찾아보진 않아도 있으면 볼 수도 있는 거지."

"이야, 쓰레기네."

"쓰레기? 사람한테 쓰레기가 뭐요? 점잖은 척 선비질은 혼자 다 하면서 뒤로 호박씨나 깔 것 같은 인간이."

부천의 부도심 중 하나인 상동역 지상에서 폭발한 원폭은, 1945년 나가사키를 때린 팻보이의 두 배가 조금 넘는 규모였다. 현재의 기준으로는 무척 작은 폭탄이었다. 하지만 이 폭탄은 넓게 뚫린 길주로를 따라 인천 삼산체육관부터 부천시청, 그리고 그에 수직으로 연결된 상동로와 송내대로, 그리고 외곽순환고속도로를 따라 남쪽으로는 송내역 광장까지를 단숨에 증발시키고, 반경으로 그 2.5배 이상 거리 안에 들어가는 지역들을 열복사와 폭풍으로 초토화시키기 충분한 것이었다.

그리고 그 단숨에 증발되는 구역의 가장자리쯤에 대학병원이 하나 있었다.

정확히 말하자면 2차 병원치고는 규모가 좀 되는 병원 몇 곳이 주변에 더 있었지만, 대부분 이 폭발과 함께 사라졌다. 부개에 있는 병원은 주변에 있는 오피스텔들과 함께 수많은 시멘트 더미를 남기고 붕괴했다. 삼산동에 있던 여러 개인병원이 줄줄이 자리 잡고 있던 빌딩들도, 시 경계를 따라 삼산동에 높이높이 올라갔던 신도시 개념의 아파트 단지들과 함께 싹 사라졌다. 그나마 가까운 인천 계산동이나 부평에 있는 병원들은, 일부는 박살이 났지만 응급실이며 기자재들은 어느 정도 남아 있어서, 얼마 안 되는 생존자들을 그리 태워갔다고 한다. 불행 중 다행인지도 모르겠지만, 실제로 사람을 진료할 수 있는 상태인지는 확인되지 않았다. 터진 게 다른 것도 아니고 원폭이다 보니 아무래도 더 멀리 보내자면 피폭 문제도 있을 테고.

어떤 형태로든 남아 있었다면 지금의 이 참변 속에서 사람들을 구하는 데 조금이라도 도움이 되었을지 모르는 이 병원 역시, 꼭대기 층은 증발하듯 사라져버렸다. 폭발 직후의 돌풍으로 고층 건물들이 줄줄이 무너지며, 이 병원의 지상 2층

위쪽으로는 철골만이 남았다. 로비와 지하, 정확히 말하면 장례식장만은 적어도 밖에서 보기에는 멀쩡하게 남아 있는 듯 보였지만, 그 안에 있었던 이들 대부분이 이미 사라졌거나, 죽었거나, 혹은 숨이 붙어 있어도 곧 장례식이 필요한 상태가 되었다가, 고작 몇 초의 여유를 남기고 다시 숨이 끊어져버린 듯했다.

그리고 여기, 이 상황에서 무척 난감해진 이들이 있었다.

"이 상황이 되었는데 저런 소릴 하고 싶나… 극혐…."

"어쨌든 기술이란 참 좋은 거예요. 우리가 입원했던 병원이 이렇게 콩가루처럼 사라지는 걸 3D로 다 볼 수 있다니."

"잠깐, 말을 함부로 하지 말라니까요. 지금 사람이 한두 명 죽었어요?"

"육체가 없어져도 사람은 패드립을 칠 수 있는 거군요…."

"그러게요. 어떻게 농담이라고 그런 걸 농담이라고 한답니까."

"왜, 우린 이런 농담 좀 해도 괜찮아요. 이 지구상에, 이 일로 농담해도 되는 건 우리밖에는 없을 걸요?"

조금 전까지 낄낄거리던 이가 갑자기 서늘하게 빈정거렸다.

"우린 이 대학병원의 유령들이잖아요."

유령. 육체가 없이 떠도는 영혼.

더없이 비과학적인 말이었지만, 사실 이 상황에서 이들의 상태를 설명하기에 가장 적합한 말이기도 했다. 그들은 아직 확실하게 죽음이 확인되진 않은 이들이었다. 하지만 육체를 잃어버린 사람들이었다.

"그래서 지금, 여기 몇 명 있는 겁니까? 열둘? 내가 수술받을 때 열두 명 있었는데."

"저 폭발 있기 사흘 전에, 내가 들어올 때 열여섯."

"그리고 의식 복구한 사람 있어요. 내가 저 날 아침에 받았는데 열셋이었고요."

"내가 저 폭발 1시간 전에 마춰 들어갔는데 그때 열다섯이었으니까, 열다섯이 맞을 겁니다."

"세어볼까요? 나부터, 하나."

"둘."

"셋."

정확히는, 이들은 바로 그 사라진 대학병원에서, 수술 직전 의식을 업로드해 둔 사람들이었다.

물론 의식만이 남아 있다고 해서 빈정거릴 의지까지 사라진 것은 아니었다. 어떤 이들은 이 상황에서도 끊임없이 날선 소리를 하고 시비를 걸어댔다.

"열여섯. 와, 이거 열여섯 명의 돈 많은 사람들, 뭐 그런 거예요?"

계속 빈정거리던 이가 스스로를 열여섯 번째라 칭하며 말했다. 열세 번째 사람이 중얼거렸다.

"저 사람 누군지 몰라도 눈앞에 있었으면 두들겨 팼을 것 같아."

짜증 나는 이야기였다. 하지만 열여섯 번째의 말도, 사실

틀린 말은 아니었다.

이 대학 병원에서는, 주로 뇌와 관련된 수술을 받거나 심각한 후유증이 예상되는 수술을 앞둔 환자들에게 의식 복제 서비스를 유료 옵션으로 제공하고 있었다. 이를테면 큰 수술을 받고 나서 기억이 흐릿해지거나, 성격이 변하거나, 말이나 행동이 어눌해져서 예전의 직업에 종사하기 어려운 사람들을 대상으로 하는 서비스로, 병원의 원격지 서버에 제공된 용량에 한계가 있다 보니, 현재로서는 동시에 최대 열여섯 명까지 의식을 저장해 둘 수 있었다.

물론 사람의 목숨과 직접 연관이 있는 것도 아니고, 발생할 확률이 높지도 않으며, 필수적인 것도 아닌 이런 일에 심평원이 순순히 돈을 내줄 리 없으니, 당연하게도 이 서비스는 보험처리가 되지 않았다. 병원에서는 그런 위험성이 상대적으로 높은 뇌수술을 받게 되는 이들, 그중에서도 젊고 건강하며 소위 '창창한' 사람들에게 이 서비스를 많이 권했지만, 실제로 이 옵션을 선택하는 이들은 대부분 그 젊고 건강한 사람들이 아니었다.

그리고 열여섯 번째는 지금 그 이야기를 하고 있었다.

"실제로 그렇잖아요. 나 포함해서, 여기 의식 업로드해놓고 수술할 동안 자기 머리만큼은 안전하게 보존하겠다, 혹시라도 수술했다고 기억력이 손톱만큼이라도 가물가물해지는 걸 두고 볼 수 없다, 여기에 웬만한 신차 한두 대 가격 넘어서는 돈을 선뜻 지불할 수 있는 사람이야. 보험도 안 되는걸."

"이건 단순히 돈의 문제가 아니에요. 자기가 책임져야 할 사람이 얼마나 있느냐, 그것의 문제지."

열세 번째 사람이 조금 화가 난 듯한 태도로 대꾸했다.

"자기 밑에 책임져야 할 사람이 있는 사람은 그만큼 자기 관리에도 열성을 다해야 하는 법이고…."

"그렇게 책임질 사람이 많으면 아예 미국이나 뭐 그런 데 가서 받지 그랬어요, 수술."

"지금 뭐하자는 겁니까? 여기서 싸워서 뭐하자고."

"그 논리대로라면 나는 가장이고 나는 남자고 나는 회사 경영자라 내 밑에 직원이 몇 명이고, 뭐 그런 식으로 목숨을 서열을 정할 수도 있다는 말입니다. 님은 그렇게 서열을 매겨도 자기 목숨이 한참 상위권에 있다고 믿어 의심치 않는 모양이지만."

"……."

"그런데 다 죽어버렸네."

"이보세요!"

실제로 언성을 높여 고함을 치진 않았지만, 누구라도 지금 저 사람이 고함을 치고 있다는 걸 느낄 수 있는 바로 그런 상태로, 열세 번째 사람은 화를 냈다.

그 사람 말고 다른 이들도, 다들 부글부글 부아가 끓는 것은 마찬가지였다.

"으, 이럴 거라면 저 사람 좀 차단해버리면 좋겠는데."

일곱 번째 사람이 중얼거렸다.

"그게 마음대로 안 된다면서요. 기술 문제라고."

"그게 말이 되느냐고요. 개개인을 저장하는 데이터 테이블이 다를 텐데 어떻게 우리가 서로 이야기를 해."

"업로드되기 전에 설명 들었잖아요. 업로드된 다른 사람의 의식들과 의사소통이 가능하니, 개인정보는 말하지 말라고."

"그게 이상하다는 거예요. 아예 파일 시스템을 다르게 하든, 뭔가 방법이 있었을 텐데."

"파티션을 나눠도 보았고, 아예 하드 디스크를 다르게 쓰기도 한다는데, 그래도 기술적으로 뭐가 잘 안 된다고 했습니다. 우리 할 때는 아예 서버를 나눠버렸다고 들었는데 말이에요. 사람 의식이라는 게 그렇게 오묘하다는 말이죠."

"그러게요, '천국의 대화방'이라더니…."

그들의 말대로, 이 의식 업로드 시스템에는 한 가지 부작용, 혹은 버그가 있었다. 바로 이 '천국의 대화방'이라 불리는 증상이었다.

이 병원에서 동시에 업로드 상태를 유지할 수 있는 슬롯은 총 열여섯 개. 각각의 슬롯은 서로 물리적으로 완전히 분리된 시스템에 따로따로 연결되어 있었다. 이론적으로는 이들은 서로의 존재를 인지할 수도, 서로의 파일에 접근할 수도 없어야 했다.

하지만 언제부터인가 기묘한 일이 일어났다. 업로드된 사람들의 의식이 서로를 인지하기 시작한 것이다. 아니, 어쩌면 처음부터 그런 현상이 있었지만, 처음에는 이 시스템의

해상도가 너무 낮아 발견되지 않았던 것 뿐인지도 모른다. 어쨌든 시스템에 업로드된 환자들은 지금처럼 서로의 존재를 인지하고, 이렇게 모여 이야기를 하기도 했다. 그래서 먼저 깨어난 사람이, 실제로 오프라인, 아니 산 몸으로는 만난 적이 없는, 아직 중환자실에 누워 있는 다른 환자에 대해 이야기하는 현상들이 보고되기 시작했다.

그런데다 의식 복제를 필요로 할 정도의 수술이라는 것은 대체로 위험한 것이고, 수술이라는 것이 언제나 성공하는 것은 아니다 보니, 간혹 몸은 수술 중 사망했지만 아직 서류 처리가 끝나지 않아 서버에 의식이 남아 있는 경우도 생겼다. 말하자면 이 사람은 이미 죽었는데, 다른 시스템에 백업된 산 사람의 의식들이 이 사람의 의식과 대화를 나누고, 돌아와서 그 상황을 이야기하는 경우가 생긴 것이다. 이런 증상이 보고되자, 사람들은 이 현상을 '천국의 대화방'이라고 부르기 시작했다. 기술적으로는 확인되지 못한 부분이었지만, 병원에서도 이 점을 인지하고 시술에 대해 설명하는 안내문 말미에 이에 대해 간략하게 언급하고 있었다.

이곳에서는 현실과 시간의 흐름이 다르게 느껴진다고. 날짜의 변화가 무의미하게 느껴질 만큼 모든 것이 빨리 흘러갈 때도 있고, 혹은 무척이나 지루할 정도로 느리게 흘러가는 경우도 있다고. 간혹 잠시 시스템을 멈추고 전체를 백업하는 경우도 있지만, 안에 있는 영혼들은 그것을 느끼지 못한다고. 사람들의 모습이 직접 보이진 않지만 그 개별적인 존재만은 분명히 알 수 있다고. 인터넷에 접속할 수 있지만 네트워크에 전송되는 내용은 모두에게 공유될 수 있으니, 갑갑하더라도 이 안에서는 개인정보 보호를 위해 메일이나 SNS에 접속하는 것은 자제해달라고.

"사람의 영혼이라는 게 참 희한하단 말입니다. 과학기술이 온갖 것을 다 알아낸 것 같은 시대인데도, 아직도 분석이 끝나려면 멀고 먼 게 이거예요. 여기 업로드되면 마치 마음의 장벽이 없어진 것처럼, 서로 파일이 다르고 무슨 데이터베이스가 다른데도 대화가 된다는 거죠."

"사후세계가 이럴까요."

"사후세계가 이런 게 아니라 우린 이미 다 죽었고요."

"아, 저 열여섯 번째분 진짜."

누군가가 대놓고 투덜거렸다. 하지만 열여섯 번째는 태연히 대꾸했다.

"거, 다들 CCTV에 올라온 것 마르고 닳도록 봤으면서 그래요? 우리가 수술받던 병원이 장례식장 빼고 싹 날아갔는데, 수술받던 우리 몸도 같이 날아갔을 게 뻔하지 않겠어요?"

"아니, 그래도 사람이 말을…."

"만에 하나 운이 좋아서 폭발 직후에 살아 있었다고 쳐봐요. 근데 아까 뉴스 들었잖아요. 건물도 날아가고, 의료진들도 다 죽었다고. 다들 머리 째고 해골 열고 뇌 드러내놓고 누워 있는 상태에서 의사들이 죽었으면, 다른 기자재들 다 멀쩡하다고 치고 얼마나 버틸 수 있다고 생각해요?"

"그럼 우린 지금 어떻게 멀쩡한 거예요?"

"중요 백업은 소산시키는 게 원칙이라 그래요."

두 번째인가 세 번째로 말했던 사람이 설명했다.

"백업 같은 것을 할 때 원칙이 그래요. 원본하고 사본을 같은 자리에 뒀다가 화재라도 나면 소용없으니까, 데이터는 실시간으로, 이중화 삼중화해서, 여러 곳에 소산 백업을 하는 게 원칙이죠. 요즘은 클라우드가 실시간으로 동기화를 해서 더 편해졌지만, 클라우드가 나오기 전에도 그렇게들 했어요."

"원칙적으로는 말이죠."

아홉 번째 사람이 끼어들었다.

"그런 게 재해복구에서는 중요하게 다뤄져도, 실제로는 예산이나 비용 문제로 그렇게 못 하잖아요. 그래도 여기 병원은 양심이 있네요. 그런 걸 원칙대로 하고 있고."

"시스템을 새로 구축하는 것보다 아마존의 시스템을 쓰는 게 더 싸서 그래요."

"그래요?"

"이거 AMS 쓰고 있던데요."

"와, 그런 건 언제 또 보신 거예요."

"내 의식이 업로드된다는데, 시스템이 안전한지는 보고 누워야죠."

그 두 번째인가 세 번째 사람이 자조하듯 중얼거렸다.

"근데 그래 봤자 수술하다 죽거나 하는 정도도 아니고… 시체도 안 남게 될 줄은 몰랐죠."

"그럼 이제 우린 어떻게 되는 걸까요."

"글쎄요? 시체가 없으니 일단 실종이 되나? 실종 걸었다가 실종 만료되면 사망으로 처리하는 것 아니에요?"

"근데 똥인지 된장인지 먹어봐야 맛을 아나요. 핵폭탄이 떨어져서 한가운데에 있었는데, 누가 봐도 이건 100퍼센트 죽은 거잖아요. 이럴 땐 어떻게 하나… 누구 '법잘알' 없어요?"

"법잘알이 뭐예요, 법잘알이. 법조인도 아니고."

"제가 그쪽 일을 좀 합니다만….."

"오, 레알 법조인 등판."

"인정사망이라고, 관공서에서 일괄로 처리하는 게 있습니다. 이런 재해 같은 때, 시체를 확인하진 못했지만 이건 반드시 사망했을 것이다, 그렇게 여겨질 때요. 이를테면 태풍이 부는데 바다 한가운데에서 빠졌으면, 누가 봐도 이건 살아서 돌아올 상황은 아니잖아요? 그럴 때 쓰는 거죠."

"아, 그럼 우리도 곧 처리가 되겠네."

"근데 일단 부천시 행정이 마비 상태잖아요. 부천 말고 다른 데는 어떨지 모르겠는데."

그리고 모두가 잠시 입을 다물었다.

그 침묵이 조금 불편해질 무렵, 열여섯 번째가 다시 입을 열었다.

"행정이 문제가 아니라….."

나머지 열다섯 사람이 전부 차라리 침묵이 낫다고, 그를 두고 '지옥에나 떨어질 주둥아리'라고 생각하는 것은 모르는 듯이.

"우리 지금 몸만 없을 뿐이지 사실은 좀비나 다름없어요. 죽지도 살지도 못한 사람."

"아, 진짜."

"뇌수술 직전, 혹은 수술 후 중환자실에 누워 회복을 기다리던 인간 열여섯 명. 수술을 해서 살아나면 다행이고, 수술대 위에서 죽으면 사망신고와 함께 행정명령으로 데이터를 파기하게 되어 있다죠. 근데 지금 이 상황에, 관공서에서 병원 기록을 하나하나 살펴서, 우리가 여기 업로드되어 있으니까 파기를 하라고 명령해줄까요? 난 정말 모르겠네. 우리 이대로 계속 붕 떠 있는 거 아니냐고요."

"거, 언제까지 여기 있어야 할지도 모르는데 상생 좀 합시다. 말을 왜 그따위로만 해요."

첫 번째 사람이 역정을 냈다.

"공무원 놈들이야 무능해서 그런 것까지는 못 살핀다고 치고."

"무능한 게 아니라, 시청이 여기 병원보다 더 상동에 가까이 있잖아요. 날아가도 공무원들이 우리보다 먼저 날아갔겠네."

"아니, 다른 데 공무원들이라도 와서 일할 것 아뇨. 그 사람들이 무능해서 우리를 발견 못 한다고 쳐도, 그럼 우리 자식들이, 가족들이, 우릴 안 챙길까. 그러면 어떻게든…."

"좋겠네요."

열여섯 번째가 무기력하게 중얼거렸다.

"가족이 남아 있으신 모양이죠?"

"무슨 소리요, 그게."

"아니, 그런 걸 청구할 보호자나 뭐 그런 분이 남아 계신 모양이라고요. 여긴 되게 애매한 데잖아요. 서울 사람이면 서울에 있는 병원에서 수술했겠죠. 인천에도 저쪽, 동인천 쪽에 대학병원 하나 있고. 굳이 여기로 오는 건 이 동네 사람이잖아요."

"……."

"폭심에서부터, 서쪽으로는 삼산체육관하고 굴포천 사이에 있는 병원, 동쪽으로는 시청 좀 지나서까지, 거긴 광구라고 해요. 그야말로 폭발하자마자 1초 만에 증발해버렸단 이거예요. 그리고 저기 부평구, 계양구, 그리고 여기 부천시 절반 넘게. 여긴 열복사라고 해서, 순식간에 2천도 이상의 열이 올라가요."

"그럼 다 타 죽었다고?"

"복사열이라고 했잖아요. 직접 노출되면 타죽고, 콘크리트 잘 발라서 두꺼운 건물이나 지하에 있었으면 살 수도 있긴 하지만, 어쨌든 운이 좋으면 살겠죠. 전신 화상을 입은 상태긴 하지만."

그냥 차라리 몰랐으면 좋겠는 이야기를, 열여섯 번째는 무감하게 말했다.

"근데 군대 다녀오신 분들 여기 많지 않아요? 폭발이라는 건 격렬한 연소예요. 가운데에 산소가 싹 타버린다고. 그러면 그다음에는 뭐다? 주변의 산소를 빨아들여요. 상동역 있는 쪽으로 바람이 부는데, 이게 당연하게도 태풍보다 세요. 음속보다도 셀걸."

"태풍이 음속보다 느린가?"

"그게… 태풍이 음속급이었으면 태풍 불 때마다 소닉 붐으로 건물들 다 자빠졌게요."

"그럼 우리 가족들은?"

사람들이 수군거렸다. 열여섯 번째는 최후의 심판을 내리듯이, 다시 말했다.

"저 CCTV에는 보이지 않았지만, 뉴스에는 올라왔어요. 버섯구름 말입니다. 아까 말했죠? 공기가 광구로 싹 몰려든다고. 그래서 버섯구름이 생기고 하늘로 높이높이 올라가고. 그리고."

열여섯 번째가 화면을 바꿨다. 그 폭발 전후로 일주일간의 기상 뉴스였다.

그리고 그 문제의 폭발이 있었던 다음 날, 수도권 전역에는 비가 내리기 시작했다.

"비가 오잖아."

누군가가, 아마도 다섯 번째 사람이 중얼거렸다.

"잔불이 꺼지는 건가…?"

"지금 잔불이 문제가 아니에요. 아, 민방위 할 때 안 배웠어요?"

"난 민방위 아니에요."

"민방위 아닌 사람도 지금 저게 뭐가 문제인진 압니다. 저

거… 낙진 이야기죠?"

비는 부천과 인천은 물론, 서울, 인천, 수원, 일산, 김포, 그보다 더 먼 곳까지 내리고 있었다.

문자 그대로, 죽음의 비였다.

"이제 어쩌지?"

누군가가 한탄하고 흐느끼기 시작했다. 밖에 있는 가족들은 무사할까 걱정하는 이들도, 이곳에 있는 자신들은 어떻게 될까 두려워하는 이들도 있었다. 어쨌든 반나절 가까이 침묵하던 대화방에, 다시 이야기가 이어지기 시작했다.

"청구해줄 사람이 없으면 우린 이대로 계속 여기 있어야 하는 거야? 저 재수 없는 사람도 포함해서?"

누군가가 불만을 터뜨렸다. 그 재수 없는 사람이 열여섯 번째를 의미한다는 것은, 부연할 필요도 없었다.

"지금 그게 문제예요? 지금 사람이 죽느냐 사느냐 하는데."

"아니, 잠깐만. 우린 이미 죽은 거로 봐야 합니다. 그건 그렇고, 삭제될 땐 되더라도 사람의 의식인데, 좀 존엄하게 삭제가 되어야 하지 않을까 싶은데요."

"존엄하지 않을 건 뭐가 있어요. 어차피 그동안에도 수술하다가 죽은 사람들은…."

"아, 약관 안 읽어 보셨구나…. 약관에 보면 자기 종교에 맞는 사제나 뭐 그런 사람에게 고해를 하든가, 경을 읽어주거나, 뭐 그런 걸 이 남아 있는 의식을 파기하기 전에 해줄 수 있어요. 왜, 그래서 수술 전에 종교 쓰잖아요."

"어떡하죠. 나 무교 썼는데."

"그럼 지금 최악의 경우는 뭘까요?"

"서버비를 안 내서 갑자기 닫히는 게 아닐까요."

"그거라면야."

그리고 한참 입을 닥친 채 잘 듣고 있던 열여섯 번째가 문득 말했다.

"저기 상동역에서 벌어진 일도 마찬가지 아닌가요? 갑작스럽게 모든 게 닫히기로 말하자면."

"이보세요."

"몸은 없으니까 적어도 아프진 않겠네."

"이 새끼가!"

아마도 물리적으로 어떻게 할 수 있었다면, 그 자리에 모여 있는 인간 중 절반 이상은 열여섯 번째에게 주먹을 휘두르고 싶었을 것이다.

하지만 이곳에서는, 그저 말을 하는 것밖에는 아무것도 할 수 없었다.

수많은 화면이 보였지만, 그것은 실제로는 여기 머물러 있는 의식들이 심심하지 않게 해주기 위해 뉴스 같은 것을 보여주는 장비였다. CCTV에 연결해서 바깥을 보기 위한 용도가 아니었다.

몇 번이고 CCTV를 돌려 보았다. 뉴스에서는 계속 상동역의 이야기가, 버섯구름과 죽음의 비가, 초토화된 길주로의 거리 풍경이 보였다. 건물들이 풍압에 싹 무너지며, 부천 한

322

복판에서 멀리 계양산이 제대로 바라보였다.

열한 번째 사람이 문득 생각했다. 오늘이 며칠이지?

네 번째 사람이 문득 생각했다. 그 폭발 이후로 며칠이 지난 거지?

여덟 번째 사람이 문득 생각했다. 그 폭발 이후로 꽤 지난 것 같은데, 어째서 그 주의 뉴스만 계속 반복되는 거지? 복구가 이루어지고는 있는 거야? 대체 무슨 일이 벌어진 거야? 누군가가, 아마도 아홉 번째 사람이, 개인정보가 노출되는 것을 각오하고 자신의 SNS에 접속하려 애썼다. 네트워크는 느렸고, 제대로 접속되지 않았다. 자신이 마지막으로 로그인 했던 것은 2년 전, 그리고 그 마지막 글에는 댓글이 잔뜩 달려 있었다. 고인의 명복을 빈다는.

"2년 전?"

세 번째 사람이 경악했다. 그는 아홉 번째 사람을 채근하여, 그가 팔로우한 사람들의 최근 타임라인을 봐달라고 말했다.

타임라인은 1년 반 전에서 완전히 멈춰 있었다.

마지막으로 올라왔던 트렌드는, 세계대전, 전쟁, 지구종말, 뭐 그런 이야기들이었다.

"이게 뭐야⋯."

"저 일이 있고서 지금⋯ 2년이 흐른 거라고?"

이곳 세계에서, 시간은 제멋대로 흘러갔다.

가끔은 아주 빠르게, 어떨 때는 아주 느리게. 시스템을 내렸을 때는 잠시 멈춘 듯 느껴지기도 했지만, 안에 있는 영혼들은 그것을 인지할 수 없었다.

하지만 그렇다고 해도, 2년이라니.

사람들은 저마다 그 느릿한 네트워크에 의지하여 뉴스 사이트며 저마다의 SNS에 접속했다. 자신의 사생활이 드러나는 것은, 이런 상황에서는 더는 중요하지 않았다. 그리고 모두, 곧 확인했다. 불과 1, 2주 전에 벌어진 것 같은 이 사건이, 사실은 2년 전에 벌어진 일이라는 것. 그 일로 동북아시아를 중심으로 세계대전이 벌어졌다는 것. 그들이 알던 세계는 아주 초토화가 되어버렸다는 것. 그리고 열여섯 번째 사람이 무슨 생각인지, 병원 웹사이트를 띄웠다. 웹사이트 첫 화면에는, 그들이 알고 있던 병원 이미지 대신 AMS의 로고와 함께, '호스팅 만료'를 알리는 문구가 떠 있었다.

"이건 무슨 뜻이죠?"

누군가가 두려워하는 목소리로 말했다. 열여섯 번째가 대답했다.

"병원 홈페이지 유지비를 안 내서 닫혔다는 이야깁니다. 병원은 아주 망했다는 이야기고요. 근데 홈페이지만 맡겨놨을까. 아마 이 소산 백업 서버도 같이 있을 것 같은데."

"그게 닫혔으면, 우린 어떻게 멀쩡한 거죠?"

"보통 호스팅이 끊어져도 1, 2주쯤은 데이터를 보존해둬요. 돈 내면 복구해준다고. 그런데 지금 누가 남아 있겠어요. 돈 낼 사람도 받을 사람도 없어 보이는데. 태평양 밑에 뒀으니 망정이지, 안 그랬으면 진작 박살이 났겠지."

"그럼 아무도 없는데도… 우릴 지워버린다고요?"

"애초에 누가 그걸 사람이 관리해요. 다 자동화되어 있지."

누군가가 비명을 질렀다.

누군가는 울었다. 흐느꼈다. 그들은 졸지에 모두가 죽어버린 지구 위에 남은 최후의 사람이 된 기분으로, 마지막 인류애를 담아 서로를 확인하듯 부르기 시작했다. 자신은 몇 번째 사람이고, 누구이고 무얼 하던 사람이라고, 그렇게 최후의 인사를 건넸다.

하지만 열여섯 번째는 대답하지 않았다. 마치 처음부터 없었던 사람처럼, 몇 번을 불러도 대답하지 않았다.

파쪽, 삼만리

✦ 2019년 '100년 후의 청두 공모전' 특별상 수상,
2021년 거울×아작 환상문학총서 〈거울아니었던들〉 전자책 발표

'파촉(巴蜀) 삼만리'라는 말을, 나는 고등학교 때 들었어. 정확히는 한국의 고등학교 국어 교과서에 나오는 시에 그런 구절이 실려 있었지. 죽은 연인을 두견새에 빗대어 그리워하는 내용의 시인데, 여기에서 떠난 님이 도착할 피안의 세계를 '다시 오진 못하는 파촉 삼만리'라고 표현한 대목이 있었어.

딱 그 무렵이었지. 엄마가 건설 중이던 궤도 엘리베이터 모듈을 점검하러 가셨다가 그대로 추락해서 돌아가신 것은. 인간이 지구를 둘러싼 거대한 궤도를 지어 올라가는 세상에서도, 죽은 사람은 살아 돌아오지 않았어. 그래서였을 거야, 파촉이라는 예쁜 지명이, 내게는 우주보다도 더 먼 곳으로 느껴졌던 것은. 엄연히 지구상에 존재하는 곳이라고 들었으면서도 언젠가 내가 죽으면 가게 될 머나먼 저승 같은 곳이라고 생각했던 것은.

네 고향에 대한 내 그 엉뚱한 생각에 너는 어처구니없다는 듯 웃음을 터뜨렸어. 그러다가 아차 싶었는지 바로 웃음을 멈추었지. 그리고 내 어머니에 대한 일을 물었어. 그런 질문을 한 너를 탓하려는 건 아니지만, 그다지 좋은 질문은 아니었다고 생각해. 나는 그때 엄마를 아주 잃어버렸으니까. 성층권 높이에서 추락하다가 아예 레일에서 분리되어 떨어진 모듈이 무사하기를 기대하느니, 사람이 두견새로 변하는 기적을 바라는 게 더 쉬울 테니까. 참 우습고도 아득한 일이지. 너의 고향인 그곳에 아주 오래전, 삼국지에서 유비가 제갈량에게서 천하를 셋으로 나눌 계책을 얻어 마침내 세웠던 촉나라가 있었고, 그보다 훨씬 전에는 지금은 고촉이라 불리는 멀고 먼 옛 나라가 있어, 나라를 빼앗긴 왕이 "가야 한다, 촉으로 돌아가야 한다."며 귀촉도(歸蜀途), 귀촉도 하고 울다가 두견새가 되어버렸다는 옛이야기가 전하고 있지. 나는 삼국지도 읽었고, 국어 시간에는 두견새를 두고 죽은 연인을 그리워하는 '귀촉도'라는 시도 배웠지만, 그곳이 네 고향일 거라고는 생각도 하지 못했어. 내가 좀 더 나이 들어 그곳에 갈 거라는 것도, 그곳에서 너를 그리워하며 살게 되리라는 것도.

＊

너와 나는 둘 다 시대착오적인 낭만에 빠져 있었지. 정말 대책 없는 멍청이들 같았어. 이렇게 몽상가가 되는 것도 어느 정도는 유전인 걸까? 우리 엄마도 그런 점에서는 마찬가지였으니까. 엄마가 대학에 들어갈 무렵에는 이미 인간이 전력으로 공부하고 일하고 기술을 발전시켜야만 살아나갈 수 있는 시대는 끝난 지 오래였는걸. 그런데도 엄마는 어째서인지 그 속에서도 인간이 할 수 있는 일이 있을 거라는 꿈같은 이야기를 했지. 그렇게 꿈을 꾸며 살다가 공학자가 되었고, 하필 꿰도 엘리베이터 감리 일을 맡았다가 이카루스처럼 추락한 사람이 우리 엄마인걸. 그런 엄마의 딸인 내가 로봇 공학에 대한 공부를 계속하겠다고 생각한 것도, 엄마의 그런 대책 없이 낭만적인 면을 닮았기 때문인지도 몰라.

"우와, 넌 산업용 로봇에 대해 공부한다고?"

"응, 조금 특이하지?"

"나도 만만치 않은걸. 난 의대 다녀."

그래서 너를 만났을 때, 처음에는 당황했어.

나만 미친 줄 알았는데 미친 애가 또 있었다니.

"잘 됐다. 넌 언제 나랑 같이 내 고향에 가보는 게 좋겠어. 역사상 최초의 산업용 로봇을 만든 사람의 사당이 내 고향에 있거든."

"산업용 로봇을 만든 사람의… 뭐?"

"사당. 거기엔 한 승상 무향후 제갈량, 줄여서 제갈무후의 사당이 있어. 왜, 삼국지에도 나오잖아. 제갈량이 목우와 유마라고, 군량을 실어나르는 산업용 로봇을 만들었다고."

답답하다는 듯 나를 채근하는 너를 보며, 나는 내가 미친 놈에게 제대로 걸렸다고 생각했어. 세 사람이 함께 있으면 그 중에는 반드시 나의 스승이 있다고 했는데, 나는 세 사람까지 모으기도 전에 나보다 더한 사람을 만나고 말았다고 생각했지. 그리고 네가 지금은 쓰는 사람이 거의 없다는 네 고향의 옛 문자로 적은 시를 내게 건넸을 때는, 정말 이 정신 나간 애의 곁에 있어주지 않으면 안 된다고 생각했어. 솔직히 말하면 대책이 없다고 생각했지. 그게 이 박물관 속의 도자기 같은 인간을 구제할 사람은 나밖에 없다는 한심한 책임감이었는지, 아니면 너의 그런 세속의 먼지 한 톨 묻지 않은 것 같은 아날로그한 면에 반해버렸던 것인지는, 지금으로서는 분간이 가지 않아.

자율주행차량이 나온 게 벌써 백 년 전의 일이야. 사람들이 다들 스마트폰을 들고 다니게 된 것도 벌써 백십 년이지. 그리고 대략 그 무렵에 AI는 인간과 바둑으로 승부를 가렸어. 그 이후의 바둑이란, 인간들의 패배 기록이나 다름없었어. 그럼에도 불구하고 사람들은 바둑을 두고, 체스를 두고, 한자 다섯 치짜리 반상 위에 성을 쌓고 별을 그렸지만, 느릿하게 모든 것이 시들해지고 완만해졌을 거야.

십수 년의 수련과 기술 연마를 거쳐 한 사람의 의사가 만들어져도, 인간의 목숨은 길지 않지. 경험이 쌓여 환자의 사소한 증상에서 실마리를 잡아내는 노련함이 쌓일 무렵이 되면, 수술을 감당할 체력과 집중력은 하락하기 시작해. 의사로서 모든 면에서 완벽하다 부를 만한 시기는 길지 않아. 하지만

AI 로봇들은 지치지 않고 질리지 않으며 침착하고 꾸준하게 환자를 돌볼 수 있지. 24시간을. 예전에는 적은 수의 간호사가 한 층의 병동을 돌보며 과로했다면, 지금은 각자가 누워 있는 침대에서 실시간으로 데이터가 쌓이지. 여기에 사람의 손길이 필요한 부분이 있다면 정서적인 부분 정도일까. 아무래도 사람끼리 살아온 세월이 길었던 노인들은, 사람이 아니면 정을 느끼지 못한다고도 하니까 말이야.

아니, 사실 입원까지 갈 것도 없지. 순식간에 신체를 스캔해서 30초 이내에 병명이며 병소의 위치까지 전부 알아낼 수 있고, 수술도 인공지능의 판단에 의해 로봇이 집도하는 지금 시대에, 굳이 의사가 되기를 선택하는 사람은 거의 없어. 너 같은 괴짜를 제외하면 말이야.

사람이 공부하기를 원한다면 언제든지 배울 수 있어야 한다며 모든 대학은 문호를 개방했어. 대학에 가기 위해 노부모가 소중히 기르던 소를 팔아야 했다고. 대학이 우골탑이라고 불리던 것은 먼 옛날의 이야기가 되어버렸지. 대학에서는 매 학기 새로운 최신 학설을 탑재한 AI 로봇 교수진이 우리를 기다렸고, 정말 포기하지만 않는다면 언젠가는 알아들을 수 있을 만큼, 인간이 갖지 못한 끈기를 갖고 우리를 공부시키려고 했어. 원한다면 누구든, 언제든 꿈을 포기하지 않고 공부할 수 있는 세상이라는 거지.

하지만 어째서일까, 사람이 하던 일들이 사람의 손을 떠나기 시작하고, 공부를 더 많이 하는 것이 출세나 돈을 보장해

주지 않게 되자, 대부분의 사람들은 대학에 가지 않기 시작했어. 정말 공부를 좋아하는 사람들은 대학에 갔지만, 그들은 대부분 순수학문에 몰두하며 학문의 아름다움에 감탄했지. 공학이나 의학, 경제학 같은 응용학문을 지망하는 사람은 거의 없었어. 이 공부의 결과로 안정된 직업이나 사회적 지위, 사람들의 존경이나 부를 얻는 것도 아니야. 그렇다고 기술의 첨단에 서서 미래를 이끌어나갈 수 있는 것도 아니었지. 이미 공학이나 의학의 발달은 인간의 이해를 넘어선 지 오래였으니까.

보람이 없는 일을 계속한다는 건 쉽지 않은 일이야. 그러니 호사가처럼 그런 학문에 손을 대었다가도 다들 금세 나가떨어지는 거지. 나는 대학에 처음 입학했을 때 만났던 선배나 동기들이 나중에 어떻게 되었는지 기억해. 처음에는 눈을 반짝이던 이들도 곧 완전히 포기한 듯한 태도를 보였어. 나른하게 늘어진 채 헤드기어를 쓰고 가상현실 속에서 이어지는 끝없는 즐거움에 탐닉하거나, 나르시시스트처럼 자기 몸의 아름다움을 끝없이 추구하거나, 그냥 의미 없이 늘어져 빈둥거리고 있었지. 처음부터 대학에 갈 생각을 하지 않고, 건실한 직업을 가질 생각도 하지 않았던 사람들처럼. 고대의 사람들이 빵과 서커스에 만족했다면, 지금의 인류는 가상현실이 주는 쾌락과 일할 필요가 없는 안락함에 푹 빠져서 다들 넋이 나간 것 같았어.

그렇다고 건실하게 자기 일을 해 나가며 산다고 해서, 뭔가 뾰족하게 다른 게 있었던 건 아니야. 학교를 졸업하고 논문을 쓰고 학위를 받고. 그리고 취직을 하려고 해도, 나처럼 정부에서 지정해주는 사무실에 나가서 별다른 일 없이 대기하다가 집에 돌아오는 게 고작이었지. 온종일 아무 일도 하지 않은 채 사람들을 만나 커피를 마시고 잡담을 하는 것을 일이라고 부를 수 있는지는 모르겠지만 말이야. 그렇게 별다른 고민 없이 빈둥거리기만 하는데도 세상은 흘러가고 있었어. 그건 마치 우리 모두를 어린아이의 요람에 처박은 듯한 무기력하고 보드라운 쾌락이었어.

"결국, 인간의 문명이라는 건 완만한 종말을 맞을 거야."

그런 한심한 감각을 몇 번이나 곱씹다가 그 생각이 머릿속을 가득 채울 때면, 나는 네게 쳐들어갔어. 그게 한밤중의 네 침실이든, 혹은 속세의 먼지가 희미하게 내려앉은 한낮의 네 진료실이든.

"머릿속까지 AI에 의탁한 채로 이렇게 발전 없이 살다가 다들 죽을 거라고. 우리 모두 거대한 동물원에 갇혀버린 것 같지 않아? 난 이러고 사는 게 가축 취급당하는 것과 뭐가 다른가 싶어."

"가축 우습게 보지 마. 가축은 길러서 쓸 데나 있지."

"그래, 생각하지 않는 인간이라는 게 얼마나 쓸모가 없는지 모르겠다. 사람이 사람이라는 이유만으로 먹고 살 수 있고, 옛날 사람들이 원죄처럼 여겼다는 번거롭고 힘든 노동 같은 것은 전부 로봇이 하고 있는데, 그러면 사람이 좀 더 생각을 하고 살 줄 알았어. 자기 자아라든가, 지적인 문제라든가."

"진정하세요. 그 보편적인 복지를 모든 사람이 누리게 되는
데 얼마나 많은 시간이 걸렸는지 알아?"

"알아. 하지만 이건 좀 심하잖아. 야, 난 명색이 로봇 공학
자인데, 내 손으로 만들 수 있는 건 얼마 되지도 않아. 내 머
릿속에 있는 칩? AI들이 만들어서 인간의 머릿속에 넣는 칩
을 인간이 따라잡을 수가 없다고. 야, 이건 어쩌면 집에서 키
우는 강아지나 고양이 잃어버리지 말라고 넣는 칩이랑 본질적
으로는 같은 게 아닐까? 응?"

"너랑 똑같은 결론을 말하는 사람들을 알아. 내 고객님들
이지."

"고객님?"

"신앙이 깊은 분 중에는 말이야, 그러니까 종교인이라든가.
신앙의 문제고 영혼의 문제라면서 굳이 와서 칩을 제거해달라
고 하거든."

배울 만큼 배웠어도 한가한 내가, 역시 배울 만큼 배웠어도
할 일 없는 너를 찾아가서 떠들어대면, 너는 진료실 구석에
놓아둔 개완 두 개와 작은 차통을 가져와 내게 차를 우려주었
지. 내 침실에 네 몫의 베개가 있고 네 진료실에 내 몫의 개완
이 있는, 우리는 그렇게 오랫동안 함께 있었던 사이였으니까.

"너 같은 돌팔이에게 진료를 받으러 온다고?"

"야, 그러니까 나도 진료실을 열고 있지. 어쨌든 의사는 로
봇 공학자보다는 수요가 있으니까 말이야. 고작해야 이런 칩

제거밖에는 안 하지만."

"칩 제거…도 수술이지?"

"응. 오래 걸리는 건 아니지만 뇌신경에 연결된 거라 전신 마취가 들어가."

"용감하네. 요즘 같은 세상에 누가 사람 의사에게 머리 여는 걸 맡겨."

"헛소리하지 말고 차나 마셔."

나는 개완의 뚜껑을 열었어. 그러면 새싹이 피어나듯 맑고 투명한 연둣빛 찻물 아래, 가느다란 붓으로 꾹꾹 눌러 그린 듯 펴진 찻잎과, 그 위에 피어난 연약하고 하얀 꽃들이 보이곤 했지. 벽담표설이라고, 아미산의 녹차에 말리꽃을 블렌딩한 거라고 너는 말했지만, 나는 차에 대한 네 설명은 듣는 둥 마는 둥 하면서 그저 투덜거리기만 했어.

"그래도 우리 엄마가 젊었을 때는 인간이 감리 책임자 노릇이라도 했는데. 지금은 진짜 뭣도 아니라니까."

내가 그런 이야기를 하면 너는 부드럽게 웃으며 말했지.

"옛날에는 솜씨 좋은 목수 한 사람이 마차 한 대를 혼자 만들었지만, 백 년 전에도 이미 자동차는 혼자 만들 수 없는 물건이 되어 있었어. 전에는 혼자 하던 일을 사람들이 나눠서 하고, 그러다가 AI에게 손이 넘어간 것뿐이지."

"이러다간 사람이 하는 일은 하나도 남지 않을 거야. 베이징 동물원에서 본 자이언트 판다가 된 것 같은 기분이야. 모두가 애지중지해주지만 사람이 없으면 금방 죽어버릴 것 같았잖

아. 지금 인간이 딱 그래. AI가 없으면 숨이나 쉴 수 있겠어?"

"인간은 지금 잠깐 쉬어야 할 때가 되어서 쉬는 것뿐이야."

그리고 너는 조용히 차를 마시며 내게 말했어.

"사람이 일을 하면 쉬고 잠을 잘 때도 있어야지. 지난 두세 기 동안 인간의 문명이라는 건 정말 미친 듯이 달려왔잖아? 사람은 하루에 16시간 깨어 있고 8시간은 자야 하는 법이야. 남들 다들 자는 시간에 일어나서 일하라고, 달리라고 안절부절못할 필요 없어. 일어나야 할 때가 되면 일어날 거야."

그리고 너는 남들이 잘 때는 날뛰지 말고 자라면서도, 자기는 혼자 일하던 너는 영원히 잠들고 말았어.

어처구니없는 사고였지. 그날도 칩을 제거하는 수술을 한 건 하고 집에 돌아가던 길, 너는 공사를 하던 산업용 로봇이 오작동을 일으키는 데 휩쓸렸어. 크레인이 달린 로봇 팔이 역회전하며 적재한 짐이 쏟아졌고, 너는 피할 도리도 없이 그 짐에 깔리고 말았어. 로봇 구급대원들이 즉시 출동했지만, 신이라 해도 너를 되살리기에는 이미 늦어 있었지.

나는 그날 네가 입고 있었던 블라우스를 한참 동안 비닐에 넣어 갖고 있었어.

너의 그 영리한 생각과 다정한 목소리와, 너의 모든 것이 담겨 있던 뇌수의 흔적이 누르게 남아 목덜미에 피와 함께 얼룩져 있었지. 네가 실려 간 병원의 로봇 의사들이 가위로 급히 잘라낸 흔적들이 역력한 그 블라우스는, 지난번 생일에 내가 사준 것이었어. 30초면 사람이 어디가 아픈지 바로 확인할 수 있는 그 모든 시스템이 전혀 손을 쓸 틈조차 주지 않고 서둘러 가버릴 거면서, 너는 어떻게 내게 쉬어야 할 때라는 말을 했을까.

✳

너와 함께 만들었던 마지막 밑반찬들을 다 비웠어. 네가 좋아해서 사다놓았던 훠궈 재료들로 혼자 훠궈를 해 먹었지. 네가 마시다 두고 떠난 벽담표설을 하루에 한 잔씩 마저 마셨어. 그리고 그 차가 거의 바닥날 즈음에, 나는 마음을 먹었어. 휴가를 내자고. 그것도 한 달짜리 장기 휴가를 내겠다고.

쉬어야 할 때라고, 너는 몇 번이나 말을 했지. 그 말을 늘 귓등으로 흘리기만 했던 나는, 네가 떠나고도 3주는 더 지난 뒤에야 그 결심을 할 수 있었어. 어리석게도. 네가 그렇게 떠나버릴 줄 알았더라면, 네가 살아 있을 때 함께 자주 휴가도 내고, 여행도 다니는 건데 말이야.

나는 내가 마치 부지런하게 자기 할 일을 하며 사는 인간의 마지막 주자가 된 것처럼 살았어. 지금 생각해보면 아무짝에도 쓸데없는 사명감이고 책임감이었지. 인공지능이 인공지능을 만들어 내는 시대에, 로봇공학자란 그야말로 시대착오적인 직업이었으니까. 나는 모든 것을 인터넷에서 검색하게 된 시대에, 한 장 한 장 실로 종이를 엮어 책을 만드는 제본사가 된 것 같은 기분이 들었어. 아니, 인쇄된 책조차도 소장용 장식품 정도로 취급받는 이 시대에, 아직도 펜촉에 잉크를 찍어 한 글자 한 글자 필사한 성경을 만드는 필경사보다도 쓸모없었어. 손으로 쓴 아름다운 글씨나 아름답게 장정한 책은 아날로그를 사랑하는 호사가들의 값비싼 취미거리라도 될 수 있었지만, 로봇공학에서 그런 아름다움을 찾는다는 것은 불가능했으니까.

진작 그럴 걸 그랬어. 남들처럼. 남들처럼 그렇게, 아무것도 하지 않은 채 두 손을 늘어뜨리고, 그저 보드라운 쾌락 속에 파묻힌 채로. 그렇게 조금씩 조금씩 질식해 죽어가는 것도 나쁘지 않을 것 같았어. 어차피 이렇게 될 거라면 괜히 고생했지 뭐야, 그 어려운 공부를 하겠다고 설치면서.

하지만 그 공부를 하지 않았다면, 나는 너와 만나지 못했겠지. 너와 같이 살지 못했을 테고, 너를 사랑하지 못했겠지. 그렇다면 결국, 박사 학위까지 따도록 매달렸던 내 그 쓸모없는 공부들은 전부 너를 만나기 위한 일이었을까. 생각이 거기까지 미쳤을 때, 나는 청두로 가야겠다고 결심을 했어. 네가 담긴 작은 캡슐을 품에 안고, 너를 네 고향, 네 어린 시절을 아는 사람들에게 돌려보내 주기 위해.

그래, 네 장례식에 네 가족은 오지 못했어. 워낙 모든 일이 속수무책으로 흘러갔기 때문에, 고향의 네 가족을 모셔 올 시간이 없었던 거야. 베이징에서는 장례식이란 그렇게 시간을 오래 들여 할 수 있는 일이 아니었거든. 서울이 그랬던 것처럼. 나는 너의 가장 가까운 친구이자, 네가 유언장에 이름을 남겨놓은 사람으로서 너의 장례식을 주관하고 너의 임시

상주가 될 수는 있었지만, 네 가족을 수소문해 그분들이 오실 때까지 네 시신을 보존해두는 것은 내 권한 밖의 일이었어. 내가 할 수 있는 것은 교수, 선배, 후배들에게 연락하고, 네 환자들을 수소문해서 네 마지막 가는 길을 지켜달라 부탁하는 게 고작이었지. 네 환자들에게 연락하는 건 네 병원의 늙은 수간호사 증(曾) 씨가 맡았어. 증 씨는 자신이 너를 딸처럼 생각했었다며, 마지막까지 나를 끌어안고 흐느껴 울었단다. 네가 너를 사랑하던 사람들의 그 모든 목소리를 들을 수 있었다면. 그랬다면 얼마나 좋았을까.

그럼에도 불구하고 내겐 일이 남아 있었지. 너를 네 가족에게 돌려보내 주는 것. 가능하면 네 고향에 네 쉴 자리를 만들어주는 것 말이야.

네 가족을 수소문하는 데는 의외로 시간이 걸렸어. 베이징의 공무원들은 혈연도 배우자도 아닌 내가 너에 대해 조회하는 것을 좋아하지 않았으니까. 우리가 10년이 넘게 함께 살았다는 건, 그들에게는 고려 대상도 아니었거든. 처음에는 기숙사의 좁은 방에서, 그다음에는 서로의 직장이 가까운, 방두 개와 좁은 거실이 있는 작은 아파트에서 우리는 함께 살았지. 서로의 서재를 공유하고, 일상을 공유하고, 숨결을 공유하면서. 뜻밖에도 도움을 준 건 한국 대사관이었어. 나는 한국인이고 너와 시민결합을 했으니 한 가족으로 간주해야 한다고 공문을 넣어주었거든. 그 덕분에 겨우 나는 네 가족을 찾을 수 있었어.

"그 애를 잘 보내줘서 고맙다."

나는 사실 두려웠어. 그동안 네가 네 가족을 내게 소개하지 않았으니까. 혹시라도 뭔가 사연이 있어서 떠나 온 거라면 어떻게 하지. 하지만 오히려 그런 사연이 있었다면 넌 내게 말을 했을 거야. 내가 그랬을 것처럼. 나 역시도 베이징에서 고작 1시간 떨어진, 서울에 있는 내 가족들을 네게 소개하지 않았잖니.

그래서 나는 청두로 갔어. 비행기의 창문을 내린 채로 잠시 잠들었다가, 청두 상공이라는 방송을 듣고 나서야 창을 열었지. 창밖에는 저물어가는 석양 속에서 그린 듯이 아름답게 보이는, 개완의 뚜껑을 뒤집어 엎어놓은 듯한 도시가 보였어. 그 낯익은 형상을 바라보며 나는 알 수 있었어. 이 도시가, 이곳의 공기가, 이곳의 사람들이, 매캐한 훠궈의 향기와 부드러운 차 향기가, 이곳의 모든 것이 너를 키웠다는 것을. 나는 공항에서, 마치 고향에 돌아간 듯, 네 가족의 품에 안겨 잠시 울었어.

그리고 그분들이, 딸과 함께 살고 있던 한국 여자에 대해 어떻게 생각하실지에 대해 걱정할 겨를도 없이, 그 일이 일어났어.

EMP 폭탄에 대해서는 너도 잘 알고 있을 거야. AI 의사들이 훨씬 더 일을 잘한다고 하는 지금 시대에도 여전히 의과대학이 남아 있는 이유고, 너희 병원에서도 은퇴한 의사들에게 연락할 비상연락망을 남겨두는 바로 그 이유였지. 전자기 펄스를 사방으로 방출해서, 그 반경 안에 있는 전자기기를 무력화하는 폭탄 말이야. 그게 청두 상공에서 터진 거지. 그 중거로 공항에서 일하던 로봇 직원들이 움직임을 멈추고, 청두 시내의 불빛들이 꺼지기 시작했어.

자가발전기를 돌리고 있는 몇몇 곳에는 여전히 불빛이 들어왔지만, 오래 버티진 못할 거야. 공항에서도 발전 상태가 불안정한 게 눈에 보였거든. 게다가 나는 청두 상공에서 내려다본 이곳의 모습을 떠올렸어. 개완 뚜껑을 뒤집어놓은 듯 보였다는 건, 이곳이 분지라는 거야. 이런 곳에서 대규모 EMP 테러라니. 아무것도 없는 평지보다 더 피해가 클 거라는 건 분명해 보였어.

나는 겁이 났어. 복구될 수 있을까. 이렇게 사람들이 AI 문명에 의존해서 살고 있는데, 이런 상황에서 사람의 손으로 뭘 어떻게 복구할 수 있을까. 만약 베이징에서, 혹은 서울에서 이런 일이 일어났다면 나는 어떻게 했을까. 도망치는 것 말고는 아무것도 할 수 없었을 것 같았지. 어깨가 마구 떨렸어. 최악의 경우 여기 말고도, 중국 내의 어지간한 도시에 전부 이런 게 떨어졌다면, 그때는 어떻게 될까. 두려웠어. 내가 늘 말하던 완만한 종말이 눈앞에 떨어진 것 같았지. 하지만 그때 네 생각이 났어.

어처구니없는 사고로 죽었지, 너는.

어지간해서는 그런 오작동이 일어날 리 없었는데, 그 산업용 로봇이 갑자기 잘못 움직이면서 쏟아진 짐이 너를 덮쳤지.

그걸 생각하니, 숨이 막힐 것 같았어. 그건 너 한 사람에게만 닥친 일이 아니었으니까. 누군가가 이 도시를 위해 나서지 않는다면, 그건 이곳의 모든 사람에게 닥칠 수도 있는 미래였어.

그리고 너라면 이런 상황에서 가만히 있진 않았겠지. 그게 청두건 베이징이건 서울이건 상관없이, 너는 네가 할 수 있는 일을 하려고 했을 거야. 나는 두려워하는 네 어머니의 손을 한 번 잡았다놓았어. 그리고 일어나서 혼란스러워하는 경찰을 붙잡았어.

"저, 저는 로봇 공학자예요. 도시를 복구하는 데 도움이 될 거예요."

＊

EMP 폭탄에 대해서는 너도 말만 들어봤을 거야. 그런 게 도심 상공에서 터지면 대규모 정전이 일어나고 전자기파가 도시의 모든 전자제품을 못 쓰게 만들 거라고. 통신이 마비되는 것은 물론, 인터넷도 쓸 수 없을 거라고. 교통수단들도 이용할 수 없게 되고, 무엇보다도 병원에서 중환자들의 생명을 지탱하는 장비들을 쓸 수 없게 될지도 모른다고 말이야. 만약 그런 게 폭발하여 AI 의사들과 로봇 구급대원들을 쓸 수 없게 되면, 정말 기본적인 진료도 불가능해질 가능성이 있었지. 어떤 면에서 인간 의사들은 바로 그런 것을 대비해서 월급을 받고 있는 게 아닐까, 너는 그런 농담을 한 적이 있었어.

너의 고향은 내가 도착하자마자 바로 그런 재난에 빠지고 말았어.

물론 EMP 폭탄이 터졌다고 해서 모든 것이 고장 나고, 온 도시가 암흑 속에 가라앉고, 사람들이 식량을 노리고 서로 죽고 죽이며 다툼이 벌어지는 것은 아니야. 그런 건 영화에나 나오는 이야기지. 기계마다 EMP에 대한 저항력이 다르기도 하고, 또 주요 시설에는 어느 정도 차폐를 해놓기도 하니까. 또 지하에 있는 전자제품들은 대체로 괜찮았지. 그건 정말 다행이었어. 고장 나지 않은 부품도, 예비 기종들도 얼마든지 있을 수 있다는 이야기였으니까.

자가발전기도, 처음에는 잘 돌아가지 않았지만 그건 기계 문제는 아니었어. 늘 자동으로 돌아가던 일을 갑자기 사람이 하려다 보니 잘 안 된 것뿐이지. 그래도 젊었을 때 몇 번 자가발전기를 시동해본 직원이 남아 있는 곳들은 곧, 발전기를 돌리며 가장 급한 구역들에 불을 켜 나갈 수 있었어.

공항도 마찬가지야. 의외로 공항 같은 곳에 있는 관제 장비들은 EMP 차폐가 되어 있어서, 당장 청두 상공에 떠 있는 비행기들을 유도하여 착륙시킬 수는 있었다고 해. 여기서 문제는 말이야, 지금은 밤이었고, 쌍류 국제공항에서는 야간에는 로봇 직원들이 관제사의 업무를 대신하고 있다는 거였지. 문제는 지금 이 도시를 실질적으로 움직이고 있는 로봇들이 멈춰버렸다는 거야. 숙직실에 잠들어 있던 견습 관제사가 눈곱도 못 떼고 달려 올라와 관제를 해야 했어. 그사이 나는 경찰들과 함께 쓰러진 로봇들을 끌어 모아놓고 살펴보았어.

일부는 EMP 공격으로 아예 회로에 쇼트가 나버렸지. 3분의 2 정도는 전원은 들어오지만, 계속 에러 메시지를 출력하며 무한 재부팅을 시도하고 있었어. 나는 무한 재부팅을 하는 AI 직원들을 안전하게 껐다가 다시 켜보았어. 절반 정도는 콜드부팅 과정에서 오류를 수정하고 무사히 켜졌지만, 나머지 절반은 AI 운영제체 로더 쪽에 손을 좀 봐야 했어. 어쨌든 제대로 껐다 켜는 것만으로 전체의 3분의 1 정도는 운용할 수 있게 된 거야. 그게 어디야.

"괜찮으십니까."

경찰은 나를 돕다 말고, 손으로 머리를 짚었어.

"그게⋯ 저는 그 폭발이 일어나고서 계속 머리가 멍해서 생각이 잘 안 됩니다. 그래서⋯."

"머릿속에 넣은 칩이 고장 난 거예요."

나는 부지런히 손을 놀려 로봇들을 껐다 켜며 대답했어. 알다시피 이런 복잡한 애들은 그냥 껐다 켜면 안 되고, 몇 가지의 안전 절차를 거쳐야 했는데, 누군가에게 이 과정을 설명하라고 한다면 난 못 할 것 같았어. 내 머릿속의 칩도 신호가 안 들어가고 있었거든. 나는 그야말로 진짜 내 머리에 의지해서 이 일들을 계속해 나갔어. 그 칩, 별 쓸모도 없다고 생각했는데, 막상 꺼지니까 정말 아쉽더라. 처음 보는 로봇 직원들의 부팅 오류를 잡아내며, 나는 내 머릿속 고장 난 칩 속에 내가 알고 있는 로봇 공학의 모든 것이 들어 있는 것만 같아 괴로웠어. 물론 칩은 교체하면 그만이고, 거기 담긴 내용들은 다시 동기화를 시키면 되지. 그 데이터들이 서버에 무사히 남아 있을 때의 일이지만,

솔직히 말하면, 안 남아 있을까 봐 겁이 났어.

"청두만 그런 걸까요?"

"모르겠습니다. 하지만 다른 도시들은 무사하다면, 아침쯤에는 연락이든 지원이든 뭐든 닿겠지요."

나는 경찰을 따라나섰어. 일단 공항의 급한 불을 껐으니 시청으로 가야 했지. 가는 길에 나는 경찰에게 네 가족을 집까지 무사히 보내달라고 부탁했어. 네 어머니가 꾹꾹 눌러 쓴 손글씨로 너희 집 주소를 적어서 내 주머니에 넣어주셨어. 나는 그 쪽지를 소중하게 간직한 채로 시청에 갔지. 도로에서는 경찰들이 차량을 통제하여 안전한 곳으로 돌려보내고 있었어. 세상은 어둑어둑했지. 병원과 공항과 몇몇 중요한 곳들을 제외하면 불이 꺼져 있었어. 오직 홀로 밝은 것은 하늘뿐이었어. 땅이 어두워지자 비로소 밝아지는 은하수와, 보름에 가까워져 오는 둥글둥글한 상현달, 그리고 그 달의 궤적을 따라 달리듯이 먼 하늘에 반짝이는 빛의 선. 그건 궤도 엘리베이터였어. 문득 내가 엄마가 돌아가신 이후로 하늘을 올려다본 적이 거의 없었다는 걸 깨달았어. 원망하는 것도, 미워하는 것도, 더는 엄마가 그리워서 훌쩍거리는 어린아이인 것도 아니면서도. 마치 오랜 습관처럼 그렇게, 고개를 숙이고 땅만을 바라보고 있었지.

"달이라도 밝아서 다행이지요."

경찰은 차량에 시동을 걸어보다가, 디젤 엔진으로 작동하는 삼륜차를 어디서 끄집어내 나를 태웠어. 나는 헬멧을 쓴 채 시청으로 가는 내내 하늘을 올려다보았어. 마치 달을 처음 본 아이처럼. 아니, 궤도 엘리베이터를 처음 본 사람처럼, 그렇게 계속 눈으로 하늘을 훑었지.

40분쯤 달려가 도착한 시청에는 늙수그레한 아저씨 몇 분과 활달한 인상의 아주머니 세 분이 계셨어. 전파사라고 하지, 고장 난 가전제품들을 고치시는 분들. 이분들은 AI들이 자체수복 시스템을 갖추기 전에 바로 그 일을 하시던 분들이었어. 나는 그 자리의 유일한 외국인이었고, 유일한 공학박사였어. 하지만 머릿속의 칩은 망가지고, 가방끈만 길었지 실제로 로봇을 설계한 일도 없고, 수리를 직접 해본 적도 거의 없어. 고장 난 로봇들을 해부해보거나, 혹은 반제품을 가져다가 AI의 설정을 바꾸며 실험을 해본 일은 많았지만 말이야. 나는 머뭇거렸어. 괜히 나선 것은 아닐까? 내가 도움될 수는 있을까? 이런 상황이라면 이 전파사 사장님들이 훨씬 더 활약하시는 게 아닐까?

그때 두꺼운 안경을 쓰신 아주머니가 내게 손을 내미셨어.

"잘 왔어요, 멀리서 왔다고?"

"예, 한국에서 왔어요."

"저런, 난 멀리서라길래 베이징에서 온 줄 알았는데. 한국에서 온 박사님하고 일하는 건 처음이네."

아주머니가 미소를 지으셨어. 그 순간, 우리가 처음 만난 날 네가 했던 이야기가 생각났어.

"제가 산업용 로봇에 대해 연구하겠다고 했더니, 제 친구가 그런 말을 했어요. 삼국지에 나오는 제갈량이 역사상 최초의 산업용 로봇을 만들었는데, 청두에 가면 그 제갈량의 사당이 있다고요."

"정말 잘 왔다. 그런데 오자마자 이렇게 일을 하게 되어서 어쩌누?"

그 다정하고 느릿한 목소리에, 나는 너를 계속 겹쳐보았어. 마치 오래 그리워하던 고향에 온 것 같았지. 내가 태어나서 자란 서울에서도, 내가 어른이 되어서 생활했던 베이징에서도 찾지 못했던, 오직 너와 함께 있을 때 느꼈던 편안함이 이 도시의 여기저기에 흩뿌려져 있는 것 같았어. 오래된 도자기 같은, 손때묻은 개완에 담겨 맑은 다향을 흘리는 찻물 같은, 그런 느긋한 부드러움이랄까, 유유자적이랄까.

아니, 우아함이라고 말해야 하는 걸까.

지금은 비상사태고 묵직한 공구함을 발치에 내려놓은 상태였지만, 그럼에도 불구하고 이곳에는 우아한 다정함이 있었어. 그래서 나는 다시 마음을 먹었지. 너를 닮은 이곳을 결코 아포칼립스 이야기의 배경으로는 만들지 않겠다고 말이야.

그때 이곳의 공무원들이 나타났어. 그들은 다행히도 지하의 시스템들이 무사하다는 것과, 전기나 유선통신망 대부분이 무사하다는 사실을 알렸어. 하지만 두 가지 문제가 있었지.

한 가지는 유선통신망 기반의 무선통신망은 무사했지만, 바로 완전 무선기반의 통신망은 아주 먹통이 되어버렸다는 것. 각종 개인 단말기는 전부 이쪽으로 연결되어 있다 보니, 불편함이 클 거라고 했어. 그리고 다른 한 가지는 로봇들 대부분이 공항에서와 같은 문제를 일으키며 꺼져버렸다는 것.

"간단히 말해서, 로봇들을 전부 재부팅시키면 되는 문제예요."

내가 말했어.

"그러면 그 애들이 망가진 무선망을 수리할 테니까요. 병원 쪽은 괜찮나요?"

"그렇지 않아도 AI 의사들이 작동불능이 되어서, 은퇴한 의사들까지 전부 불러들이는 중입니다. 가벼운 환자들이라면 몰라도 응급환자들이나 중환자들이 있으니까요."

말하자면 이건 사회의 기간망 상당수가 망가진 상태인 거야. 그리고 이런 기간망은 서로서로 밀접한 관련이 있다 보니, 일부가 고장 나는 것만으로도 큰 문제가 생기기도 해. 당장 사람 목숨이 달린 것은 병원에 있는 장비들 쪽이었지만, 아마 내일 아침이 되면 당장 사람들이 가게에서 물건을 사질 못할 거야. 개인 단말기에 연결된 통신망을 쓸 수 없으니, 당연히 은행도 신용카드도 가상화폐도 쓸 수 없는걸.

"그나마 발전소가 무사해서 다행이야."

아저씨 한 분이 말씀하셨어.

"그거 알아? 대규모로 정전이 일어나면 수돗물도 안 나온다는 거."

"수도는 왜요?"

"이런, 박사님이라도 그건 모르는구만. 수돗물을 끌어오는 펌프도 전기로 움직이니까, 정전이 크게 일어나면 수도도 못 쓰는 경우도 생기지. 내가 젊었을 때는 말이야…."

젊어서 사막 한가운데에 대규모 거주지를 만드는 일을 하셨다는 아저씨는, 그때의 무용담이며, 변전소에 문제가 생겨서 거주지 전체가 이틀 동안 정전이 되었을 때의 이야기를 말씀하셨어. 그 이야기를 군말 없이 들었다니 놀랍지 않니. 평소 같으면 나이 든 사람들의 말에 귀를 기울일 생각조차 하지 않았을 텐데. "나 때는 말이야…." 하고 시작하는 모든 말이 시대에 뒤떨어진, 한물간 잔소리라고 생각했을 텐데. 그래도 그날은 어쩐지, 조용히 그런 이야기에 귀를 기울이고 싶었어. 끝도 없이 밀려들어오는 로봇들을 재부팅하거나 조정하며, 내가 이론으로만 알고 있던 것들, 알고 있지만 손에 익지 않은 것들을, 내 머릿속의 칩이 꺼진 채로 하나하나 되짚어나가는 그 순간에는, 세상 누구라도 나의 스승이 될 것 같았거든. 지금 내 눈앞의 전파사 아저씨부터, 온갖 놀라운 일들을 하다 하다 못해 인류 최초의 산업용 로봇까지 만들었다는 저 2천 년 전의 제갈무후까지 말이야.

✳

이틀 동안 꼬박 로봇들을 손을 본 끝에, 로봇들은 무선

통신망을 복구하기 시작했어. 그리고 무선 통신망이 돌아오며, 로봇들은 패치 파일들을 다운로드하고 자체 수복을 시작했지. 망가진 동료들을 수리하고 일으켜 세우고, 자신들의 에러를 점검하고 복구하고. 그리고 그렇게 자신들의 손으로 도시를 점검해 나가기 시작했어.

그리고 그 이틀 동안, 청두는 놀랍게도 고요했어. 물건을 사고팔 수 없는 것도 큰일일 거라고 생각했는데, 사람들은 언제야 복구가 끝나고 이 상황이 해결될지 알 수 없는 상황 속에서도 아이들이 먹을 것만은 서로 나누었다고 해. 개인 단말기 중에서도 고장 난 것이 많았기 때문에, 방송 로봇들은 수리를 마치자마자 아침부터 청두 곳곳으로 날아다니며 사람들을 찍고 또 방송했지. 그렇게 찍혀 온 모습 속에서, 너희 어머니가 보였어. 네 어머니는 이웃 아이들을 불러 이것저것 먹이다 말고 말씀하셨지.

"우리 마을의 아이들은 마을 사람 모두의 아이니까요."

그 말씀에 나는 마음이 따뜻해졌어.

네 어머니뿐 아니라, 이곳에서 만난 모든 사람이 그랬지. 첫날의 혼란이 지나고 나자, 그날 오후부터 도울 일이 없느냐며 시청에 찾아오는 사람들이 줄을 이었어. 그분들이 수레에, 혹은 수동운전이 가능한 차량에 로봇들을 태워서 시청으로 데려오면, 우리는 밤새 그 로봇들을 껐다 켜고 수리했지. 그렇게 무사히 내보낸 로봇들이 도시를 점검하고, 사람들의 단말기를 수리하기 시작했어. 사흘째 되던 날 늦은 오후, 아

저씨들은 구석에서 잠이 드셨고, 아주머니들은 집으로 돌아
갈 준비를 하셨지.

너, 전파사의 류 사장님을 기억하니? 놀랍게도 이곳 시청
에서 처음 나를 반겨주시던, 안경 쓴 아주머니가 그분이셨
어. 네가 살던 마을의 전파사 사장님 말이야. TV에 비친 너희
어머니를 보시고 알은체를 하시던 류 사장님은 너에 대해서
도 잘 기억하고 계셨단다. 네가 어릴 때 얼마나 호기심 많은
아이였는지, 얼마나 공부를 잘했고, 청두의 자랑이 될 거라
고 다들 생각했는지를. 네가 그리되었다는 소식이 전해졌을
때는 그 마을 사람 모두가 슬퍼했다는 이야기도 하셨어.

"이런 것을 인연이라고 하는 모양이구나."

아주머니, 아니 류 사장님은 느릿한 목소리로 말씀하셨어.

"청두의 자랑이 될 거라고 생각했던 그 아이가, 너를 이곳
으로 보내주었으니까. 네가 없었다면 이렇게 빨리 모든 게 복
구되진 않았을 거야."

"아니에요, 저는…."

"겸손할 것 없다. 우리 같은 전파사 주인들이야 텔레비전
이나 고치고, 오래된 집의 전기 배선이나 보았지. 이런 신식
로봇을 만지는 일은 우리도 거의 없어요. 젊은 네가 침착하게
대처하는데, 저 아이는 여기 사람도 아니고, 게다가 외국인
에 박사님이라는데, 우리라고 한가하게 있을 수 있겠니? 할
수 있는 일을 할 수밖에."

류 사장님이 내 어깨를 쓰다듬으셨어.

"그러면 넌 이제부터 뭘 할 거냐?"

"예?"

"한국이나 베이징으로 바로 돌아갈 것은 아니지? 옛날에 이태백이 그런 말을 했단다. 파촉으로 가는 길이 하늘에 오르는 것보다 더 어렵다고(蜀道之難難于上青天). 그렇게 이곳 청두가 멀고 오기 힘든 곳이라는 이야기였지."

"그러고 보니 한국에도 그런 시가 있어요."

"어떤 시인데?"

"한국의 유명한 시인이 쓴 시인데, 대학 입시에도 자주 나와서 고등학교 졸업한 아이들은 다들 알고 있지요. 사랑하는 사람의 죽음을 슬퍼하는 시인데, 거기서 저승을 두고 다신 오지 못하는 파촉 삼만 리 같은 곳이라고 하거든요. 저는 그래서 청두라는 이름보다, 파촉이라는 이름을 먼저 알았어요. 두 곳이 같은 곳인 줄은 그 애를 만나고서야 알았고."

"그래, 먼 곳이지…. 그렇게 먼 곳에 힘들게 도착했는데, 서둘러 돌아갈 것 없단다. 게다가 너는 이 땅에 인연이 있잖니."

나는 고개를 끄덕였어. 내겐 해야 할 일이 많았지. 품고 온 너를 네 가족에게 돌려보내 주고, 네가 네 고향에서 무사히 영면에 드는 것을 보고 돌아가야지. 그리고….

그리고 나면 나는 뭘 해야 할까?

문득 나는 울고 싶었어. 진달래 꽃비도 내리지 않는 서역의 봄날, 나는 너를 여기에 남겨두고 홀로 돌아서며 울지 않을 수 있을까. 내가 고등학교 때 배웠던 시에서는 피안의 세계만큼 멀었던 이곳에 너를 두고서, 나는 어떻게 발걸음을 뗄 수 있을까. 나는 어느새 울고 있었어. 눈물을 뚝뚝 떨어뜨리다 류 사장님의 품에 안겨 대성통곡을 하고, 그러다가 어린애같이 흐느꼈어. 류 사장님은 나를 끌어안고 나직하게 속삭였어. 그건 중국어가 아니었어. 하지만 중국어와 비슷하게 들렸지. 문득 그 목소리에서 나는, 옛 기억을 하나 떠올렸어.

네가 적어주었던 그 시 말이야. 끝끝내 무슨 내용인지 알려주지 않았던.

"그 애가요…."

나는 눈을 깜빡였어. 그러다가 말했어.

"그 애가… 무슨 시를 적어줬었어요."

"어떤 시인데?"

"몰라요. 중국어도 아니고, 한국에서 배웠던 번체자 한자도 아니었어요. 약간 갑골문자같이 생긴 것이었는데."

"아아."

류 사장님은 손가락을 움직여, 몇 글자를 적어 보였다.

"혹시 이런 거였니?"

"예, 좀 그 비슷한…."

"그건 여자들의 글자란다."

"여자들의 글자요?"

"그래, 원래는 후난 성의 여자들이 아주 오래전에 만든 글자였지. 후난과 쓰촨의 여자들은 친구들끼리 여자들의 글자로 쓴 편지를 주고받거나, 의자매를 맺어 평생 가까이 지냈단다. 그 아이가 네게 이 여자들의 글자로 쓴 편지를 주었다면, 그건 아마도 너와 평생 마음을 가까이하고 싶다는 뜻이었을 거다."

나는 대답하지 못했어. 그때 류 사장님이 내게 말씀하셨지.

"너, 지금 머릿속에 있는 칩이 망가진 게 맞지?"

"예, 그런 것 같아요."

"그러면 달이 떴을 때, 강에 한번 가보거라."

"강이요?"

"왜, 네 나라에서 이름난 시인이 파촉을 머나면 저승길이라도 되는 것처럼 말했겠니."

"그건… 역시 너무 멀어서요?"

"이런, 로봇 박사님이라더니 이런 건 또 서투르구나."

류 사장님이 나를 보고 웃으셨어.

"옛날 옛적에, 이곳에는 촉이라는 나라가 있었단다. 아니, 삼국지에 나오는 그 촉 말고. 그보다도 한참 더 전에. 그 옛 촉나라에."

언젠가 네가 내게 들려주었던 이야기였어. 나라를 빼앗긴 왕, 망제(望帝)가 귀촉도, 귀촉도 하고 울다가 두견새가 되었다는 이야기.

"옛날에는 농사짓는 게 큰일이었잖니. 그 망제는 늘, 강물이 범람하는 게 걱정이었지. 그래서 강가를 거닐었는데, 물에 빠져 죽은 시신 한 구가 떠내려왔단다. 시신을 건져 묻어주려고 했는데, 그 시신이 깨어나고 말았어. 그 사람이 바로 별령(鼈靈)이었단다."

별령이라면 별주부의 혼이라는 뜻인가. 별주부는 자라니까 당연히 물에 안 빠져 죽는 건가. 나는 머릿속에 복잡했어. 하지만 류 사장님이 내 머리를 쓰다듬으시자, 나는 더 이상 그 이야기를 복잡하게 뜯어보는 것을 그만두었지. 그냥 이야기를 끝까지 듣기로 했어.

"얘야, 죽은 사람이 살아나는 이야기는 어디에나 있단다. 나라를 잃고 떠난 망제는 죽어 소쩍새가 되었고, 그가 토한 피는 진달래꽃이 되었지. 그리고 먼 옛날 이 땅에는, 죽었다가도 다시 살아나는 이들이 있었단다."

마치 눈을 빛내며 할머니의 이야기에 귀 기울이는 어린아이처럼.

"별령만한 신통력은 없다고 해도, 이곳 사람들의 혼은 죽어 첫 번째 보름달이 떴을 때 그리운 이들을 찾아 이곳의 강가로 돌아온다고 하지. 오늘이 마침 보름이니, 어쩌면 이곳의 강가에서 그 애를 만날 수도 있을 거다. 네 마음이 그만큼 간절하다면."

그저 그 소망이 이루어지기를 바라면서, 나는 고개를 끄덕였어.

*

달은 하늘 높이 떠올랐어. 나는 류 사장님과 함께 금강을 따라 걸었지. 청두의 야경은 눈이 부시게 아름답다고 들었지만, 며칠 전 EMP 폭탄 때문에 여기저기 변압기에 이상이 생겨서인지, 화려한 야경 대신 길가에서, 어제 우리가 손을 봤던 정비 로봇들이 부지런히 돌아다니며 도시 여기저기를 수리하는 모습만이 수도 없이 보였어.

초저녁이었지만 버스는 끊어져 있었어. 지금 같은 때는 조심하는 게 좋기도 하고, 교통신호 제어 시스템이 고장 난 구역도 있다 보니 시에서 자동차 운행을 자제시킨 모양이야. 그것도 며칠 안으로는 회복되겠지만 말이야. 우리는 가는 길에 류 사장님의 전파사에 들렀어. 사장님이 뭔가 꺼내 오시는 동안 나는 잠시 고민했어. 너희 집에 먼저 인사를 가야 하는 것은 아닐까 하고. 하지만 오늘은 보름날 밤이고, 어쩌면 너를 만날 마지막 날일 테니 서둘러야 했지. 나는 류 사장님을 따라 합강정으로 갔어.

주변에 꼭 필요한 만큼만 불을 밝힌 고즈넉한 강변에서, 나는 먼 옛날 배를 대었다가 출발하던 나루터였다는 이곳에서 강물을 내려다보았어. 강은 깊고, 생각보다 물이 거칠게 흐르는 것 같았지. 그 아래에서 언뜻언뜻, 희끄무레한 인영 같은 것이 비치는 듯했어. 그것이 달무리였는지, 너였는지, 내 눈에 어린 눈물이었는지는 나도 모르겠어. 하지만 그 순간 나는 정말 먼 길 떠나가는 너를 위해서 내 머리카락이라도 잘라 신을 삼아주고 싶었어. 거친 물살에도 씻겨 내려가지 않는 정이, 그 애끊는 마음이, 서러운 이별을 하듯 다리 아래에서 웅웅 흐느끼듯이 소리를 내는데, 나는 합강정의 난간을 붙든 채 흘러가는 강물을 향해 손을 뻗었어. 그러자 흘러가는 강물 아래, 희끄무레한 모습이 조금씩 그리운 모습이 되어 가는 것만 같았지. 그건 너였을지도 모르고, 그날 궤도 엘리베이터를 점검한다고 집을 나서다가 나를 돌아보며 엄지손가락을 척 들어 보이던 우리 엄마의 마지막 모습처럼 보이기도 했어. 눈물이 뚝뚝 떨어져 강물에 섞여 들어갔어. 나는 울다가 울다가, 이곳에서 소쩍새가 되고 싶었어. 그리운 너를 보고 싶어 돌아온 이곳에서, 불귀, 불귀, 불여귀(不如歸), 그렇게 서럽고 애달프게 울다가 죽고 싶었어. 그런 나를, 류 사장님이 붙잡으셨어.

"그러지 말아라, 너는 살아야지."

그저 조용히 흐르는 듯한 도시의 한가운데, 의외로 격렬한 흐름으로 흘러가는 강물 속에 나는 너를 떠나보내고, 우리 엄마를 마침내 떠나보내고, 할아버지와 할머니와 내가 알던 이들을, 먼저 간 사람들을 하나하나 떠나보냈어. 마치 이곳이 정말로 그 파촉 삼만리, 차안과 피안을 가르는 그 머나먼 땅인 것처럼. 그렇게 목이 쉬도록 울다가 고개를 들었을 때, 하늘 위에는 커다란 보름달과, 그 아래로 강철로 만든 긴 무지개 같은 궤도 엘리베이터의 모습이 보였어. 류 사장님은 가져온 것을 주섬주섬 풀어놓으셨어.

"하고 싶은 말이 있으면 지금 하려무나."

나는 더듬거리며 대답했어. 나는 괜찮다고. 나는 살 거라고. 그 말을 듣고 류 사장님은, 노란 풍등에 먹물로, 미려한 여자들의 글자를 적어 내려갔어. 엄마에게로, 그리고 너에게로, 편지를 띄워 보내듯 풍등에 불을 붙이자, 등은 네 영혼을 하늘로 올려보내는 듯이 둥실 떠올라 깜빡이며 멀어져갔어. 달을 향해서, 저 궤도 엘리베이터를 넘어서, 불귀, 불귀, 불귀, 돌아오지 못할 눈물처럼 아득하게도.

여기저기에서 둥실, 두둥실, 풍등들이 떠오르는 모습을 나는 바라보았어. 그중에는 너를 잃고, 이 환한 보름달 아래 마지막으로 너와 작별하는 네 부모님도 계셨을 거야. 하늘 대신 바라보던 너를 잃은 나는, 너와 알고 열다섯 해 동안 제대로 마주하지 못했던 하늘을 올려다보며, 내 발 한가운데에서 서서히 보이지 않는 마음의 뿌리가 땅으로 뻗어내려, 너의 땅에 자리를 잡으려 하는 것을 깨달았어. 너는 다시 오지 못하는, 그러나 나는 마침내 도달한 저 파촉 삼만리에서.

작가의 말

　작가의 말을 쓰면서야 생각이 났는데, 이 책은 첫 단편집을 내고 8년 만에 내는 단편집이다. 작가로서 글을 써 온 기간에 비하면 단편을 많이 쓰지 않았던 것인가 싶다가도, 그동안 앤솔러지며 청탁이며 이런저런 일들로 써 온 단편들을 헤아려보니 그렇지만도 않았다. 역시 내가 게으른 탓이었나, 다시 생각해본다.

　〈나와 세빈이와 흰 토끼 인형〉은 인간이 언젠가 본격적으로 의체를 쓰게 되면 우리가 이 의체를 어떻게 존중해야 하는지, 인간의 모습을 한 의체와 그렇지 않은 의체에 대해서는 어떨지에 대해 생각하다가 쓰게 되었다. 비인간형 의체가 하필이면 토끼 형태가 된 것은, 과학소설작가연대 2기 운영진의 프로필 사진 때문이었다. 2기 대표님인 듀나 작가님을 대신해 그 자리에 앉아 있던 토끼 인형을 본 순간, 이 이야기는 바로 만들어졌다.

〈우주 멀미와 함께 살아가는 법〉은 아쿠아리움에서 우주처럼 어두운 배경 아래 둥실둥실 떠다니는 달해파리들을 보다가 떠올린 이야기다. 〈교환 및 반품은 7일간 가능합니다〉는 사람이 죽은 뒤의 사십구재가 어떻게 만들어졌을지를 생각하다가 만든 이야기다. 어쩌면 옛사람들은 아이가 태어나고도 대략 한두 달 때쯤은 온전히 이 세상의 존재가 아닌 것 같은 그 느낌에서, 사람이 죽고도 49일 동안은 온전히 저승에 다 도달한 것이 아닐지도 모른다는 생각을 떠올렸을지도 모르겠다.

〈레디메이드 옵티미스트〉는 심리상담센터나 정신과 의사 선생님들이 말하는 "헤르만 헤세도 정신과 약을 꼬박꼬박 잘 먹었다"는 이야기에서 출발했다. 이 이야기 중간에 언급되는 '심초하' 작가는 요즘 내가 무척 좋아하는 세 작가님의 성함에서 한 글자씩 빌려와서 만든 이름이다. 심너울, 김초엽, 문목하 작가님. 제가 작가님들을 많이 좋아하고 질투합니다.

〈옴팔로스〉는 단행본에 실린 것은 이번이 처음이지만, 〈환상문학웹진 거울〉에서 한중 SF 교류를 할 때 참여하며 내 소

362

설 중 제일 먼저 외국어로 번역된 소설이 되었다. 2020년에 신진호 연출가님이 김동식, 박민재 작가님의 단편들과 함께 〈우주에 가고 싶어 했었으니까〉라는 옴니버스 SF 연극으로 만들어주시기도 했다.

〈바이센테니얼 비블리오필〉은 계속 책을 읽기 위해 살아가는 사람의 이야기다. 인터넷 서점 알라딘에서는 창립기념일 무렵마다 올해 몇 권이나 책을 샀고, 이 추세로 80세까지 책을 읽으면 앞으로 몇 권을 더 읽을 수 있는지 계산해준다. 어느 해인가, 그 통계에서 "현재의 독서 패턴을 유지하신다면 80세까지 만오천 권의 책을 더 읽으실 수 있어요"라는 글을 읽었다. 만오천 권은 결코 적은 양이 아니지만, '그것밖에 못 읽는가'라는 생각이 들었다. 그 글을 보고서야, 일찍 죽고 싶지 않다, 최대한 가늘고 길게 오래 살면서 책을 보고 싶다는 생각을 했다. 이 이야기는《여성작가 SF 단편모음집》에 수록되었고, 이번에 몇 군데를 수정했다.

〈불법 개조 가이노이드 성기 절단 사건〉은 여성에 대한 폭력과 강력범죄가 본격적으로 가시화되던 2017년 무렵에 썼는데, 여성형 섹스 안드로이드나 안드로이드 사창가 같은 뻔하고 진부한 소재는 그만 쓰면 좋겠다는 이야기와 그에 대한 반박들이 나오는 것을 보고, 그 소재로 다른 이야기를 써보고 싶어서 일부러 썼다.

〈아틀란티스 소녀〉는 서정주의 시 〈꽃밭의 독백 – 사소단장〉을 다시 읽다가 수첩에 그림을 끄적거린 끝에 쓰게 된 소설이다. 소설도 쓰지만 만화 연출 작업도 하다 보니, "문 열어라 꽃아"하며 우주의 문 앞에 선 소녀를 떠올린 것이 소설로 이어졌다. 사소의 후계자가 아리영, 즉 신라의 알영인 것은, 삼국유사의 선도성모 설화에서 유래했다.

〈탯줄의 유예〉는 아이를 어린이집에 보내면서, 이 어린이가 어린이집 친구들과 뭘 하고 노는지 궁금해하다가 쓰게 되었다. 〈언인스톨〉은 《토피아 단편선: 텅 빈 거품》에 수록되었고 몇 군데가 수정되었다. 오랜 친구이자 신화 팬인 윤과 대화하다가 "신화창조 140기를 모집하는 미래"를 떠올리며 만들었다. 〈죽은 사람의 관 위에 열여섯 사람〉은 어느 날 누크맵(https://nuclearsecrecy.com/nukemap/)이라는 사이트에서 수도권 지도를 띄워놓고 원폭의 위력과 범위들을 검색해보다가 쓰게 되었다.

〈파촉, 삼만리〉는 2019년 중국의 SF 잡지 〈과환세계〉와 중국 청두 국제 SF 콘퍼런스에서 주관한 '100년 후의 청두' 공모전에서 특별상을 받은 소설이다. 역사상 최초의 산업용 로봇을 만든 인물로 제갈량을 밀고 있었는데 이 소설에서 그 이야기를 할 수 있어서 기뻤다. 청두에는 가본 적이 없어서, 청두만의 분위기를 살릴 수 있는 디테일한 무언가를 찾기 위해 고민을 많이 했는데, 《청두, 혼자에게 다정한 봄빛의 거리에서》를 쓰신 번역가 이소정 님께서 도움을 주셨다. 한편 이 소설은 외국에 공모전에 제출하기 위해 다 쓰려보니, 쓰는 과정에서 번역기가 이해하기 쉽게 문장을 다듬어서 다른 소설들과는 조금 글투가 다른 맛이 있다. 집에서 AI 스피커에 지시를 하거나 스마트폰 키보드로 글을 입력할 때 말투가 달라지는 것처럼, 구글 번역기 친화적인 글을 쓰고 있으려니, 인공지능이 인간의 자연어를 이해하는 만큼 미래의 인류도 점점 더 기계가 이해하기 쉬운 형태로 입력하는 방법을 찾아 나가지 않을까 하는 생각을 했다.

떠내려가지 않는 것이 고작이라고 생각하면서도 계속 글을 쓰고 있다. 곁에 있는 사람들과 이 책을 만드는 데 도움을 주신 모든 분께 감사드린다.

2021년 늦가을
전혜진

아틀란티스 소녀

초판 1쇄 발행 2021년 11월 25일

지은이   전혜진
펴낸이   박은주
편집장   최재천
기획   김아린
편집   설재인
디자인   김선예, 서예린, 오유진
마케팅   박동준

발행처   (주)아작
등록   2015년 9월 9일(제2021-000132호)
주소   04050 서울특별시 마포구 양화로 156
              LG팰리스빌딩 1428호
전화   02.324.3945-6 **팩스** 02.324.3947
이메일   decomma@gmail.com
홈페이지   www.arzak.co.kr

ISBN   979-11-6668-643-6 03810